大学文科基本用书·文学
DAXUE WENKE JIBEN YONGSHU · WENXUE

中国古代文学基础

(第二版)

韩传达 隋慧娟 编著

图书在版编目(CIP)数据

中国古代文学基础/韩传达，隋慧娟编著. —2版. —北京：北京大学出版社，2015.9

（大学文科基本用书·文学）

ISBN 978-7-301-26085-2

Ⅰ. ①中… Ⅱ. ①韩… ②隋… Ⅲ. ①中国文学－古典文学研究－高等学校－教材 Ⅳ. ①I206.2

中国版本图书馆CIP数据核字（2015）第168229号

书　　　名	中国古代文学基础（第二版）
著作责任者	韩传达　隋慧娟　编著
责任编辑	谭　燕
标准书号	ISBN 978-7-301-26085-2
出版发行	北京大学出版社
地　　　址	北京市海淀区成府路205号　100871
网　　　址	http://cbs.pku.edu.cn　　新浪微博:@北京大学出版社
电子信箱	pkuwsz@126.com
电　　　话	邮购部 62752015　发行部 62750672　编辑部 62752022
印　刷　者	北京中科印刷有限公司
经　销　者	新华书店
	965毫米×1300毫米　16开本　17.5印张　235千字
	2006年1月第1版
	2015年9月第2版　2021年8月第7次印刷
定　　　价	48.00元

未经许可，不得以任何方式复制或抄袭本书之部分或全部内容。
版权所有，翻版必究
举报电话：010－62752024　电子信箱：fd@pup.pku.edu.cn
图书如有印装质量问题，请与出版部联系，电话：010－62756370

目　录

第一章　先秦文学 ··· 1
第一节　我国古代文学之源——远古歌谣和远古神话 ········· 1
第二节　我国古代第一部诗歌总集——《诗经》················ 8
第三节　诸子散文和历史散文 ·································· 22
第三节　伟大诗人屈原和楚辞 ·································· 27

第二章　秦汉文学 ··· 35
第一节　秦及汉初文学 ··· 35
第二节　汉代的赋 ·· 40
第三节　司马迁和《史记》···································· 43
第四节　汉乐府民歌 ·· 48
第五节　汉代的诗歌 ·· 60

第三章　魏晋南北朝文学 ····································· 67
第一节　建安文学和正始文学 ·································· 67
第二节　晋代文学 ·· 81
第三节　南北朝诗歌 ·· 93
第四节　魏晋南北朝骈文、散文和小说 ······················· 99

第四章　唐五代文学 ··· 103
第一节　初唐诗 ·· 103
第二节　盛唐诗 ·· 108
第三节　李白 ·· 120

第四节　杜甫 ······ 125
第五节　中唐诗 ······ 131
第六节　唐代古文 ······ 143
第七节　晚唐诗 ······ 148
第八节　唐传奇 ······ 154
第九节　唐五代词 ······ 158

第五章　宋金文学 ······ 163
第一节　欧阳修与诗文革新运动 ······ 163
第二节　柳永与北宋前期词 ······ 167
第三节　苏轼 ······ 172
第四节　黄庭坚与江西诗派 ······ 178
第五节　北宋后期词 ······ 181
第六节　李清照与南渡之际词人 ······ 185
第七节　陆游与中兴诗人 ······ 189
第八节　辛弃疾与辛派词人 ······ 195
第九节　南宋后期文学 ······ 199
第十节　辽金文学 ······ 204

第六章　元代文学 ······ 207
第一节　关汉卿 ······ 207
第二节　王实甫与《西厢记》 ······ 210
第三节　白朴和马致远 ······ 213
第四节　元代其他杂剧作家 ······ 215
第五节　元代散曲与诗文 ······ 217
第六节　宋元南戏 ······ 220
第七节　宋元话本 ······ 222

第七章　明代文学 ······ 223
   第一节　明代诗歌和散文 ······ 223
   第二节　明代戏曲 ······ 230
   第三节　明代短篇小说 ······ 236
   第四节　明代长篇小说 ······ 240

第八章　清代文学 ······ 255
   第一节　清代诗文词 ······ 255
   第二节　清代戏曲 ······ 260
   第三节　清代小说 ······ 267

第一章　先秦文学

先秦时期是我国文学的发源期,却以无比灿烂的光芒照耀着我国的文学史。远古的神话和歌谣是我国文学的源头;诗歌总集《诗经》和《楚辞》一开始就以无比光辉的成就说明我们祖国是一个诗的国度;而百家争鸣的诸子散文和历史散文则建立了我国散文的文以致用的传统。

第一节　我国古代文学之源——远古歌谣和远古神话

一　远古歌谣

我国的远古歌谣产生于我们祖先的生产劳动之中,是他们在进行生产劳动时歌唱的口头文学。我国流传下来的远古诗歌,据记载的有不少篇章,清代学者沈德潜搜罗了这些远古歌谣,选编成《古诗源》,里面有《古逸》一卷,他认为是远古时代的逸诗。他辑选这些逸诗是为了"穷诗之源"(《古诗源·例言》),可见他把这些"逸诗"看作我国诗歌的源头。其中少数有关劳动生活的歌谣,确实比较接近远古歌谣的本来面目。

人类出现以后,最基本的活动是为求生存而进行的劳动。远古时代,生产力水平极端低下,特别是在农业生产发明以前,为了获取食物,人们必须组织起来集体劳动。为了减轻疲劳,协调统一动作,他们总结经验,发现了犹如现代劳动号子的一种有节奏的声响。这种有节奏的声响就是最早的诗歌韵律的滥觞。而在这种有节奏的声响中加入简短的语言,也就形成了最早的诗歌。关于这一点,古人有很好的观察和叙述,《淮南子·道应训》:

今夫举大木者,前呼"邪许",后亦应之,此举重劝力之歌也。

这种"举重劝力之歌"就是组织劳动、统一动作、减轻疲劳、提高效率的劳动之歌。

从现存的比较接近于原始形态的歌谣来看,歌谣的产生确实与劳动有很大关系。它们有的是对劳动生活的歌唱,《吴越春秋·勾践阴谋外传》里记载的一首《弹歌》:

断竹,续竹,飞土,逐宍("宍",古肉字)。

关于它的时代,刘勰说:"黄歌断竹,质之至也。"认为是黄帝时代的歌谣,这是没有什么根据的。但它所反映的劳动生活的内容说明它应是远古渔猎时代的歌谣,说的是制作弹弓以及装上土弹袭击禽兽的过程。《礼记·郊特牲》载有一首据说是伊耆氏的《蜡辞》:

土反其宅,水归其壑,昆虫毋作,草木归其泽。

这是一篇进行蜡祭(古代的一种祭祀仪式)时的祝祷词,虽不是直接描写劳动的,但也与劳动生产有关。人们祝祷土、水、昆虫和草木各回自己的位置。显然,这种愿望是为了更有利于人类进行劳动生产。

另外,在大约编定于西周前期的《周易》中,也保存有一些比较接近远古歌谣形态的作品。如反映人们从事畜牧劳动的《归妹》上六爻辞:

女承筐,无实;士刲羊,无血。

描写男女二人在进行剪羊毛的劳动,短短两句,却形象鲜明,想象也很巧妙。

而甲骨卜辞的发现,更给我们提供了远古劳动歌谣的第一手资料。如《卜辞通纂》三七五上的卜辞:

> 今日雨。其自西来雨?其自东来雨?其自北来雨?其自南来雨?

简单朴素的句式以及后四句的重复正是民间歌谣的特点,极似汉乐府民歌《江南》。

除了描写生产劳动的远古歌谣外,还有一些歌唱婚姻生活的远古歌谣,如《周易·屯》六二爻辞写骑马抢婚:

> 屯如邅如,乘马班如。匪寇,婚媾。

《周易·大过》九二爻辞写老夫娶少妻:

> 枯杨生稊,老夫得其女妻。

《周易·大过》九五爻辞写老妇嫁了少夫:

> 枯杨生华,老妇得其士夫。

还有写战争的,如《周易·同人》九三爻辞描写军队的埋伏:

> 伏戎于莽,升其高陵,三岁不兴。

《周易·中孚》六三爻辞描写战胜敌人的欢乐情景:

> 得敌;或鼓,或罢,或泣,或歌。

因此可以说明：我国诗歌文学的源头是远古的歌谣；远古的歌谣产生于远古人类的生产劳动；我们远古时代的歌谣比较广泛地反映了当时的人类生活。这种密切关注社会现实生活的精神，正为我国后代的诗歌创作所继承，形成了我国古典诗歌创作正视社会现实的优良传统。

远古歌谣不仅在思想精神上为后世所继承，而且在艺术表现手法上也给后世诗歌创作以有益的启示。我国古典诗歌的传统艺术手法正是滥觞于远古时期的歌谣。

《诗经》的赋、比、兴的手法可以上溯到远古时代的歌谣。

如我们前面所引述的《弹歌》，只是用朴素的语言叙述砍竹、造弓、发弹射击野兽的过程。再如《周易·中孚》六三爻辞，内容是说，打了胜仗，俘虏了敌人；有的人在击鼓庆祝，有的人在休息，有的人高兴得热泪涌流，有的人在歌唱欢庆。这些都是"直陈其事"的赋法。

再如上面引到过的《归妹》上六爻辞实际上就用了比。"女承筐，无实"，用"无实"来比喻羊毛的轻；"士刲羊，无血"，用"刲羊"的运作，比喻男子剪羊毛的动作，拿着剪羊毛的刀，不像是在杀羊吗？

至于兴，就是起头儿，想说一个事物，却先不说它，而是先说别的事，再引入所要说的事。《诗经》以前的古代歌谣里早已有这种兴法。《尚书·汤誓》里有一首民谣："时日曷丧？予及女偕亡！"讽刺夏末暴君桀自比为太阳，人民唱道：你这个太阳什么时候沦丧，我们愿和你一起死亡！第一句兴起第二句，不过兼有比的意思。

至于《周易》中带韵的短歌，更有几首是运用"托物起兴"的手法。前面引过的《大过》卦里的两个爻辞，起首都用起兴，第一首用枯杨树萌生嫩芽，兴起老头子娶了少女做妻，第二首用枯杨树开花，兴起老婆子嫁了少年郎。"枯杨生稊""枯杨生华"，形象鲜明，用来渲染老夫、老妇此时的喜悦欢乐心情也非常生动贴切，客观之景与主观之情有着内在的一致，主、客观事物之间的气氛很协调。

从以上分析可以看出，在《诗经》之前（《周易》中的一些歌谣可能与《诗经》中的早期作品同时，但不会比《诗经》更晚），我国远古歌谣

中的赋、比、兴的表现手法已发其萌芽,露其端倪。正如章学诚所说:"易象……与诗之比兴尤为表里。"(《文史通义·易教》)

远古时代的歌谣面对社会现实的思想内容及表现手法,是我国古代诗歌的优良传统的源头,虽然它们还缺少丰富的文学性,但是它们再前进一步,就到了《诗经》的阶段。

二 远古神话

远古时代的另一类口头文学是远古神话故事,它是人类最早的散文形式的口头创作。这些口头创作以神为中心,叙述着神灵怪异的故事。

远古的蛮荒时代,科学水平和生产力低下,面对着无比强大的自然力,人类困惑着,敬畏着,幻想着,认为一定有一种力量无比强大的神灵掌控着自然界的一切自然现象,于是关于神灵鬼怪的故事就产生了。而人类也并不甘心受自然力的主宰,他们幻想着战胜自然力,因此,如何战胜自然力的故事也就随之产生了。这些故事就是远古的神话故事。

关于神话和神话的产生,马克思在《政治经济学批判导言》里作过精辟的论述:"任何神话都是用想象和借助想象以征服自然力,支配自然力,把自然力加以形象化;因而,随着这些自然力之实际上被支配,神话也就消失了。"神话"是已经通过人民的幻想用一种不自觉的艺术方式加工过的自然和社会形式本身"。[①] 毛泽东在《矛盾论》里也说:"神话中的许多变化,例如《山海经》中所说的'夸父追日',《淮南子》中所说的'羿射九日'……这种神话中所说的矛盾的互相变化,乃是无数复杂的现实矛盾的互相变化对于人们所引起的一种幼稚的、想象的、主观幻想的变化,并不是具体的矛盾所表现出来的具体的变化。"[②] 这就是说:第一,神话是远古人们对现实(包括自然和社会

---

① 《马克思恩格斯选集》第2卷,人民出版社1972年5月第1版,第113页。
② 《毛泽东选集》第1卷,人民出版社1991年6月第2版,第330—331页。

的)生活想象和幻想的产物;第二,神话是现实矛盾在人们思想上的反映,神话中的矛盾反映了人们思想上的矛盾,这种反映并不是具体的、科学的反映;其三,神话中叙述的故事反映了人们征服自然力的愿望;最后,神话具有历史阶段性,随着科学的发展和生产力的提高,产生神话的土壤随之消失,神话也就消亡了。

由于历史的久远和统治阶级的轻视,我国汉族的远古时代的神话没有得到很好的保存,许多神话故事散佚了,有的成了断简残篇。我们今天尚能见到一些神话,主要得力于《山海经》和楚辞《天问》等古籍,不过也只是我国远古神话的九牛一毛罢了。

从保存下来的神话看,按其内容可以分为三类:自然神话、社会神话和异人异物神话。

原始时期由于生产力极为低下,人们的思维方式极为简单,对于自然界的变化,例如天地万物的形成、日月星辰的升降、雨露风云的产生、自然灾害的出现等现象不能作出合理的、科学的解释,于是在他们的想象和幻想中,各种自然的神灵和关于神灵的神话就产生了。这就是自然神的神话。这种神话偏重于解释自然界的各种自然现象,故也可以称为自然神话。我国远古神话里有不少著名的自然神话故事,如《山海经·大荒东经》:

> 东海中有流波山,入海七千里。其上有兽,状如牛,苍身而无角,一足,出入水则必风雨,其光如日月,其声如雷,其名曰夔。黄帝得之,以其皮为鼓,橛以雷兽之骨,声闻五百里,以威天下。

这是雷神的故事,解释了原始人类对于雷这种自然现象的认识。《山海经·海外北经》:

> 钟山之神,名曰烛阴,视为昼,瞑为夜,吹为冬,呼为夏,不饮,不食,不息,吸为风。身长千里,在无启之东。其为物,人面,蛇身,居钟山下。

这是主持季候昼夜之神,解释了白天黑夜和季候变换的原因。再如著名的"共工怒触不周之山"讲的是水神共工的故事,解释了我国地形西北高东南低、江河东流的原因;"后羿射日"讲旱灾的原因和战胜它的幻想;"女娲造人"讲的是人类的产生。这些都是古老的著名的自然神话。

在强大的自然力面前,远古的人类并没有低头,他们虽然尚不能完全战胜自然,但他们创作了许多塑造英雄形象的故事。在他们的想象和幻想中,那些战胜自然的英雄寄托着他们自己战胜自然的理想,我们可以称之为英雄神话。又因为这些神话反映的往往是原始人类的社会生活,也可以称之为社会神话。我国汉族的古籍里保存了许多这类神话故事。如《山海经·海外北经》:

夸父与日逐走,入日,渴欲得饮,饮于河、渭,河、渭不足,北饮大泽。未至,道渴而死。弃其杖,化为邓林。

夸父之所以逐日,当然是为了战胜旱灾,因为原始人认为太阳是旱灾之源,但夸父是一个失败了的英雄,不过失败也并不气馁,他的杖化作邓林。邓林者,桃林也。这邓林既可以为人遮日纳凉,也可以供人桃果,解人饥渴,可见夸父是人民的英雄。夸父失败的事业终于在羿的手里得以完成,《淮南子·本经训》记载:

尧之时,十日并出,焦禾稼,杀草木,而民无所食。猰貐、凿齿、九婴、大风、封豨、修蛇,皆为民害。尧乃是羿诛凿齿于畴华之野,杀九婴于凶水之上,缴大风于青丘之泽,上射十日而下杀猰貐,断修蛇于洞庭,禽封豨于桑林,万民皆喜,置尧以为天子。

羿胜利了,旱灾战胜了,羿的英雄行为为万民欢迎,羿也成为为民除害的英雄。其外,像《山海经·海内经》的"鲧禹治水"、《大荒北经》的"黄帝擒蚩尤"、《北山经》的"精卫填海"等都是流传久远、为人们所喜爱的远古神话故事。

还有一类是关于异人异物的故事。这些故事创造了许多异人异物：这些异人有着特殊的相貌和本领，如《山海经》中长着翅膀的"羽民国"以及"长臂国"之人，等等；这些异物则有着特殊的功用，如《博物志·外国》记载的"飞车"，等等。这些异人异物的特殊本领和功用也是原始人对战胜自然力、克服人类本身能力局限的想象和幻想。

总之，远古神话是人类在其幼年时代想象和幻想的产物，使我们看到了原始人类的一些社会生活、生产方式和文明发展的风貌，是难能可贵的人类文明史的资料。而它丰富的故事性、积极的浪漫主义精神则为我国文学提供了宝贵的营养，是我国文学的一个重要源头。

第二节　我国古代第一部诗歌总集——《诗经》

一　《诗经》的分类和结集

《诗经》是我国第一部诗歌总集。这部诗集的名字原来并不叫《诗经》，而叫《诗》，或者连同它的诗篇的约数称《诗三百》，或《诗三百篇》。后来因为儒家把它作为经典，人们开始称之为《诗经》。

《诗经》分为《风》《雅》《颂》三部分。风、雅、颂后来和赋、比、兴合称作"诗六义"。"诗六义"的说法见于《毛诗序》，从文学的角度看，并无什么意义。实际上，风、雅、颂是诗的三种体裁，而赋、比、兴则是诗的三种表现手法。

关于风、雅、颂，古人有很多解释，现在一般都承认风是乐曲的名字，所谓"国风"就是各国的乐曲，犹如我们现在说的山西调、河南调，等等。《诗经》里的国风有十五种，就是有十五个地方的乐曲。

雅也是乐曲的名称。雅就是"正"的意思。雅乐是京畿附近的乐曲，是相对地方音乐而言。雅主要来源于西周王都附近，风起于民间，所以，在统治阶级看来就有雅、俗之分了。雅又分大雅、小雅，也有很多说法，褚斌杰认为它们的区别是它们的音乐产生的时代的先后，"'小雅'中的诗在时代上比'大雅'晚，风格上比较接近国风，可能正是音乐上受到'风诗'的影响而有所变化，不同于旧的雅乐，因此才做了大、小雅的区分"（《中国文学史纲要》第一册）。

颂也是因音乐而得名。朱熹说："颂者，宗庙之乐歌。"就是说颂是祭祀宗庙时的乐曲。

现在，《风》诗里有160篇作品；《雅》诗里有《大雅》31篇，《小雅》74篇，共105篇作品；《颂》诗里有《周颂》31篇，《鲁颂》4篇，《商颂》5篇，共40篇。全部《诗经》305篇。但《小雅》里有6篇——《南陔》《白华》《华黍》《由庚》《崇丘》《由仪》，有目无文，这就是所谓"笙诗"。"笙诗"的说法也很多，可能是用笙配乐的，故曰"笙诗"。这些诗后来散佚了，所以只存目无文。

这么多的诗，散在不同的地区，作者的阶层又不同，加上创作时间之久（一般认为起自西周初到春秋中叶），它们是怎样集结于一书的呢？《史记·孔子世家》有所谓孔子"删诗"说，即《诗经》是由孔子删汰编辑而成，这种说法不为后世多数学者认同。现在一般认为，把这些作品结集成书的当是周代的乐官。至于这些诗歌如何达于乐官之手，则有所谓"采诗"说和"献诗"说。

"采诗"说认为，国家组织那些"男年六十，女年五十无子者，官衣食之，使之民间求诗。乡移于邑，邑移于国，国以闻于天子"（《春秋公羊传》何休注）。这是民歌的采集。而"献诗"则是周天子听政的需要，"天子听政，使公卿至于列士献诗"（《国语·周语上》），这是《雅》《颂》里多数作品的来源。采集来的诗和献上来的诗，再经过乐官们的删汰、编辑、配乐，把它们记录下来，就成了《诗经》。

汉代传习《诗》三百篇的有鲁、齐、韩、毛"四家诗"，前面的"三家诗"先后亡佚，只有《毛诗》流传了下来，这就是我们今天看到的《诗经》。

二　广泛反映社会生活的《诗经》民歌

《诗经》中最有价值的是《国风》以及《小雅》中的一部分民歌。《雅》《颂》中的贵族文人作品，少数有讽谕和讽刺性质的诗，以及几篇周族的史诗,是值得我们学习的有意义的作品,但大多数作品是属于歌功颂德的庙堂文学。所以我们主要分析《诗经》中的民歌。

(一)劳动之歌

诗歌起源于生产劳动,有关劳动的内容更是劳动人民歌唱的主题。《诗经》时代的各种各样的劳动生活都在《诗经》民歌中有所反映。

《小雅·无羊》是《诗经》里写畜牧业劳动的一首有名的作品,虽然在《小雅》里,但是就其内容看,仍是一首民间的牧歌,写得生动极了。第一段写牛羊的蕃盛:

> 谁谓尔无羊?三百维群。谁谓尔无牛?九十其犉。尔羊来思,其角濈濈。尔牛来思,其耳湿湿。

第二段对牛、羊的动态以及牧人的描写也很生动:

> 或降于阿,或饮于池,或寝或讹。尔牧来思,何蓑何笠,或负其餱。三十维物,尔牲则具。

第三段写牧人边放牧边打柴狩猎的活动,以及他放牧技术的高超,第四段写牧人做了一个美梦,都极生动。

只有长期进行畜牧劳动的牧人才能唱出这样生动形象的牧歌。

《豳风·七月》是从事农业劳动的奴隶们自己的歌唱,以时间为顺序,描写他们一年到头的劳动和生活。诗用对比的手法写出奴隶主与奴隶们的不同生活状况:一边是"无衣无褐,何以卒岁"的哀叹,而另一边却是靠剥削穿着漂亮的麻布衣和裘皮袄,过着奢侈的生活;一边是一年到头毫无闲暇的忙碌,一边却是在酒足饭饱之余去强掠采桑姑娘寻欢作乐。诗揭示了阶级的对立和矛盾,饱含着奴隶们的愤激情绪。

《诗经》中有不少反映妇女劳动的民歌。如《周南·葛覃》《芣苢》《魏风·十亩之间》等。《十亩之间》是采桑妇女在劳动结束之后吆友

呼伴同道而归时唱的歌:

> 十亩之间兮,桑者闲闲兮。行与子还兮。
> 十亩之外兮,桑者泄泄兮。行与子逝兮。

语言的朴素、章法的重叠、韵律的轻快都说明它是一首民歌。

《诗经》民歌中关涉劳动的作品还很多,不过有不少并不是直接描写劳动生活,而是借劳动起兴来对统治者进行讽刺,或是借劳动场面来写男女爱情。

(二)爱情和婚姻之歌

《诗经》民歌中有很多有关爱情与婚姻的歌唱。因为爱情与劳动一样是人类生活的重要内容,远古时代的人们"劳动也唱歌,求爱也唱歌"(鲁迅《门外文谈》)。《诗经》里的爱情诗所反映的爱情生活极其丰富多彩,可以说爱情生活的方方面面在《诗经》民歌中都有所反映。

《召南》中的《野有死麕》写一对青年男女邂逅在郊外,男子赞美女子"如玉"的美貌,而姑娘也爱上了这小伙子。但少女的羞涩和矜持使她羞答答地对男子说:

> 舒而脱脱兮,无感我帨兮,无使尨也吠。

嘱咐他不要毛手毛脚,手脚轻一点的好,否则引起狗吠,让人知道了多难为情。挚爱中保持着细心和警惕。《邶风·静女》《鄘风·桑中》《王风·丘中有麻》都是描写幽期密约的情歌。特别是《静女》写得极为生动:

> 静女其姝,俟我于城隅。爱而不见,搔首踟蹰。
> 静女其娈,贻我彤管。彤管有炜,说怿女美。
> 自牧归荑,洵美且异。匪女之为美,美人之贻。

男女相约在"城隅"相见。但姑娘成心逗人,在相约的地方,故意躲起来不见他,急得小伙子"搔首踟蹰"。姑娘赠给男子"彤管"(红色管状的植物),小伙子由"彤管"的颜色联想起女子的深情和美丽,"匪女(指彤管)之为美,美人之贻",因此,他更加爱她了。全诗活泼新颖,洋溢着青春的热烈气息,心理刻画生动细致,人物形象鲜明饱满。

《桑中》也是写幽期密约的。诗中男子想象有美丽的姑娘"期我乎桑中,要我乎上宫,送我乎淇之上",一片深情。《丘中有麻》则写女子等爱人幽会,却久等不来,于是她作了种种揣想:是谁把他留在麻丛里?是谁把他留在麦田中?是谁把他留在李树下?她焦急地盼望等待,不过她还是相信他一定会来"贻我佩玖"。诗作对人物的心理刻画细致入微。

《郑风·溱洧》描写男女青年的恋爱生活,更是充满着生动活泼的情调。诗分两章,亦是重章的形式。开头头两句总写三月上巳溱水、洧水两岸士女如云的热闹景象,然后用特写镜头写其中的一对男女,写他们的对话、相谑和赠答,表现了他们沉浸在爱情之中的欢乐。女子的撒娇、男子的憨厚都写得其态可掬。

《诗经》民歌中有不少作品描写了劳动人民对爱情的执着追求和忠贞,表现了他们对幸福生活的向往、健康的审美情趣和高尚的情操。著名的《周南·关雎》《秦风·蒹葭》就是如此。

相思和失恋是男女爱情中必然会出现的情况。《郑风·将仲子》描写了使恋人不能自由相会的是父母、哥哥以及邻人。姑娘虽然怀念自己的"仲子",但又不敢让他来。第一章说:

> 将仲子兮,无逾我里,无折我树杞。岂敢爱之?畏我父母。仲可怀也,父母之言,亦可畏也。

婚后的不幸也在《诗经》民歌中有所反映。《邶风·谷风》《卫风·氓》是其中的代表性诗篇。两首诗题材相同,却表现各异,刻画了遭遇相同的两位女性的不同性格。

(三)战争和行役之歌

《诗经》的时代,劳动人民不仅要从事繁重的农牧业生产劳动,而且由于统治阶级频繁地发动战争,还要负担沉重的兵役和徭役。广大劳动人民被驱使服役,抛妻别子,与家人生离死别,离井背乡。《诗经》民歌中有不少的作品正是反映这种情况的。

但是《诗经》民歌对于战争的描写并非是一概反对,而是有所区别,对于保卫家园、反抗外族入侵的战争,给予积极的肯定。《秦风·无衣》就是一首体现劳动人民爱国主义精神的颂歌:

> 岂曰无衣?与子同袍。王于兴师,修我戈矛,与子同仇!
> 岂曰无衣?与子同泽。王于兴师,修我矛戟,与子偕作!
> 岂曰无衣?与子同裳。王于兴师,修我甲兵,与子偕行!

劳动人民虽然无衣无裳,过着贫穷的生活,但是当"王于兴师",即国家要兴兵打仗、抗击外侮时,他们就互相激励,同仇敌忾,激荡着爱国主义的热情。《鄘风·载驰》也是一首表现爱国主义的诗,它的作者是卫戴公之妹许穆夫人,表达了亡国的卫国人民的共同感情。许穆夫人是我国文学史上第一个知名的爱国女诗人。

战争毕竟带给人民许多苦难,生产的破坏给人民带来了生活上的困苦,离妻别子更给人们带来感情上的煎熬。《诗经》民歌里有为数不少的征夫之辞,对他们痛苦忧伤的行役生活作了广泛、深入和细致的反映。《齐风·东方未明》是一首反映官府拉夫的民歌。诗说天还未亮,官府派来的人就来催人应差,使得应差人连衣服也无暇穿好,但是那催差人犹嫌怠慢,以致冲破篱笆,肆施淫威,弄得人民"不能辰夜,不夙则莫",连早晚都不得休息。

《魏风·陟岵》是一首构思巧妙的征人怀乡词,首章说:

> 陟彼岵兮,瞻望父兮。父曰:"嗟!予子行役,夙夜无已。上慎旃哉!犹来无止!"

诗里写一个行役之人登高望乡,怀念家乡,却不直写他如何思乡,而是设想家里人在思念自己。全诗构思巧妙,设想新奇。

兵役和徭役还给征人带来分离的痛苦。《豳风·东山》是一首杰出的征夫诗,深切地写出了战争给人民带来的妻离子散、家园破败的痛苦。全诗构思之巧妙在于写征人的思家,而以想象家中的情景来表现,显得含蓄蕴藉。

战争,不仅造成了外有旷夫,也造成了内有怨女。因此,在《诗经》民歌中反映徭役兵役之苦的不仅有征夫之辞,而且还有思妇之歌。丈夫服役,妇女在后方承担繁重的劳动,因此,《诗经》民歌中的一些思妇词是在劳动时的歌唱。《周南·卷耳》就是这样的诗。诗写一个采摘卷耳的妇女在劳动时对行役中的丈夫的怀念。诗人一反平铺直叙的构思,却写想象中丈夫行役途中的苦况,用丈夫的口气写出马疲倦、人困乏和以酒解忧的境况。构思的巧妙在于用丈夫行役中的忧心来反衬自己的忧思,后代许多相思离别的诗在构思上正是借鉴了这首民歌。

《伯兮》则从另一方面表现了女主人公相思之情,第二章说:

  自伯之东,首如飞蓬。岂无膏沐?谁适为容!

以无心打扮反衬相思之情的深沉。《君子于役》更是思妇诗中脍炙人口的名篇:

  君子于役,不知其期,曷至哉!鸡栖于埘,日之夕矣,羊牛下来。君子于役,如之何勿思!
  君子于役,不日不月,曷其有佸!鸡栖于桀,日之夕矣,羊牛下括。君子于役,苟无饥渴!

全诗以景衬情,情景交融,为读者在夕阳西下的晚景之中绘出了一幅思妇翘首望夫图。

(四)讽刺和揭露之歌

《诗经》中的讽刺诗,以《大雅》《小雅》中为多,但是《国风》中的讽刺诗更具有强烈的讽刺性和战斗性,它们或揭露统治阶级的贪婪和残暴,或讽刺统治阶级的荒淫与无耻,无不辛辣锐利。

《国风》里的讽刺诗对统治阶级的不劳而获作了深刻的揭露。《魏风·伐檀》以伐檀起兴,诉说劳动者的怨怒。诗里说:

> 不稼不穑,胡取禾三百廛兮?不狩不猎,胡瞻尔庭有县貆兮?彼君子兮,不素餐兮!

诗对统治者发出质问:你们既不耕种又不收获,为什么你们把千捆万捆的粮食往家里搬?你们既不打猎又不捕兽,为什么你们家的庭院挂满猪獾?并且用嘲讽的语言说道:你们这些君子,真不是白白吃闲饭啊!《魏风》的《硕鼠》一诗,劳动人民把这些"素餐"的"君子"比作"硕鼠",作了更加形象化的揭露,并且表示他们决心逃避"硕鼠"的剥削,去寻找那无剥削无压迫的幻想中的"乐土"。

对统治者的揭露还触及了他们的一些野蛮残暴的罪行。《秦风·黄鸟》揭露人殉制度的残酷。诗分三章,以"交交黄鸟,止于棘""交交黄鸟,止于桑""交交黄鸟,止于楚"起兴,使全诗沉浸在一片哀鸣的气氛之中。秦穆公之死,据记载殉葬者一百七十多人,可见当时人殉制度的凶残。

《诗经》讽刺民歌中,更多的是讽刺统治者荒淫腐朽的生活,这些诗揭露了他们人品的低下、道德的沦丧和行为的卑劣,战斗性十分强烈。《鄘风·相鼠》揭露统治者没有礼仪,没有行止,骂他们连老鼠也不如,诅咒他们"不死何为"。

统治者的无耻和荒淫集中表现在他们私生活的肮脏和丑恶上。《鄘风·墙有茨》讽刺卫国公子顽私通庶母宣姜。《邶风·新台》则讽刺卫宣公强纳儿媳。《陈风·株林》讽刺陈灵公与其臣孔宁、仪行父合同夏姬淫乱。

这些讽刺性的诗无情地剥去了统治阶级罩在自己身上的礼义廉耻的面纱,把他们的丑恶本质暴露在光天化日之下,摧毁了他们自傲于人民的精神优越感,还他们以本来面目。

三 《诗经》民歌的艺术

《诗经》民歌不仅广泛而深刻地反映了当时的社会生活,而且在艺术上也有极光辉的成就,成为后世诗人们创作的典范。

(一)现实主义的手法

《诗经》民歌在艺术上突出的艺术成就之一是它的现实主义手法。《豳风·七月》《魏风·伐檀》《魏风·硕鼠》《鄘风·墙有茨》《陈风·株林》都从不同角度反映了社会的黑暗,揭露统治者的荒淫无耻。

《诗经》民歌中的现实主义更体现在它创造了众多的人物形象,这些人物形象来源于生活,但又不是现实生活中人物的机械描摹,而各有各的个性,各有各的情态。《召南·行露》里的不畏强暴的姑娘是坚强的,《摽有梅》中的女孩子是大胆而泼辣的,《邶风·静女》中的姑娘则是调皮而多情的,《郑风·将仲子》中的姑娘是胆怯软弱的。

《诗经》民歌中人物形象描写的现实主义还表现在诗人们不是孤立地描写人物,而是把人物放在一定的历史条件和背景中来表现,使人物具有典型性。例如《郑风·将仲子》中那位胆怯而又软弱的姑娘,不仅形象真实可信,而且也具有一定的典型性。

(二)赋比兴的技巧

古人研究《诗经》的表现技巧时多是研究赋、比、兴,其实,《诗经》,特别是民歌,是有多种多样的艺术手法的,赋、比、兴不过是《诗经》中最常用的表现方法。

对于赋、比、兴,古人作过多种解释。用现代的话简言之:所谓赋,就是对事物直接的描写或铺陈叙述;所谓比,就是比喻,用一种事物对另一种事物进行比方,以揭示它的本质特点或使它更鲜明、具体;所谓兴,就是诗歌的即景生情、由彼而及此的起头方法。

赋是一般文学创作中最常用的描写手法,它不借用比喻、兴起,只是实实在在地描写和叙述。《诗经》民歌中采用赋的手法的篇章很多,如《豳风·七月》《豳风·东山》两篇是用赋法的长篇作品;短篇中也有用赋法且极为生动的,如《邶风·静女》《王风·君子于役》《齐风·东方未明》等。

《诗经》民歌中运用比的手法极为多样。《魏风·硕鼠》是揭露统治阶级的,诗人抓住统治者不劳而获的特征,用"硕鼠"作比,形象深刻地揭示其本质。《邶风·新台》写卫宣公好色而偷娶子妻,诗中把他比作癞蛤蟆,不仅把他的丑态写得很鲜明生动,而且还表现了劳动人民对他的鄙视和厌恶。

有时为使刻画的人或物更形象更生动,《诗经》民歌常采用一连串的比喻,从各个方面来描写,使人或物的形象整体地突显出来。如《卫风·硕人》形容庄姜的美貌:

> 手如柔荑,肤如凝脂,领如蝤蛴,齿如瓠犀,螓首蛾眉。巧笑倩兮,美目盼兮。

一连用了六个比喻,手、皮肤、脖子、牙齿、额头、眉毛都作了比,再加上最后两句动态描写,就把一个美人写活了。

关于兴,就是民歌中的起头儿,诗人往往就眼前所见随口唱出,然后引起要歌咏的话题。《诗经》民歌的兴法也有很多种,大体上说,有的起兴与所咏的话题有意义上的关联,但确有少数兴句只是纯粹为了起头儿,很难从意义上找到什么联系。

有的兴句兼有比的作用,如《周南·汉广》的首二句"南有乔木,不可休思",也可视作兴句,自然地引出"汉有游女,不可求思"的主要话题。

有的兴句与下文没什么意思上的关联,但通过每章兴句的同中

有异,显示出诗意的进展。如《唐风·绸缪》:

  绸缪束薪,三星在天。今夕何夕?见此良人。子兮子兮!如此良人何!
  绸缪束刍,三星在隅。今夕何夕?见此邂逅。子兮子兮!如此邂逅何!
  绸缪束楚,三星在户。今夕何夕?见此粲者。子兮子兮!如此粲者何!

  每章开头两句是起兴,基本相同,但把第二句的"三星在天"换成"三星在隅"和"三星在户"。诗通过兴句标明着时间的推移,表现了男子在新婚之夜长久的幸福和激动不已的心情。
  确实也存在一些兴句,它们在意义上与下文的所咏之词没有联系,只是作为纯粹的起兴。不过他们的作用除起头儿之外,还有为下文起韵和补足诗句的作用。如《秦风·车邻》第三章:"阪有桑,隰有杨。既见君子,并坐鼓簧。今者不乐,逝者其亡。"前两句的起兴就有起韵的作用。

(三)抒情诗的成熟

  《诗经》民歌中的绝大部分都属于我国文学中的早期抒情诗,但已具有很高的抒情技巧性,表明我国抒情诗已进入成熟的阶段。
  《诗经》民歌中的抒情诗多表现出很强的抒情性。很多作品都是作者直接抒发强烈的思想感情。例如《魏风·硕鼠》三章,感情有三次变化,一次比一次强烈。再如《王风·采葛》只说自己的主观感受,由一日不见如隔三月,进而到三秋、三年,相思之情一层深一层,表现的感情也是强烈而深沉的!
  《诗经》民歌的抒情技巧有时表现得婉转隐约,含蓄蕴藉。《周南·卷耳》的构思极其巧妙曲折,把思妇怀夫和征夫忆妇的双重内容集于一篇。清人方玉润评《卷耳》就说:"后世杜甫'今夜鄜州月'一首,脱胎于此。"(《诗经原始》)《魏风·陟岵》不明言己之思亲,却通过征人的登高远望以想象父母兄弟思己,已思亲人的意思溢于言外,表情达意也颇为婉转曲折。

(四)叙事诗的萌芽

《诗经》民歌多数是抒情诗,而且其抒情的技巧已臻妙境,相比之下,叙事诗却比较少,叙事诗的成熟程度也远逊于抒情诗。但是《诗经》民歌中也有一些初具规模的叙事诗,可以说是叙事诗的萌芽。

《诗经》民歌中的一些作品的叙事性,多表现在一个片断场面的描写上,通过一个场面、一件事情的叙述来表现人物的性格。如《郑风·溱洧》《召南·野有死麕》《邶风·静女》《郑风·女曰鸡鸣》《齐风·鸡鸣》《齐风·东方未明》和《陈风·东门之枌》等,虽说是抒情诗,但都带有叙事性。像《东门之枌》:

> 东门之枌,宛丘之栩。子仲之子,婆娑其下。
> 穀旦于差,南方之原。不绩其麻,市也婆娑。
> 穀旦于逝,越以鬷迈。视尔如荍,贻我握椒。

这实际上说了他们获得爱情的过程:相识于"东门之枌",相会于"南方之原",定情于"贻我握椒"之日。

(五)浑朴自然的语言和形式

《诗经》中的民歌是几千年前劳动人民对自己生活和劳动的歌唱,是"饥者歌其食,劳者歌其事"。语言所流露的是他们自己在生活中的真实感情,显现出浑朴自然的风格,没有矫情的虚饰和语言的雕琢。《七月》是一幅奴隶受压迫剥削的真实画图,以完全口语化的语言把当时奴隶的生活、劳动、痛苦和不幸全面真实地反映了出来。《女曰鸡鸣》通过一对夫妻的对话,表现了夫唱妻和的美满幸福的感情,洋溢着温暖的生活情趣,表现了劳动人民对幸福生活的热爱。诗中对白形式的语言运用,相当生动地刻画了男女主人公的形象。

《诗经》民歌在句式上虽然以四言为主,但也有其他句式。如《邶风·式微》第一章有二言、三言、四言、五言。再如《魏风·伐檀》第一章就有四言、五言、六言、七言、八言。可见《诗经》民歌句式的灵活。

《诗经》民歌的浑朴自然还体现在重章叠句的形式上。例如《周南·芣苢》:

采采芣苢,薄言采之。采采芣苢,薄言有之。
采采芣苢,薄言掇之。采采芣苢,薄言捋之。
采采芣苢,薄言袺之。采采芣苢,薄言襭之。

三章重叠,只换了六个不同的动词:采、有、掇、捋、袺、襭,却完整地反映了一个劳动的全过程,描绘了劳动过程的渐进和劳动成果由少积多的情形。

《诗经》民歌的语言多是四言,二二句式,节奏明快,后一章又多重复前章,因此全诗的节奏优美而动听。《周南·芣苢》前后三章语言相同,句式相同,只改动几个字,在复沓的形式中表现了鲜明的节奏感,传达出浓郁的诗意。《魏风·十亩之间》只有两章,每章三句,前后重章,有农村黄昏的景色,有劳动者相吆的呼唤,节奏鲜明,意境优美。《诗经》优美的韵律完全是来自劳动者自己的创造,而且是一片天籁,绝无雕琢之痕。

四 《诗经》对后世文学的影响

《诗经》是我国古代最早的一部诗歌创作总集,《诗经》特别是《诗经》中的民歌对后世文学创作有极大的影响。

首先,《诗经》民歌广泛地反映了当时的社会生活,为我们留下了丰富而又生动形象的古代生活画面,是我国现实主义文学最早的源头。后世的诗人在创作中,常常有意识地遵循《诗经》民歌的创作传统,真实地记载社会现实生活,反映劳动者的苦难,揭露统治者的腐朽和残暴。这就形成了我国诗歌创作中现实主义的优良传统。我们在读唐代诗人杜甫、白居易等诗人的作品时，都能感受到他们在创作内容和创作方法上受《诗经》，特别是《诗经》民歌的影响。

其次，《诗经》的赋、比、兴成为我国古典诗歌的传统表现手法。比兴在经过屈原的楚辞创作后发展成为一种比兴寄托的方法，成为后世许多诗人创作的最基本的表现手法。从后代的许多政治诗、讽刺诗，以及乐府、拟乐府、唐代"新乐府"的诗歌中都不难看出，其比兴手法是与《诗经》民歌一脉相承的。

再次，《诗经》中的绝大多数作品是抒情诗，它们运用各种手法抒发着作者的感情，有的纯粹抒情，有的在叙事中抒情。但总的说来，《诗经》特别是其中的民歌多是抒情性的作品。各种抒情手法的运用和它们达到的很高的艺术成就，反映了《诗经》中的抒情诗已臻成熟。后来我国诗歌虽有很多叙事性杰作，但总的说来，诗人们的创作仍以抒情诗为主，这当然是受《诗经》抒情诗影响的结果。

最后，《诗经》以四言为主而又灵活的语言体式、用韵方式为我国古代诗歌所继承和发扬，启发了后代诗歌的语言形式和用韵方式的形成。四言诗在《诗经》后仍然多有仿效，曹操、陶渊明的四言诗不仅继承了《诗经》的语言形式，而且在艺术上达到了很高的成就。《诗经》中少数诗的五言形式，可以说启迪了我国后世的五言诗创作，使这种形式成为我国古典诗歌创作的主要形式之一。《诗经》作品的用韵方式是多种多样的，但隔句押韵和首句用韵再隔句押韵的方式最为普遍，而这两种用韵方式也正是我国古代诗歌的传统用韵方式。

总之，《诗经》是我国最早的一部诗歌总集，是我国文学，特别是我国诗歌创作的源头。它广泛地记载了当时社会生活的现实面貌，开辟了我国文学，特别是诗歌创作的现实主义道路和现实主义传统；它的高超的创作方法和艺术成就更是影响了一代又一代的诗人，使我国成为世界上最为光辉的诗的国度。

第三节　诸子散文和历史散文

春秋战国时期出现了散文蓬勃发展的盛况,这与当时社会政治、经济、文化和教育的发展有着紧密的关系。

春秋战国时期我国社会发生了重大变革。经济上,随着铁器的出现、耕牛的使用,生产力大大地提高了。生产力的发展,必然影响到生产关系的变化,封建社会逐渐代替了奴隶社会。旧制度、旧文化、旧传统、旧习俗也就随着政治制度的变革而逐渐解体。在新的政治和经济环境下,各种新的社会思潮和文化学术思想无可阻挡地发展和繁荣起来,旧的奴隶主阶级在文化和教育上的特权也逐渐丧失,私学代替了象征奴隶主特权的官学,教育也相对普及了。孔子的所谓"有教无类"正是教育相对普及的一个标志。知识分子("士")阶层越来越壮大,他们当中出现了许多有名的政治家、教育家、思想家、哲学家、军事家和科学家,等等。由于旧思想旧制度逐渐瓦解,政治斗争频仍,思想禁锢较少,这些有着各种政治思想和学术倾向的"士"到处游学、讲学,发表见解,互相论难,创立学说,建立宗派,于是形成了"百家争鸣"的局面,出现了所谓"九流十家"(儒家、道家、阴阳家、法家、名家、墨家、纵横家、杂家、农家等九个流派称"九流";加上小说家,合称"十家")。学派林立,学说蜂起。这些流派的代表人物或互相驳难,或著书立说,各种代表其观点的著作如雨后春笋般出现,形成了散文蓬勃发展的局面。

春秋战国时期的散文根据其内容,文学史家多将其分为历史散文和论说散文(又称诸子散文)两大类。它们原本是学术著作,但由于注意写作技巧,语言生动形象,具有文学性,也就成为了文学作品。

一　历史散文

春秋战国时期,社会政治经济发生了重大的变化,一些阶级、阶层消失了,一些诸侯国家丧亡了,一些新的国家诞生了,于是就出现了记载其事迹、探讨其原因、总结其教训的著作,这就是历史散文。历史散文的内容主要是记载历史人物的思想言论和行事,记述议论重大的历史事件的过程和教训,为后人后世提供历史的殷鉴。

我们见到的最早的历史散文是《尚书》,《尚书》原只称《书》,西汉孔安国《尚书序》"以其上古之书,谓之《尚书》",后成为儒家经典之一。《尚书》保存了一些上古的历史资料,其文章艰涩古奥,韩愈批评其"佶屈聱牙"(《进学解》),但《盘庚》篇记写人物语言、形态,生动形象。

春秋战国时期的历史散文有《春秋》《左传》《国语》《战国策》等,其中具有文学性的代表著作是《左传》《国语》《战国策》。

(一)《左传》

《左传》是"传"(解释)《春秋》的一部编年体的历史著作。《春秋》是我国古代第一部编年体史书,据说是孔子所作,因此具有重要的地位,被后世列为儒家经典,出现了一些为它作"传"的著作,《左传》《公羊传》《穀梁传》被称为"《春秋》三传"。"三传"中唯《左传》是根据《春秋》的系年而自主创作的一部记事详备的编年体史书。《左传》的记事起自鲁隐公元年(前722),止于鲁哀公二十七年(前468),以春秋时鲁国的历史为主线,记载了255年间春秋列国的历史大事。

《左传》的作者和写作年代后世有多种说法,但现在一般认为是战国后期的学者根据春秋时的史料编辑而成。

《左传》是史书,却取材广阔,详细地记述了春秋时期的政治、经济、军事等各个方面的史实。《左传》的文章或表现了作者的民本思想,或揭露了统治者的荒淫生活,有的暴露了统治者的残忍,有的赞扬了人民的爱国主义精神,总之,真实地反映了当时的社会现实面貌。

《左传》有着较强的艺术性。唐代学者刘知幾说《左传》文章"工侔造化,思涉鬼神,著述罕闻,古今卓绝"(《史通·杂说上》);清代文学家刘大櫆谓其"情韵并美"(《论文偶记》)。

《左传》特别善于写战争,不仅记写交战各方兵力的强弱、战争的经过和胜败的结局,而且把战争放在整个历史的大背景中,写出了其原因的是非,战术的得失,以及人民的支持与否,等等。《曹刿论战》写曹刿见鲁庄公有三问三答,让读者见出了民心的向背。再如"晋楚城濮之战",作者就首先交代了战争的起因、性质,接着记述了各方的战备情况和交战时各方的战术,预示了战斗的结局。

《左传》记事简约,语言委婉曲折,人物形象鲜明生动。《曹刿论战》《弦高犒师》中的曹刿和弦高的深明大义和爱国主义精神都通过人物的语言和行动鲜明地显现出来。

(二)《国语》

《国语》是一部分国记事的国别史,记事起于周穆王,终于鲁悼公(约前1000—前440),分周、鲁、齐、晋、郑、楚、吴、越八语,记载了八国的历史事件。《国语》的作者与《左传》一样,现在也多认为是战国后期人所撰,经过后人整理成书。《国语》反映了当时社会的阶级和阶层的矛盾,思想倾向比较驳杂。《国语》记事缺少系统性和连贯性,有时显得支离,但文章写得比较简括生动,语言浅显朴实,构思严谨细密,代表性的故事是《召公谏弭谤》《董叔将娶于范氏》等。

(三)《战国策》

《战国策》也是一部分国记事的历书著作,但最初可能只是一些记载战国纵横家言论的单篇文章,最后经过汉代学者刘向整理成书,分为东周、西周、秦、齐、楚、赵、魏、韩、燕、宋、卫、中山十二策,三十三卷。现在见到的《战国策》是宋代曾巩重新核定的。《战国策》记载了战国时期一些谋臣策士的言论,代表了纵横家的政治主张和社会见解。

与《左传》相比,《战国策》在艺术上有自己的特色。《左传》记事严谨简约,行人辞令委婉曲折,语言温文尔雅;《战国策》记事铺陈详尽,语言纵横捭阖,笔锋犀利流畅,富于雄辩,体现了纵横家的特色。《战国策》的许多文章写得很精彩,与《左传》可同称为先秦历史散文中最具文学性的两部著作。其中的《邹忌讽齐王纳谏》(《齐策一》)、《冯谖客孟尝君》(《齐策四》)、《触詟说赵太后》(《赵策四》)等,都是著名的篇章。

二　诸子散文

诸子散文指的是先秦时期那些著名的思想家、哲学家、军事家的著作,这些著作以议论说理为主,表达的是作者政治、思想、道德、伦理等方面的主张,故又称为论说散文。论说散文的代表著作有《老子》《论语》《孟子》《庄子》《荀子》《韩非子》等,最有文学意味的是《论语》《孟子》和《庄子》。

(一)《论语》

《论语》是记载儒家圣人孔子言行的一部语录体著作,主要反映孔子的社会政治、伦理道德等理想和观点。

孔子(前551—前479),春秋末期思想家、政治家、教育家,儒家学派的创始者。名丘,字仲尼,春秋鲁国陬邑(今山东曲阜)人。早年做过鲁国的小吏,中年曾为司寇,后周游列国,晚年回鲁国从事著述和教育。相传曾整理过《诗》《书》和《春秋》等典籍。现在一般认为《论语》是由孔子的学生和后学辑录整理的一部记载其言行的著作,全书二十篇,约成书于战国初年。

《论语》主要记录了孔子与学生的对话,语言简约生动。这些日常话语生动地描绘出孔子及其弟子的言谈举止、神情风貌和性格特征,刻画出鲜明的人物形象。如《季氏》:

> 陈亢问于伯鱼曰:"子亦有异闻乎?"对曰:"未也。尝独立,鲤趋而过庭。曰:'学诗乎?'对曰:'未也。''不学诗,无以言。'鲤退而学诗。他日,又独立,鲤趋而过庭。曰:'学礼乎?'对曰:'未也。''不学礼,无以立。'鲤退而学礼。闻斯二者。"陈亢退而喜曰:"问一得三,闻诗,闻礼,又闻君子之远其子也。"

寥寥数语,人物的性格面貌毕见。至于较长的《先进》篇的《子路曾皙冉有公西华侍坐章》更是描写和刻画了一幅诗意盎然的人物写生图和暮春风景画。

(二)《孟子》

《孟子》是由孟子和他的弟子共同撰写的一部著作,全书七篇,主要记载了孟子的言行,反映了他的"性善"论的哲学思想和"仁政"的政治思想,表现了一定的民本主义。

孟子(约前372—前289),战国时思想家、政治家、文学家。名轲,邹国(今山东邹城)人。曾游历宋、滕等国,做过齐宣王的卿。晚年退而与弟子万章等著书立说,《孟子》即成于此时。

《孟子》也基本上是一部语录体著作,但《孟子》作为文学散文,比《论语》更加成熟,语言生动形象,结构宏伟阔大,文章汪洋恣肆,气势雄辩。《孟子》积义养气,善于说理论辩,而且常借用寓言故事,巧比妙喻,加强文章的故事性和说服力。著名的短章如《离娄下》的《齐人有一妻一妾章》可以说是一篇生动的小小说。而《滕文公上》的《有为神农之言许行章》、《梁惠王上》的《齐桓晋文之事章》更是铺张扬厉,咄咄逼人,其机锋的巧运、说理的绵密让人惊叹,是有着强烈逻辑力量的论辩散文。

《孟子》不仅是哲学史和思想史上的伟大著作,而且在文学史上也有很高的地位,它同《庄子》可谓是先秦诸子散文中的双璧,对后代散文创作有重要的影响。

(三)《庄子》

《庄子》是继《老子》之后的最重要的道家学派的典籍,是庄子及其后学所著,今存三十三篇,计《内篇》七,《外篇》十五,《杂篇》十一。学界认为《内篇》为庄子自著,《外篇》和《杂篇》则是庄子弟子后学所作。

庄子(约前369—前286?),战国时哲学家、文学家。名周,宋国蒙

(今河南商丘东北)人。曾为漆园吏,楚威王欲聘之为相,庄子拒之,终身不仕,以授徒为业。

与《孟子》相比,《庄子》更似经过精心结撰,其内容主要是反映了庄子派虚无主义的哲学思想和"小国寡民"的政治思想。从不满现实的思想出发,《庄子》揭露了当时社会现实的黑暗,追求着虚无缥缈的理想世界。《庄子》的文章恣肆汪洋,文采雄伟瑰丽,想象丰富奇特,结构纵横变化,语言纯熟晓畅,叙事抒情无不穷形尽相,委屈周全。著名的《逍遥游》《秋水篇》,奇思妙想络绎奔放,重言寓言争相涌现,极富浪漫主义色彩。而"庖丁解牛""匠石运斤""得意忘言""蛮触之战""井中之蛙"等已成为成语的寓言和故事更显示了《庄子》作者思想的睿智和敏捷。鲁迅先生评《庄子》说:"然文辞之美富者,实惟道家……其文则汪洋辟阖,仪态万方,晚周诸子之作,莫能先也。"(《汉文学史纲要》)而其沾溉后世之文学散文,先秦诸子中亦当并推《庄》《孟》二家。

第三节　伟大诗人屈原和楚辞

一　屈原的生平和楚辞的产生

《诗经》的歌声消歇之后,诗坛沉寂了大约两三百年。到了屈原,一种新的迥异于《诗经》四言形式的新诗体诞生了,这就是楚辞。

楚辞的伟大作家是屈原。屈原(约前340—约前278),我国最早的大诗人。名平,字原,又自云名正则,字灵均。战国时楚国人,出身于楚国贵族,与楚王同姓。曾做过左徒等重要官职,颇受楚怀王信任,被委以"入则与王图议国事,以出号令;出则接遇宾客,应对诸侯"(《史记·屈原贾生列传》)的重任。但后来被小人谗毁,两次放逐于沅湘和汉北之地。屈原有感于国势沦丧,创作了《离骚》等楚辞体的诗歌作品。

关于楚辞,宋代学者黄伯思说:

屈、宋诸骚,皆书楚语,作楚声,纪楚地,名楚物,故可谓之楚辞。(《东观余论·翼骚序》)

鲁迅先生也说《离骚》等屈原之作"以原楚产,故称'楚辞'"(《汉文学史纲要》)。可见,屈原、宋玉的骚体作品之所以称为"楚辞",乃是因为它们是产生于楚国的作品。

楚辞的产生,首先应该归功于屈原,没有屈原,当难成楚辞。但屈原的创造不可能是无本之木,无水之源。他乃是根据当时楚国的民歌和巫歌加以改造而成的。如《越人歌》《孺子歌》,其语言、形式都与楚辞相同。《孺子歌》:

沧浪之水清兮,可以濯我缨。沧浪之水浊兮,可以濯我足。

每两句中加一"兮"字正是楚辞语言的一种形式。而《越人歌》也是这种形式。这两首诗据记载都是南方楚地的民歌,屈原正可借鉴这种形式。而屈原的《九歌》源于楚地巫歌,也见证于汉代楚辞学者王逸的《楚辞章句》之《九歌序》,据他所说,屈原流放到沅湘之间,受到当地祭祀巫歌的影响,改造了它的鄙陋之词,作为《九歌》。另外,《诗经》四言形式之影响《橘颂》和《天问》,战国纵横家散文语言的铺张扬厉之影响《离骚》等的"繁辞华句",也是很明显的。

二 《离骚》《九歌》《九章》和《天问》

《汉书·艺文志》记载有"屈原赋二十五篇",现在学界承认的屈原作品有《离骚》、《九歌》11篇、《天问》、《九章》9篇、《招魂》等。下面我们主要讨论《离骚》《九歌》《九章》和《天问》。

(一)《离骚》

《离骚》是屈原作品中最为光辉的一篇。刘勰《文心雕龙》单列《辨骚》一篇,把它作为屈原作品甚至楚辞的代表,说:"自风雅寝声,莫或抽绪,奇文郁起,其《离骚》哉。""骚体"也成了楚辞体的代称或简称。

所谓"离骚",后人有许多解释。《史记·屈原贾生列传》说:"离骚者,犹离忧也。"王逸《楚辞章句·离骚序》说:"离,别也;骚,愁也。"即"离骚",是离别的忧愁,这是东汉人的解释,应该可信。

《离骚》内容丰富,气势宏伟,篇幅宏大,语言富丽,全诗373句,2400多字。诗中主要倾诉诗人的爱国热情和壮志难酬的苦闷以及对理想的追寻。诗分两大部分:第一部分从开首至"岂余心之可惩",主要是描写现实的矛盾,回顾了自己殚精竭虑的爱国历程;第二部分从"女嬃之婵媛兮"至篇末,主要写诗人幻想中的追求,诗人神游天地四方,到处追寻,表现诗人至死不悔的爱国精神。前一部分带有较强的自叙生平的性质,后一部分则带有较强的抒发主观感情的色彩。

《离骚》是波澜壮阔、震古烁今的长篇政治抒情诗,思想内容极为复杂,但它在千变万幻之中所展示的仍然是一个不变的中心主题,这就是诗人强烈的爱国主义精神。它统摄着全篇,闪烁在始终,使之纷而不乱。

《离骚》的爱国主义集中表现为诗人始终不渝地追求其美好的政治理想,也就是他在内政上的两大政策:修明法度和举贤授能,即国家要用法度去治理,而用人要唯才是举,唯能是用。正因为如此,诗人对于楚国的法度被破坏极为痛心,并作了深刻的揭露和批判:

> 众女嫉余之娥眉兮,谣诼谓余以善淫。固时俗之工巧兮,偭规矩而改错;背绳墨以追曲兮,竞周容以为度。忳郁邑余侘傺兮,吾独穷困乎此时也。宁溘死以流亡兮,余不忍为此态也!

"规矩""绳墨"就是指法度,但在楚国的现实中这些都被破坏净尽。党人们正是靠破坏国家的法度来追求自己邪曲的个人利益。诗人痛心已极,表示自己宁死也不能这样做。为了实现自己修明法度的理想,诗人要求"举贤授能":

> 汤禹俨而祗敬兮,周论道而莫差。举贤而授能兮,循绳墨而

不顾。

又说：

> 昔三后之纯粹兮，固众芳之所在；杂申椒与菌桂兮，岂惟纫夫蕙茝？

他又列举许多治与乱的历史，来说明这无不关系着修明法度与举贤授能。为此，诗人提出了培养人才的主张：

> 余既滋兰之九畹兮，又树蕙之百亩。畦留夷与揭车兮，杂杜衡与芳芷。冀枝叶之峻茂兮，愿俟时乎吾将刈。

当然，诗人一己之力无法改变这种黑暗状况，他反复说"世溷浊而不分兮，好蔽美而嫉妒""世溷浊而嫉贤兮，好蔽美而称恶""世幽昧以眩耀""众皆竞进以贪婪兮，凭不厌乎求索。羌内恕己以量人兮，各兴心而嫉妒"。是非颠倒、黑白混淆，正是当时楚国社会现实的真实写照。

诗的最后写道：

> 陟升皇之赫戏兮，忽临睨夫旧乡。仆夫悲余马怀兮，蜷局顾而不行。……已矣哉！国无人莫我知兮，又何怀乎故都！既莫足与为美政兮，吾将从彭咸之所居！

虽然诗人不愿离开故国故土，但终于走向了"彭咸之所居"——以死报国！

《离骚》是思想性和艺术性高度完美结合的典范，吸引着、感动着自古以来千千万万的读者。首先，《离骚》发展了《诗经》以来的抒情诗艺术，把塑造诗人自我形象作为诗歌的主要艺术追求，塑造了全面完整的诗人屈原的形象，诗人的性格、形象、品质在诗中得到了淋漓尽致的展现。其次，《离骚》想象丰富，现实的描写和幻想的图景交相展开,高尚的思想和绚烂的文采互为掩映,使全诗光怪陆离、奇幻瑰丽,充满浪漫主义色彩。再次,《离骚》发扬了《诗经》的比兴手法,使之从单纯的比和兴发展为更为复杂的比兴寄托。我国古代诗歌的比兴艺术虽然发源于《诗经》,却更直接地继承了《离骚》的具体手法。最后,《离骚》改变了《诗经》以四言为主的形式,语句加长,字数加多,句式参差,不仅更适合表现诗人的感情变化,而且也孕育着后代诗歌的多种语言形式。

总之,《离骚》以其思想内容与艺术形式的完美结合,成为我国文学史上的杰作。正如伟大的史学家司马迁所说:"《国风》好色而不淫,《小雅》怨诽而不乱。若《离骚》者,可谓兼之矣……其文约,其辞微,其志洁,其行廉,其称文小而其指极大,举类迩而见义远……推其志也,虽与日月争光可也。"(《史记·屈原贾生列传》)鲁迅也说:《离骚》"逸响伟辞,卓绝一世……其影响于后来之文章,乃甚或在三百篇以上"(《汉文学史纲要》)。

(二)《九歌》

《九歌》是一部组诗,包括《东皇太一》《云中君》《湘君》《湘夫人》《大司命》《少司命》《东君》《河伯》《山鬼》《国殇》《礼魂》11篇作品。《九歌》的题名据说来源于夏代的歌曲名,但屈原的《九歌》只是借用古曲的题名,并借鉴楚地民间祭歌的形式自主创作的组诗。创作时间当在屈原流放沅湘之时。

《九歌》11篇,《礼魂》是送神曲,其余10篇是祭祀神灵的。其中,《国殇》祭祀为国战死的楚国烈士,其他9篇祭祀9位神祇。《国殇》一篇描写楚国将士为国捐躯、至死不屈的英雄主义,表现了他们的爱国主义精神。其他9篇祭祀神灵,其神灵形象和歌舞场面的描写充满着浓郁的浪漫主义。如写日神的《东君》描写日神将驾临东方:

> 暾将出兮东方,照吾槛兮扶桑。抚余马兮安驱,夜皎皎兮既明。驾龙辀兮乘雷,载云旗兮委蛇。长太息兮将上,心低徊兮

顾怀。

想象性的描写与日神的身份契合无间,其光华遍宇的形象宛然如见。至于《湘君》《湘夫人》《山鬼》等篇,也无不风格清新优美,奇幻瑰丽。

(三)《九章》

《九章》也是一部组诗,包括《惜诵》《涉江》《哀郢》《抽思》《怀沙》《思美人》《惜往日》《橘颂》《悲回风》9篇。《九章》原本是散篇,后来刘向编辑《楚辞》时把它们编在一起,题名《九歌》。根据内容考察,《九章》除《橘颂》当作于诗人早期之外,其余8篇亦当作于诗人流放期间。

如果说《九歌》主要是浪漫主义的幻想,《九章》则更多是现实的描写。《橘颂》以橘喻人,表明诗人的人格理想;《哀郢》和《涉江》写郢都沦亡后的流亡历程,《哀郢》"乱辞"曰:

> 鸟飞反故乡兮,狐死必首丘。信非吾罪而弃逐兮,何日夜而忘之!

其对故国故都的眷念回顾之情使读者不觉想起《离骚》的"陟升皇之赫戏兮,忽临睨夫旧乡。仆夫悲余马怀兮,蜷局顾而不行"几句,表现了同样的爱国热情。而《怀沙》和《惜往日》则当是诗人的绝命之辞。《惜往日》从现实写到历史,反复表达"忠而见疑,信而被谤"的悲愤,最后写道:

> 宁溘死而流亡兮,恐祸殃之有再。不毕辞而赴渊兮,惜壅君之不识。

诗人只能绝命赴渊,以身殉国了。

（四）《天问》

《天问》是屈原作品中最为奇特的长诗，全诗以诗人问天的形式，一连串提出了170多个问题，而俱未作答，其内容涉及到自然现象与社会历史，博大精深。

关于自然现象的内容，包括天地的开辟、日月星辰的陈列和升降、阴阳昏晓的道理、天地的安置、江河的流向、气候的寒冷变换，等等，一方面表现了诗人勇于探索自然奥秘的精神，另一方面表现了对旧有迷信说法的怀疑。而关于社会历史的内容，有的提出了传说和历史中的种种不平现象，体现了对所谓"天道""天命"观点的批判，也有的提出了历史的经验教训，有借古鉴今的意义。总之，诗人把大量的历史传说和自然、社会的神话交织在一起，构成了一幅幅无比波澜壮阔、神奇瑰丽的长篇画卷，具有鲜明的浪漫主义色彩。

《天问》不仅作为一首无与伦比的浪漫主义杰作彪炳于文学史册，而且像《离骚》一样，保存了大量的传说和神话的资料。

另外，《招魂》也被多数的文学史家认为是屈原的作品，它是借用楚国民间招魂的形式写成的长诗，表达的是诗人一以贯之的爱国精神。

屈原在文学史上有崇高的地位，是我国文学史上第一位伟大诗人，他所创造的楚辞新诗体发扬了《诗经》的抒情诗传统，标志着我国抒情诗完全成熟，而他继承、发展、运用的比兴寄托的抒情方式成为我国文学的基本的、传统的艺术手法。他的以《离骚》为代表的浪漫主义精神也为后代许多诗人继承和发扬，形成了与以《诗经》为源头的现实主义并行不悖的又一创作传统。同时，屈原揭露黑暗、追求真理和爱国主义的精神为后代许多作家、诗人树立了作文和做人的光辉榜样。

三　宋玉和《九辩》

屈原之外，在文学史上与屈原并称为"屈宋"的另一位楚辞作家是宋玉。

宋玉是战国末期楚国鄢郢宜城（今湖北宜昌）人，生卒履年已不能详考，大约活动在楚国怀、襄之时，传说与当时的辞赋家唐勒、景差同辈，曾师事屈原。现存作品中，以《九辩》最为杰出。

《九辩》也是古代乐曲之名，分别见于《离骚》和《天问》："启《九辩》与《九歌》兮，夏康娱以自纵。""启棘宾商，《九辩》《九歌》。"关于"九辩"的意义，王夫之《楚辞通释》的说法最为通达："九者，乐章之数，凡乐之数，至九而盈……辩，犹遍也。一阕谓之一遍。盖亦效夏启《九辩》之名。"

《九辩》当作于顷襄王末年，其时屈原已死，诗人自己亦到了晚年，政治上"失职"，处于穷困窘迫的境地，故其内容主要是抒发诗人自己"坎廪兮贫士失职而志不平"的悲愤和寥落的情绪。虽然宋玉抒发的"不平"主要是个人的沦落情绪，但对现实政治的黑暗也有一定的揭示，所以《九辩》也是一首政治抒情诗。

《九辩》在艺术上有很高的独创性。第一，诗人善于生动细致地描写萧索的秋景，营造出悲凉的气氛，融入诗人寥落的悲情。开头一句"悲哉秋之为气也"，如天马行空，劈面而来，令读者立即沉入悲哀的情绪之中。接着用好几个意思相近而感情浓烈的词，极力渲染悲秋气氛。宋玉对秋景秋情的描写真正是卓绝古人，后惠来者。"宋玉悲秋"甚至成为流传千古的文学典故，而"悲秋"也成为古代抒情诗常见的题材。第二，《九辩》在语言上表现了自铸伟辞的创造性：首先，它把散文化的句子入诗，"悲哉秋之为气也"，完全的散文句式，而且用在诗的开篇，并不损害诗的韵味和韵律，可谓前无古人。其次，语言句式富于变化，开头四句，字数、句式都不相同，参差错落中极切恰地表达了抒情主人公寥落纷乱的感情。最后，字、词的选用也务求精练确切，可谓不袭前人，唯师造化。

总之，比之《离骚》，《九辩》更具清丽秀美的风格，它低回宛转，缠绵悱恻，哀怨动人，正如鲁迅先生所说："《九辩》本古辞，玉取其名，创为新制，虽驰神逞想，不如《离骚》，而凄怨之情，实为独绝。"（《汉文学史纲要》）

第二章 秦汉文学

秦始皇以武力统一了中国,结束了长期分裂的局面,这在中国历史上无疑具有重要的意义。但是统一之后秦始皇采取了一系列企图加强统治的措施,激起了人民的反抗,陈胜、吴广首揭义旗,项羽、刘邦继之,终于推翻了秦朝的统治,最后刘邦建立了汉朝。

秦朝统治时间极短,文学还没有来得及发展,但是,在汉朝统治的400年间,文学却出现了繁荣的局面。赋成为汉代文学的一代之盛;乐府民歌是继《诗经》民歌之后的又一次民歌创作高潮;在散文领域,则有《史记》和《汉书》的人物传记成为我国古代传记文学的扛鼎之作;《古诗十九首》为五言诗的形成打下了初步的基础。

第一节 秦及汉初文学

一 《吕氏春秋》

吕不韦(约前292—前235),战国末卫国濮阳(今属河南)人。原为商人,后投机为政客。秦庄襄王时,为秦相国。秦王嬴政年幼即位,吕不韦继任相国,称"仲父",盛时有门客三千。后失宠,流放蜀地,忧惧自杀。曾召集门客编撰《吕氏春秋》。

《吕氏春秋》是吕不韦命令门客集体撰写的,汇集折中先秦各家的思想,所谓"兼儒墨之旨,合名法之言"(清毕沅)而已,故被称为"杂家"。《吕氏春秋》实际上是各家观点的杂烩,但仔细较量,对各家并非一无轩轾,大体上是推崇道、儒,兼容各家。

《吕氏春秋》的可取之处在于它记录保存了许多历史传说和寓言故事。据专家统计,全书比较完整的故事达 300 则之多,其数量多于《庄子》,可与《韩非子》比肩。

《吕氏春秋》的寓言的特点之一是多为历史和传说故事,且多是从历史和传说中引证出来以证己说的,即使是虚构的,也不像《庄子》寓言那样多为想象和夸张之辞;其二,《吕氏春秋》的寓言篇幅虽然短小,但故事形象生动,结构完整,有的很像后世的小说,如《孟春纪·至公》中的《荆人遗弓》:

> 荆人有遗弓者,而不肯索,曰:"荆人遗之,荆人得之,又何索焉。"孔子闻之,曰:"去其'荆'而可矣。"老聃闻之,曰:"去其'人'而可矣。"

三言两语之辞,三个人的形象、性格、思想境界毕见。

二　李斯的散文

李斯(？—前 208),秦代政治家、散文家。楚国上蔡(今属河南)人,战国末入秦,初为吕不韦舍人,后为秦王嬴政客卿、廷尉,助秦王统一六国,任秦始皇丞相。始皇死后,被赵高嫉杀。在文化上,李斯主张焚《诗》《书》,禁儒学,行文化专制主义。但他主张推行小篆,对我国文字的统一有所贡献。李斯的文章现在流传下来的有《谏逐客书》《狱中上书》以及他随始皇东巡时所作的几篇刻石文。其中,值得从文学角度提到的是他的名文《谏逐客书》。

《谏逐客书》作于秦统一之前的秦王嬴政十年(前 237)李斯为秦王客卿之时。其时,嬴政因为韩国水工郑国劝秦大兴水利,企图消耗秦国国力的事件,下令驱逐所有来自其他各国的在秦人员。李斯亦在驱逐之列,所以上书谏劝。秦王最终接受李斯的意见,取消了逐客之令。

《谏逐客书》不空谈，不高论，以事实为依据，条分缕析了客卿有利于秦国的历史和现实的事实事例，最后指出：

> 夫物不产于秦，可宝者多；士不产于秦，而愿忠者众。今逐客以资敌国，损民以益仇，内自虚而外树怨于诸侯；求国无危，不可得也。

全文摆事实，讲道理，从利害关系上打动秦王，篇末自收水到渠成之效。而且，文章说理绵密透彻，铺事陈情开合纵横，排句对偶连绵而出，极富气势，对后世骈体文的产生有所影响，后人称之为"骈体初祖"（清李兆洛《骈体文钞》卷十一）

三　汉初的散文和韵文

（一）汉初散文

西汉初年大抵上是指刘邦消灭项羽、建立汉朝（前206）到汉景帝去世（前141）约60年间。这一时期，汉朝的统治者实行黄老思想的"清静无为"和"与民休息"的政策，经济得以发展，国力也逐渐强盛。这种经济和政治的形势使得政治家、历史家、思想家认真思索考虑，借鉴秦朝短命的教训，总结汉朝兴盛的道理，这就促使了政论散文、辞赋和历史散文的发展。

西汉初年，最值得重视的是政论散文，其代表作家是贾谊和晁错。

贾谊（前200—前168），汉初著名政论家、辞赋家，洛阳（今属河南）人，史称贾生。文帝时初为博士，迁太中大夫，为文帝所信任。后被谪贬长沙王太傅，后为梁怀王太傅，怀王堕马死，郁郁自责，忧伤而死。

贾谊是西汉初年著名的文学家，散文和辞赋兼善，政论散文的代表作是《陈政事疏》《论积贮疏》和《过秦论》，尤以后者著称于文学史，辞赋则以《吊屈原赋》和《鵩鸟赋》著名。

《过秦论》分上、中、下三篇,上篇最为流传,也最精彩。篇名题目"过秦论"就是论秦的过失,有借古鉴今、借古讽今之意。其文情绪激昂,历数秦王朝从灭六国之盛到短期丧亡的历史事实,总结出"仁义不施,而攻守之势异"的历史教训。文章结构谨严,语言晓畅,说理透彻,感情充沛,气势磅礴,有战国纵横家之风。上篇首段说:

> 秦孝公据崤函之固,拥雍州之地,君臣固守,以窥周室。有席卷天下、包举宇内、囊括四海之志,并吞八荒之心。当是时也,商君佐之,内立法度,务耕织,修守战之具;外连衡而斗诸侯。于是秦人拱手而取西河之外。

其势如长江大河,不可阻遏。

另一与贾谊齐名的政论散文家是晁错。晁错(前200—前154),西汉初著名的政治家、政论家,颍川(今河南禹州)人,信奉法家学说。景帝时为御史大夫,建议削藩,巩固中央政权,为帝采纳信用。不久,吴、楚七国以"诛晁错、清君侧"为借口,起兵反叛。乱起,为政敌谗陷而死。晁错的散文代表作是政论文《守边劝农疏》《论贵粟疏》,内容都是针对当时政治、政策的现实而发的,观察敏锐,态度真诚,言语剀切,说理深刻,笔锋犀利。《论贵粟疏》在陈述当时社会重商轻农的现象之后恳切陈词:

> 方今之务,莫若使民务农而已矣。欲民务农,在于贵粟;贵粟之道,在于使民以粟为赏罚。今募天下入粟县官,得以拜爵,得以除罪,如此,富人有爵,农民有钱,粟有所渫。夫能入粟以受爵,皆有余者也;取于有余,以供上用,则贫民之赋可损,所谓损有余补不足,令出而民利者也。顺于民心,有补者三:一曰主用足,二曰民赋少,三曰劝农功……以是观之,粟者,王者大用,政之本务。

语言浅显而说理透辟,陈词恳切而富有说服力和鼓动性。

(二)汉初韵文

西汉初年,汉乐府民歌尚未唱响,民间的歌谣还很少见,韵文沿袭着楚声、楚歌的余绪。楚汉相争的主角项羽和刘邦的楚声短歌《垓下歌》和《大风歌》是汉初的韵文杰作。

项羽的《垓下歌》见于《史记·项羽本纪》,其辞曰:

> 力拔山兮气盖世,时不利兮骓不逝。骓不逝兮可奈何,虞兮虞兮奈若何!

这首诗用的是楚歌"兮"字体的形式,篇幅短小,语言质朴,感情真挚,塑造了项羽这样一个失路英雄的形象,具有感人的力量。沈德潜评其"呜咽缠绵"(《古诗源》卷二)。

比起项羽《垓下歌》的悲凉慷慨,刘邦的《大风歌》则在雄壮中带苍凉情怀:

> 大风起兮云飞扬,威加海内兮归故乡,安得猛士兮守四方!

这首诗是刘邦在高帝十二年(前195)十月,讨伐黥布叛乱后归师路经故乡沛县时所作。其踌躇满志之情溢于言表,但最后一句却隐隐透露出一种悲凉的意味。《汉书·高帝纪》记载刘邦自歌之后"慷慨伤怀,泣数行下"。篇幅虽短,感情却很丰富复杂。

此后,汉武帝有《瓠子歌》《秋风辞》,乌孙公主有《悲愁歌》等,不过此时已非汉初。

另有淮南小山的《招隐士》也有其独特之处。它虽有楚辞的形式,但表现的却是屈、宋作品从未有过的招隐的内容。诗中极力渲染山林幽寂凄凉、阴森可怖的气氛,说明"王孙兮归来,山中不可久留"的主题,用语冷峭,"音节角度,浏漓昂激"(王夫之《楚辞通释》),是后世招隐的诗赋之祖。

第二节　汉代的赋

汉代最为盛行的文学体裁是赋，两汉400年间，赋家众多，作品腾涌，文学史上有所谓"汉赋"的专称。

一　西汉初年的骚体赋

西汉初年，除了政论散文和楚声的韵文之外，楚辞的形式也随着时代的发展而演变为骚体赋。代表作家作品是贾谊和《吊屈原赋》《鹏鸟赋》，枚乘和《七发》。

贾谊是西汉初年的政论散文大家，其政论代表作《论积贮疏》和《过秦论》已在上节论述。贾谊还是西汉初的著名赋家，现存4篇，《吊屈原赋》和《鹏鸟赋》是其代表作。

《吊屈原赋》现见存于《史记·屈原贾生列传》，是文帝三年（前177）贾谊遭贬谪为长沙王太傅，赴长沙渡湘水时所作。内容是借悼念屈原，抒发自己遭贬的不平之情，客观上揭示了社会政治的黑暗。赋借古抚今，借人悼己，感情激越，音响浏亮。

《鹏鸟赋》也是作于贾谊在长沙为太傅之时，内容则主要是哀叹自己怀才不遇的愤懑之情，形式上采取了问答体的铺排形式，这对汉大赋形式的影响是很明显的。

贾谊赋在辞赋发展史上有重要的意义，其赋作在思想感情和体裁形式上颇似屈原之作，是楚辞发展到汉大赋的过渡。

西汉初虽然还有一些赋家，但特别值得提及的是枚乘和他的《七发》。

枚乘（？—前140），西汉初辞赋家。字叔，淮阴（今属江苏）人。初为吴王刘濞郎中，后为梁孝王客。曾上书吴王劝阻其起兵。武帝时，以安车蒲轮征入京，死于途中。今存赋3篇，《七发》最为重要。《七发》共约2000多字，以楚太子有病而与之探讨治病的方法为内容，揭示了统治者的腐朽生活方式；以往复对话的形式，大肆铺陈排比。

结构宏大壮丽,场面描写壮阔,说理反复透彻,是汉大赋正式形成的第一篇作品,在赋史上有重要地位。另外,以"七"为题,为后世许多赋家所继承模仿,成了赋中的一个专体。

二 汉代的大赋

西汉帝国经济的发展和国力的强盛促进了文化的发展和文学的繁荣。汉赋经过汉初的骚体赋阶段,到了武帝初年已经完全成熟,直至东汉中叶约200年间是汉赋繁荣昌盛的时期。这一时期赋家众多,而且作品腾涌。

武、宣之世,经济、政治、军事都处于鼎盛时期,强大的汉帝国自然免不了要有人来歌功颂德,加之统治者又喜欢招纳文士,附庸风雅,大力提倡辞赋,许多以文才求进的文人就集中于朝廷和诸侯周围,产生了大量"润色鸿业"的辞赋作品。

两汉大赋的代表作家,西汉有司马相如、东方朔、王褒、扬雄等,东汉则有班固、张衡等。其中司马、扬、班、张被称为"汉赋四大家"。

司马相如(前179—前118),西汉最负盛名的赋家。字长卿,蜀郡成都(今属四川)人。景帝时拜为郎,为武骑常侍。后与邹阳、枚乘、严忌等,以善辞赋从梁孝王游。后归蜀,见卓王孙之女文君美而寡居,乃以琴挑之,结为婚姻。武帝时任为郎,出使西南夷。后以病免,居茂陵,卒于元狩五年。史载相如有赋29篇,现存完整的有《子虚赋》《上林赋》《大人赋》《哀二世赋》《长门赋》《美人赋》6篇,最著名的代表作是《子虚赋》和《上林赋》。

《子虚赋》和《上林赋》或视为一篇。《子虚赋》假托楚国的子虚先生和齐国的乌有先生互相夸耀自己国家的土地湖泽之广、物产之富和田猎之盛。《上林赋》则写亡是公听了二人之言后嘲笑他们只是井蛙之见,又大肆铺陈了上林苑苑囿之广大和天子田猎场面之壮盛,借以盖过子虚、乌有,意谓诸侯之事不足道,最后又"归之节俭,用以讽谏"(《史记·司马相如列传》)。

《子虚赋》《上林赋》虽极负盛名,但究其实,内容贫乏,形式呆板,叙写手法单一,堆砌辞藻几成辞典字汇,而其"篇末致讽"也被后人批评为"劝百讽一"(《汉书·司马相如传》载扬雄语)。

东方朔,字曼倩,著名的滑稽家。他的《答客难》是一篇假借客难而为答辩之辞,抒发的是怀才不遇的牢骚,滑稽幽默,言含讥刺,扬雄《解嘲》、韩愈《进学解》等皆本曼倩之意。

王褒,西汉宣帝时辞赋家。字子渊,蜀(今四川)人。有俊才,史载其赋16篇,今存《圣主得贤臣颂》和《洞箫赋》较著名。《洞箫赋》上文状山林景致,写风声、水声、鸟鸣声,传神毕见,清音在耳;下文写洞箫演奏,急管繁音,亦如闻其声。

扬雄(前53—18),西汉后期学者、思想家、辞赋家。字子云,蜀郡成都(今属四川)人。好学,博览。辞赋与司马相如齐名,史称"马扬"。代表作为《羽猎赋》《甘泉赋》《长杨赋》《河东赋》,内容形式皆学司马相如,落入窠臼,无甚创造,连他自己后来也认为是"雕虫篆刻,壮夫不为"(《法言·吾子》)。

东汉班固(32—92)和张衡(78—139)的赋作分别以《两都赋》和《二京赋》最为后人传诵,成为赋史上京都赋的代表作。固又有《幽通赋》《答宾戏》,衡又有《思玄赋》《归田赋》,皆抒发不得志的情怀,抒情多于铺陈,篇幅也渐为短小,体现了大赋向抒情短赋的转变。

三　东汉后期的抒情赋

东汉后期,统治者荒淫奢侈,国力大颓,末期人民造反,军阀混战,更是国势衰微,已无功德可歌可颂,而文人学士也颠沛流离,大赋必然逐渐为抒情咏物、讽时喻世的短赋所替代。体现这一转变的是张衡《思玄赋》《归田赋》。其后蔡邕(132—192)的《述行赋》借旅途行程所见以反映时事的艰难和情怀的抑郁;赵壹(生卒年不详)的《刺世疾邪赋》,更以愤激的笔触揭露世道的黑暗、不公和黑白颠倒,语言激烈,笔锋锐利深刻;祢衡的《鹦鹉赋》名为咏物,实则借禽鸟以自况,抒发才智之士身处乱世的困厄和抑郁;王粲(177—217)的《登楼赋》以写登楼临望而寄托乱世人生的感慨。这些都是抒情短赋的代表之作。这些抒情小赋,大多变大赋的呆板滞涩为疏宕流畅,变饾饤堆垛为清丽通俗,文笔流利,风格清峻,不过赋体的衰微已不可逆转,五言诗和骈俪文即将代之而起。

第三节　司马迁和《史记》

汉帝国建立之后,随着经济的繁荣、国力的强盛,赋和实用性的散文都得到较快的发展。赋几乎成了汉代文学的象征,有了所谓"汉赋"的专称,但是真正代表汉代文学最高成就的是汉代的散文和汉乐府民歌。

汉代散文无论在体例上、作家和作品的数量上,都超过了先秦散文,出现了许多散文专著。政论性的专著有贾谊的《新书》、桓宽的《盐铁论》、王符的《潜夫论》、崔实的《政论》、仲长统的《昌言》等;哲理性的专著有董仲舒的《春秋繁露》、刘安的《淮南子》、王充的《论衡》;记叙性的专著有刘向的《说苑》《新序》《列女传》等。这些著作从文学性来考察,可谓良莠不齐,但像《新书》《潜夫论》《淮南子》《说苑》《论衡》等确实包含着许多优秀的篇章。不过,汉代散文的最高成就是历史散文中的《史记》和《汉书》。

一　司马迁的生平和《史记》的创作

司马迁(前145—?),伟大的历史学家、思想家、文学家。字子长,西汉左冯翊夏阳(今陕西韩城)人。先世"世典周史",父谈,武帝建元元鼎间(前140—前115)为太史令,作《六家要指》,推崇道家;又欲著史,未成,死前,执迁手,泣而告之以发愤作史之遗志。父死后,司马迁继为太史令,遂致力于写作《史记》。迁二十岁时南游江淮,后又出使西南夷,从武帝封禅泰山,足迹几遍大半个中国。游历期间,他探访旧耆遗老,考察文物古迹,采录旧闻传说,搜罗散佚史料,为写作《史记》做准备。天汉二年(前99),李陵随李广利出征匈奴,兵败投降,司马迁在武帝征询意见时,为李陵辩护,武帝怒,遂下迁于狱,受宫刑。就刑后，司马迁忍辱苟活，发愤著书，写成《史记》。约死于武帝末或昭帝初。

促使司马迁写作《史记》的因素主要有三：家学的渊源为他树立了写作《史记》的理想；年轻时的游历为他写作《史记》搜罗了史料；李陵事件使他看清了世道的黑暗、人情的炎凉，给了他"发愤著书"的精神动力。

司马迁写作《史记》的目的，自谓是"述往事，思来者"，欲以"究天人之际，通古今之变，成一家之言"（《报任安书》）。全书分"十二本纪""十表""八书""三十世家""七十列传"，共130篇。这种体例几乎成为后世正史的标准体例，为历代史家所沿袭继承。

司马迁的创作除《史记》外，尚有书信体的《报任安书》和赋体的《悲士不遇赋》，都堪称名文。

二 《史记》的进步思想内容

《史记》是我国古代第一部纪传体通史，记载了从黄帝到汉武帝太初年间大约3000年间的历史，广泛地反映了这一时期的政治、经济、文化、军事和社会生活的情况。在《史记》五种体例中，"本纪""世家"和"列传"三部分主要是以历史人物为经、以历史事件为纬来反映历史，有许多优秀的具文学意义的历史人物传记。司马迁传写记载这些人物并不是无所选择，完全"实录"，而是通过这些历史人物和历史事件表达作者的历史观念和思想观点，显现着作者的褒贬态度和爱憎感情。

首先，《史记》的一些人物传记反映了作者朴素的唯物主义思想。司马迁写《史记》是要"究天人之际"，就是说要探讨自然与人类社会之间的关系。他继承了先秦以来"天人相分"的唯物主义思想，反对当时天人感应的神学唯心主义。《封禅书》和《武帝本纪》记述了武帝迷信鬼神、追求长生不老的种种可笑举动；《龟策列传》明确指出吃龟"能导引致气，有益于助衰防老"不可信；《孟子荀卿列传》批判阴阳家邹衍的神学思想是"其语不经""其语不轨"，是"迂大而宏辩之术"；

《伯夷列传》通过好人不得好报、坏人反而富贵的现象,对所谓"天道无亲,常与善人"提出疑问:"余甚惑焉!倘所谓天道,是邪非邪?"正是基于这种"天人相分"的观点,他认为项羽之身死国亡完全是他个人的错误,与"天道"无关,针对项羽的"天之亡我,非战之罪也"批判道:"岂不谬哉!"(《项羽本纪》)

其次,司马迁在《史记》中对统治者的腐朽黑暗和荒淫奢侈进行了无情的揭露,表达了人民的反抗精神。《酷吏列传》记酷吏杜周说:"三尺(指法律)安出哉?前主所是,著为律;后主所是,疏为令。当时为是,何古之法乎?"揭露了统治阶级"法治"的虚位性和"人治"的本质。而杜周治狱时,更是不顾法律,"上所欲挤者,因而陷之;上所欲释者,久系待问,而微见其冤状",完全以皇帝的意志为意志。其他酷吏张汤、王温舒等也无不枉法凶残。

即使对最高统治者皇帝,《史记》在记录其功绩的同时,也揭露其荒唐和奢侈。例如,对刘邦的流氓无赖和好色好利,刘彻的好大喜功、迷信神仙等都有深刻的揭露。

统治阶级的残酷压迫必然激起人民的反抗。据《酷吏列传》记载,当时人民的反抗"大群至数千人""小群以百数"。司马迁不仅写人民的反抗和斗争,而且肯定了其"官逼民反"的合理性,给予很高的评价。如他肯定陈涉的"首事",把他列入"世家",甚至把他等列于革旧鼎新的商汤、周武那样的崇高地位。

最后,《史记》的人物传记还描写了爱国的英雄人物,歌颂了他们的爱国主义和英雄主义。如《屈原贾生列传》塑造了屈原的形象,赞扬他眷念祖国的爱国主义精神,说他的人格和文章"虽与日月争光可也"。《廉颇蔺相如列传》委曲详尽地记录了他们顾全大局、先国家而后私仇的爱国事迹。

三 《史记》的文学成就和影响

鲁迅先生称《史记》是"世家之绝唱,无韵之《离骚》"(《汉文学史纲要》),高度赞扬《史记》在史学和文学上的伟大成就。

首先,《史记》人物传记塑造了众多具有鲜明性格的人物形象,这些人物形象不仅具有个性,而且具有共性和典型性。例如《史记》塑造的皇帝,他们都自私、虚伪和残忍,但也各有不同的个性特点。秦始皇和汉高祖都是立国之君,都雄才大略,事业辉煌。但前者则刚愎自用、贪残凶暴,虚伪中显现雍容,符合其贵族世家的身份;后者则沉稳权诈、贪婪无信,时露流氓嘴脸,也切合他原是市井无赖的出身。酷吏中张汤的阴险,王温舒的张扬外露,杜周的阿谀希旨,凶酷则同,个性有异。其余如游侠中的聂政、朱家、郭解,将相中的张良和陈平,虽或官职、职业、身份相同,但性格并不雷同。许多人物,如廉颇、蔺相如、陈胜、吴广、项羽、张良、韩信、李广等都在读者的记忆中流传千古。

其次,《史记》人物传记特别善于叙事,在叙事中构成引人入胜的故事化情节。最著名的例子莫过于《廉颇蔺相如列传》中的"完璧归赵""渑池之会""负荆请罪",《项羽本纪》中的"鸿门宴""垓下之战",《魏其武安侯列传》中的"灌夫骂座"等情节。例如"鸿门宴"一节不仅结构完整,情节起伏跌宕,引人入胜,而且刘邦、项羽、张良、樊哙、范增等人物的形象无不鲜明生动,栩栩如生。

再次,《史记》人物传记塑造人物形象和叙事的方法得力于作者多种多样的具体手法,其在选材上的"互见法"就很值得称道。《史记》刻画人物、记述事件,虽称"实录",但并不是有闻必录、有事必记,而是在不违反历史真实的基础上有所选择,采用了苏洵所谓"本传晦之,而他传发之"(《嘉祐集》卷九"史论下")的"互见法"。作者为了保证一篇传记传主性格的统一性,往往突出传主性格的主要特征,只选取最能说明这一性格特征的历史事件在本传中加以记述;但为了保持历史人物和历史事件的真实和全面,同时不淆乱传主的主要性格特征,就把传主的另外一些重要的言行放在其他人物传记中去描写,让读者看到这一人物和历史事件的全貌。典型的例子是《高祖本纪》,主要写传主的政治军事的雄才大略,而刘邦的许多无赖行径、流氓嘴脸就分散到了其他一些人物传记里。再如《项羽本纪》主要突出他的叱咤风云、勇猛善战,至于他在政治军事上的许多错误就放在诸如《淮阴侯列传》等传记中去写。

最后,在语言上,《史记》的人物传记也有自己的特色。具体说来,一是在写古代人物和事件时,常把古代语言译成当时的语言,使之通晓易懂;二是运用人物语言刻画人物性格。如陈胜、项羽、刘邦都有得天下的志向。陈胜说:"王侯将相宁有种乎?"(《陈涉世家》)刘邦说:"嗟乎!大丈夫当如此也!"(《高祖本纪》)项羽则说:"彼可取而代也!"(《项羽本纪》)三人出身不同,则语气有差,性格各异。另外,作者又常引用俚语谣谚,使语言活泼生动。如《佞幸列传》的"力田不如逢年,善仕不如遇合",《货殖列传》的"百里不贩樵,千里不贩籴",《春申君列传》的"当断不断,反受其乱",《白起王翦列传》的"尺有所短,寸有所长",《李将军列传》的"桃李不言,下自成蹊"等,是谚语;《曹参世家》的"萧何为法,顜若画一;曹参代之,守而勿失",《魏其武安侯列传》的"颍水清,灌氏宁;颍水浊,灌氏族"等,是歌谣。

《史记》不仅是一部伟大的史学名著,影响着后世的史学创作,而且以它的人物传记的巨大成就成为我国文学史上一部伟大的文学名著,地位崇高,影响深远。《史记》刻画人物的方法为后世记叙散文、传记散文所继承发扬,如唐代的韩、柳,宋代的欧、苏,明代的归有光,清代的桐城诸家,无不受《史记》影响。而且,我国古代的小说,无论叙事方法、人物刻画、结构安排、语言运用都受到《史记》的沾溉。另外,《史记》里的许多故事成为后世小说、戏剧的传统题材。至于司马迁的"发愤著书",以及《史记》的讽谏和"实录"精神更是影响了后世作家的为人和为文。总之,《史记》不仅在我国文学史上享有崇高地位,而且完全可以与世界文学名著相媲美。

《史记》之后,东汉班固的《汉书》是我国古代第一部纪传体的断代史。它与司马迁《史记》、陈寿《三国志》、范晔《后汉书》合称"四史"或"前四史",都是我国古代史学名著。《汉书》在文学上的成就远逊于《史记》,但有一些人物传记,如《苏武传》,写得可歌可泣,真挚感人。

第四节　汉乐府民歌

一　汉乐府概况

汉乐府民歌与司马迁的《史记》同是汉代文学最高成就的代表。

所谓"乐府",本是自秦代以来朝廷设置的管理音乐的官署。它的职能是采集和编制歌辞,配置乐曲,以供朝会、祭祀和军旅演奏的需要。文学史上常把乐府机关所收集、编制的"歌诗"称为"乐府诗"和"乐府歌辞",简称为"乐府",这就演变成了一种诗体的名称。而其中采自民间的歌辞称为"乐府民歌"。后代把模仿汉乐府的拟作也称为"乐府"。至于后来词、曲等也称为"乐府",那是将乐府称谓扩大了。

乐府机关虽不起自汉代,但汉武帝时得到扩大。据《汉书·艺文志》记载,采集歌辞是为了"观风俗,知薄厚"。这不过是堂皇的理由,其实是为了满足统治者的耳目之乐。当时采集到的歌辞据《汉书·艺文志》有138篇,都是西汉作品。现在我们看到的汉乐府民歌多是东汉的作品,共约40首左右。

现存汉代乐府诗多数保存在宋代人郭茂倩的《乐府诗集》里。《乐府诗集》把上古至五代的乐府诗分成十二类,汉代乐府民歌主要保存在"鼓吹曲辞""相和歌辞""杂曲歌辞"里。"杂歌谣辞"里保存着一些汉代民谣民谚,虽未入乐,严格说不是乐府诗,但有些作品在思想内容和艺术上与汉乐府民歌属于同一性质。

二　汉乐府民歌的思想内容

汉乐府民歌有着丰富的思想内容,广泛地反映了汉代广大劳动人民的生活面貌和思想感情,真实地记载了汉代的社会现实。

(一) 残酷的剥削和愤怒的反抗

乐府民歌中首先值得我们重视的是一些揭露统治阶级、表达人们反抗情绪的作品。汉代,特别是西汉是我国封建社会的强盛时期,统治阶级残酷地剥削劳动人民,过着穷奢极欲的生活。对于这种生活,劳动人民作了深刻的揭露,如《鸡鸣》《相逢行》《长安有狭斜行》等。《鸡鸣》一诗写道:

> 鸡鸣高树巅,狗吠深宫中。荡子何所之?天下方太平。刑法非有贷,柔协正乱名。
>
> 黄金为君门,璧玉为轩堂。上有双樽酒,作使邯郸倡。刘王碧青甓,后出郭门王。舍后有方池,池中双鸳鸯,鸳鸯七十二,罗列自成行。鸣声何啾啾,闻我殿东厢。兄弟四五人,皆为侍中郎。五日一时来,观者满路傍。黄金络马头,颎颎何煌煌!
>
> 桃生露井上,李树生桃傍;虫来啮桃根,李树代桃僵。树木身相代,兄弟还相忘!

其中,黄金为门,白玉为堂,极言住宅的豪华;酒樽满盛,鸳鸯满池,侈陈生活的奢淫。这种生活当然是统治阶级的上层才有的,诗中"兄弟四五人,皆为侍中郎"正说明了这一点。语言似不着褒贬,但讽刺之意溢于言表。像这样揭露统治者的奢侈荒淫的作品,还有《相逢行》《长安有狭斜行》等。

著名的《陌上桑》则从另一个角度揭露了统治阶级的荒淫无耻:

> 日出东南隅,照我秦氏楼。秦氏有好女,自名为罗敷。罗敷喜蚕桑,采桑城南隅。青丝为笼系,桂枝为笼钩。头上倭堕髻,耳中明月珠。缃绮为下裙,紫绮为上襦。行者见罗敷,下担捋髭须。少年见罗敷,脱帽著帩头。耕者忘其犁,锄者忘其锄。来归相怨怒,但坐观罗敷。
>
> 使君从南来,五马立踟蹰。使君遣吏往,问是谁家姝?"秦氏有好女,自名为罗敷。""罗敷年几何?""二十尚不足,十五颇有余。""使君谢罗敷:宁可共载不?"罗敷前置辞:"使君一何愚!使君自有妇,罗敷自有夫。"

"东方千余骑,夫婿居上头。何用识夫婿?白马从骊驹;青丝系马尾,黄金络马头;腰中鹿卢剑,可值千万余。十五府小史,二十朝大夫,三十侍中郎,四十专城居。为人洁白皙,鬑鬑颇有须。盈盈公府步,冉冉府中趋。坐中数千人,皆言夫婿殊。"

这首诗写的是采桑女严辞拒绝使君调戏的故事。封建社会里,统治阶级尽管家里姬妾成群,但是总以诱骗甚至强抢民女为乐,古典文学作品里不乏这样的主题,很多无辜的妇女被统治阶级葬送了青春和幸福。这首诗里的罗敷却是一个刚强的女性,她绝不服从统治者的淫威,不仅拒绝了使君的调戏,而且斥责了他的无耻要求,"使君一何愚!使君自有妇,罗敷自有夫",义正辞严,掷地作金石声,维护了自己的尊严,揭露了使君的愚妄无耻。诗中描写颇具特色,写罗敷之美,既从正面描摹她服饰容颜之丽,更从侧面烘托她的俏丽动人,写法变幻而新奇。全诗的重点是罗敷与使君的对话,但在对话中又重点写罗敷的拒绝和夸夫,最后以罗敷的夸夫之辞作结,不仅使罗敷刚强的性格得到充分的表现,而且把使君的猥琐和扫兴以及自惭形秽的形象留给读者去想象。罗敷的形象从此成为我国古典诗歌中的一个典型,她美丽、机智、刚强、忠贞,是我国劳动妇女的优秀代表。还有一篇《羽林郎》,题辛延年作,写贵族豪奴调戏酒家胡女,遭严辞拒绝,题材主题与《陌上桑》相似。

统治阶级不仅荒淫无耻,而且凶狠残暴。《平陵东》这首诗写一个"义公"被人所劫,要求他交出钱百万马两匹,他只好卖黄牛犊来凑足赎身钱。卖黄牛犊赎身,证明这个"义公"是一个无辜的农民。颇有讽刺意味的是,诗先言"不知何人劫义公",似乎绑匪的身份不明,但后文却又说"义公"被绑至"高堂下",而追索要钱的却是"吏",实际上暗暗点明了这股"票匪"正是官吏。

劳动人民受迫害的生活在汉乐府的一些寓言诗中也得到了反映。《雉子班》写的是一个小雉被王孙公子捉住带回行所,老雉绕车哀鸣,连呼"雉子",哀怨凄切,动人心腑。而《乌生》则是写一只乌端坐树间,无辜被人杀死。诗用鸟的自叙口气写出,它后悔在山中不该出来,但转念一想,任何深山老林僻静之处也未必能逃避被迫害的命运,自己无辜被杀只能是因为人各有命,反映了处在社会最底层的劳动人民无可奈何的心情。诗里虽有生死有命的消极思想,但客观上却深刻地揭示出统治阶级的压迫和迫害无所不在。"黄鹄摩天极高飞,后宫尚复得烹煮之。鲤鱼乃在洛水深渊中,钓钩尚得鲤里口。"这是多么残酷的现实。所以,善良的人民只能互相提醒,小心出入。《枯鱼过河泣》写道:

> 枯鱼过河泣,何时悔复及!作书与鲂鲐,相教慎出入。

一条离河的枯鱼,虽然自己被害,却嘱告同伴得小心出入。这几首寓言诗是汉乐府中很奇特的诗,表现了劳动人民在民歌创作中的丰富想象力和创造能力。

统治阶级的残酷剥削使劳动人民处在极为悲惨的境地,乐府民歌中反映人民疾苦的作品揭示了这种情况。著名的《妇病行》写的是一个家庭的悲剧。妻子因贫病而死,死前希望丈夫爱护孤儿,不要使孩子受饥寒笪笞之苦。但家已贫穷到徒有四壁,丈夫又怎么能不辜负妻子的嘱托?诗中写妻子临终的殷殷嘱托,丈夫的涕泗交流,孤儿的啼索母抱,亲交的唏嘘感叹,令人不能卒读。

我国人民在历史上总是不甘忍受统治阶级的剥削和压迫,当他们无以生存的时候,愤怒和复仇的火焰就像火山一样喷薄而出。乐府民歌中表现劳动人民反抗情绪的作品更是其中的精华。这一类作品有写官逼民反的,也有写反对战争和徭役的。

《东门行》诗中的男主人公是个贫穷到无以养家活口的丈夫,生活逼得他只好铤而走险,去东门外以抢劫为生。而女主人却是个胆小善良的妻子,她苦苦哀求丈夫为了老婆孩子的性命不要去干这"非法"的事。但丈夫看见架上无衣,缸里无米,于是又坚定了决心,毅然"拔剑东门去",走上了反抗的道路。夫妻之间的对话哀怨惨绝,令人落泪。

劳动人民的反抗情绪不仅表现在官逼民反上,还表现在他们对战争的痛恨和厌恶上。汉乐府中的一些民歌是通过战争给人民带来的痛苦和灾难来表现人民的反战情绪的。汉朝统治阶级好大喜功,常驱使人民参加战争,战争中受害的是劳动人民。《战城南》全诗托死者自述的口气。战争过后,陈尸遍野,无人收葬,因此,逃不出乌鸦的啄食是必然的,出语就已极为酸楚。死者本也不想逃却被乌鸦啄食的命运,只不过啄食之前恳求乌鸦为自己鸣叫几声,权充招魂的仪式,想象极为奇特,语言极为沉痛。另有一首《十五从军征》的诗,从另一方面控诉了战争给人民带来的家破人亡的悲惨结局。诗中的主人公是一个十五从军,八十始归的老兵,当他怀着热切的希望回到家乡时,那里只是"松柏冢累累",诗中极力描写了故园的荒芜和主人公的凄凉情绪:

兔从狗窦入,雉从梁上飞;中庭生旅谷,井上生旅葵。舂谷持作饭,采葵持作羹。羹饭一时熟,不知贻阿谁。出门东向望,泪落沾我衣。

反映了劳动人民被迫害的悲惨命运,控诉了战争的残酷。

(二)征夫和思妇的离别相思

在封建社会里,劳动人民有时连生活的安定也得不到保障,战争的破坏、沉重的兵役和徭役使他们到处流浪,转死沟壑。汉乐府民歌中有不少反映流亡者的悲惨凄凉生活的作品。《艳歌行》写兄弟三人流宕他乡,为人作佣。衣服破了无人补,女主人好心相帮,却引起了男主人的猜疑。尽管自信"水清石自见",但内心的委屈还是使他们感到"远行不如归"。《悲歌》则反映了流浪者有家不能归的痛苦心情:

悲歌可以当泣,远望可以当归。思念故乡,郁郁累累。欲归家无人,欲渡河无船。心思不能言,肠中车轮转。

长歌固然可以当泣，但远望岂可当归？沉痛地表现了流浪者有家不能归的心情。最后一句用"肠中车轮转"比喻他不能平静的心境。这个家破人亡的游子，使我们联想到《十五从军征》中那个八十岁的复员老兵，可以想象，后者的结局必然也是加入流浪者的行列。

游子思乡其实主要是思念着家中的妻子和亲人，而家中的亲人又何尝不在日夜思念着外出的游子？《饮马长城窟行》就是这样的诗：

> 青青河畔草，绵绵思远道。远道不可思，宿昔梦见之。梦见在我傍，忽觉在他乡。他乡各异县，展转不相见。枯桑知天风，海水知天寒。入门各自媚，谁肯相为言！客从远方来，遗我双鲤鱼。呼儿烹鲤鱼，中有尺素书。长跪读素书，书中竟何如？上言加餐饭，下言长相忆。

这是写女子怀念远行丈夫的诗。因丈夫在远道，思而不得见，故因思成梦。梦中固然甜蜜，但梦后则更添一层相思。游子思妇的离别和相思是我国古典诗歌中常见的主题，它们从侧面反映了统治者对和平安宁生活的破坏。社会不安定是这类作品产生的土壤，到《古诗十九首》，这种主题的作品更多，表现的手法也更生动细致。

（三）痛苦的爱情和婚姻

爱情和婚姻生活是文学永存的主题。汉乐府民歌中的爱情作品虽然不多，但它在思想内容和艺术表现上却取得了很高的成就。

汉乐府民歌中爱情作品的内容，一是表示对爱情和婚姻的坚定态度，二是弃妇的哀怨。前一类作品以《有所思》和《上邪》为代表。《有所思》写道：

> 有所思，乃在大海南。何用问遗君？双珠玳瑁簪，用玉绍缭之。闻君有他心，拉杂摧烧之。摧烧之，当风扬其灰。从今以往，勿复相思！相思与君绝！鸡鸣狗吠，兄嫂当知之。妃呼豨！秋风肃肃晨风飔，东方须臾高知之。

诗写一女子所爱之人在远方,她准备把"双珠玳瑁簪"寄赠给他。这礼物本是她自用之物,现在赠给所思,并且再用玉缠绕,足见其爱情的深挚。但女主人公的性格是刚烈的,当她听说所思已有"他心",就把原准备寄赠他的礼物折断、烧毁,且当风扬其灰,表示坚决断绝相思之心。一连串的动作描写反映了女子从相思、相怨到相决绝的心理变化过程,突出地表现了她的刚强。后文又写她回忆当初定情之夕的情景,表现了她性格中温柔多情的一面。这样,女主人公的性格就更鲜明突出,一个刚烈但又多情的女子形象真可谓呼之欲出了。表示对爱情的坚贞态度的另一首诗是《上邪》:

> 上邪!我欲与君相知,长命无绝衰。山无陵,江水为竭,冬雷震震,夏雨雪,天地合,乃敢与君绝!

诗当是女子对爱人的自誓之辞,表达了她对爱情的坚贞和执着,语气强烈,感情有如火山爆发似地不可遏止。诗一开始呼天作证,表示自己与爱人相爱之情永不衰竭,大胆而直接。接着连用几个比喻证明这种感情永无变化,除非高山变成平地,江水枯竭,冬天打雷,夏天下雪,天地相合,爱情才会消歇。语言奔放,喷射着炽热的爱情之火,表示了女主人公大胆和热烈的爱情追求。全诗完全是口语,长短句式杂陈,且又不加修饰辞藻,却极富感染力。后世敦煌曲子词《菩萨蛮》("枕前发尽千般愿")显然受其影响。

汉乐府民歌中的弃妇诗多表现女子哀怨愁苦之情,反映了被遗弃妇女的悲惨命运。《诗经》民歌中也有同类作品,但敢于直面悲剧的坚定人物则很少见。《上山采蘼芜》说:

> 上山采蘼芜,下山逢故夫。长跪问故夫:"新人复何如?""新人虽言好,未若故人姝。颜色类相似,手爪不相如。""新人从门入,故人从阁去。""新人工织缣,故人工织素。织缣日一匹,织素五丈余,将缣来比素,新人不如故。"

这首诗始见《玉台新咏》，题作《古诗》，但《太平御览》卷五二一引作《古乐府》。我们从内容、语言风格上考察，其大异于文人所作的《古诗十九首》，应该是"感于哀乐，缘事而发"的民歌。这首诗是弃妇诗，但被遗弃的原因却不是丈夫的薄情。从诗的内容看，弃妇对丈夫殷殷相诉，故夫对弃妇深切恋旧，沉痛追悔"新人不如故"，表明故夫遗弃"故人"乃是出于另一种社会因素，是被迫离异。诗的内容很简单，它以女主人公的口气写出，说被遗弃以后的女主人公在一次"上山采蘼芜"后的下山归途中，偶然遇见了以前的丈夫，于是就问"故夫"：新婚的夫人怎么样？接着主要写男主人公从颜色、劳作两个方面把"新人"和"故人"作了比较，结论是"新人不如故"。此诗在艺术上的特点首先是善于选材，像这样的婚姻悲剧本可铺写成长篇的叙事诗，但作者只选了夫妻离异后邂逅的一个场面，把丰富的悲剧内容蕴含在极简单的事件中。其次是构思新颖，它不是通过弃妇对丈夫的控诉和指责（如《诗经》的《氓》《谷风》和汉乐府的《白头吟》等）来表现女主人公的不幸，反而通过"故夫"的恋旧反衬女主人公的无辜。最后，在语言上几乎完全用口语，且用对话的形式，形式通俗，语言晓畅。

另外，《江南》是一首写江南妇女采莲的民歌，通篇感情欢快，风格明丽，是汉乐府民歌中别具一格的作品。

（四）《孔雀东南飞》

《孔雀东南飞》更是汉乐府民歌中最著名的一篇长篇叙事诗，也是写弃妇主题的。这首诗始见于《玉台新咏》，题为《古诗为焦仲卿妻作》。其前有序可以说明是当时人所作，当属于汉末建安时代的作品。

这首诗是写封建家长所造成的一个婚姻悲剧。刘兰芝和焦仲卿是一对恩爱夫妻，但兰芝不能取得婆母的欢心，夫妻在封建家长——焦母的逼迫下离异。兰芝回娘家后，兄长又逼她改嫁。最后在改嫁不愿、复婚无望的绝望中投水而死，焦仲卿也自挂庭树，夫妻双双殉情。本诗通过这一悲剧，沉痛控诉了封建家长制的罪恶，热情歌颂了刘兰芝、焦仲卿追求爱情的反抗行为和叛逆精神，表达了劳动人民对美好爱情的向往。

这首诗在艺术上取得极大的成就,被后人称为"长篇之圣"(王世贞《艺苑卮言》)。它的艺术成就首先表现在叙事的有条不紊、长而不乱上,作者有极为卓越的叙事才能。

《孔雀东南飞》的第二个成就是塑造的人物形象各具个性,性格极为鲜明。全诗所写的人物有十个左右,其中最突出的是刘兰芝、焦仲卿、焦母和刘兄。

刘兰芝是诗中的女主人公,是作者倾力塑造的人物。她勤劳、善良、聪明、美丽,对爱情忠贞专一,富于反抗精神。她知书识礼,勤于劳作,"十三能织素,十四学裁衣,十五弹箜篌,十六诵诗书"。结婚以后,丈夫在外做吏,她操持家务,"鸡鸣入机织,夜夜不得息""守节情不移"。即使是以封建社会的"妇德"来要求,她也是一个完美的人物。但就是这样的人,也不被封建专制所容,遭遇了在那个社会里妇女最不体面、最难堪的被遣归娘家的命运。

比较而言,焦仲卿的性格要软弱一些。但这个人物形象也塑造得极为鲜明生动。他爱刘兰芝,但不敢反抗专制的母亲。最终,当他听到兰芝已"举身赴清池"时,也终于"自挂东南枝",完成了性格上从软弱到坚强、从心存幻想到以死反抗的转变。

一些次要人物也刻画得富于个性,如焦母的专横残忍,刘兄的自私无情,无不鲜明生动。

在语言运用上,此诗的成就也很突出。它通过人物的语言来展开故事,表现矛盾冲突,更难得的是"杂述十许人口中语,而各肖其声音面目"(沈德潜《古诗源》卷四)。也就是说,人物所述的语言很切合人物的身份和性格。

除了对话的语言,叙述性的语言也颇有特色。作者在叙述故事情节的发展时,并不是纯客观地叙述,而是饱含着感情,表达了诗人的爱与恨、谴责与同情,使叙事与抒情很好地结合,收到更强的艺术效果。

这首诗在艺术上的另一个特点是在现实主义的诗篇中运用了浪

漫主义的手法。此诗基本上是一首现实主义作品,"感于哀乐,缘事而发",选择了焦、刘婚姻悲剧这个在封建社会中司空见惯的题材,然后按照生活的本来面貌揭示了它的悲剧结局。但在诗的最后,在兰芝、仲卿双双殉情之后有一段精彩的浪漫主义描写:

> 两家求合葬,合葬华山傍。东西植松柏,左右种梧桐。树枝相覆盖,叶叶相交通。中有双飞鸟,自名为鸳鸯。仰头相向鸣,夜夜达五更。行人驻足听,寡妇起彷徨。多谢后世人,戒之慎勿忘。

后世的梁山伯、祝英台的故事也有双双化蝶的结局,应是受到了《孔雀东南飞》的影响。

总之,《孔雀东南飞》这首诗,无论在思想内容还是艺术手法上,都是我国文学史上不可多得的杰作。

三 汉乐府民歌的艺术

汉乐府民歌是《诗经》民歌后我国古代民歌创作的又一个高潮,有着高度的艺术成就。

其一,汉乐府民歌继承和发扬了《诗经》民歌的现实主义精神,把现实主义推进到一个新的阶段。像《诗经》民歌一样,汉乐府民歌也忠实地记录了汉代社会的现实。可以说,《诗经》民歌中反映到的,乐府民歌都有所表现,而《诗经》中没有或较少接触的主题,汉乐府却有了新的开拓。例如,对于剥削阶级家庭内部生活的揭露,《相逢行》《鸡鸣》《长安有狭斜行》等揭露了他们奢侈荒淫的生活,《孤儿行》《淮南王歌》揭露了统治阶级家庭内部的兄弟骨肉相残,这些都是《诗经》民歌中少见的主题。就是相同主题的作品,汉乐府民歌在思想深度上也有新的开掘,弃妇诗在《诗经》民歌中往往就事论事,谴责的常只是男子的无情和变化,很少涉及剥削阶级的伦理道德等社会原因。汉乐府民歌中的弃妇诗则不仅把矛头指向男子本身的薄情和见异思迁，更是把矛头指向造成这种悲剧的社会伦理和封建纲常等社会因素，因而加强了作品的思想意义和社会意义。像《孔雀东南飞》就批判了封建的家长制和门第观念，体现了更强烈的现实精神。另外，汉乐府民歌在批判社会时更直接、更大胆，所谓"温柔敦厚"之风在汉乐府民歌中是少见的。像《东门行》这样歌颂走上反抗道路的作品在《诗经》民歌中是没有的。后世一些批判社会的作品，在精神上直接继承的还是汉乐府民歌。

其二，汉乐府标志着我国古典诗歌中叙事诗的成熟。我国的叙事诗萌芽于《诗经》，但其成熟形态则是汉乐府民歌中的叙事诗。《诗经》中称得上叙事诗的是《大雅》中的《大明》《緜》《皇矣》《生民》《公刘》等被称为周族史诗的作品。其中虽有不少生动的描写，但总的来说缺少完整的情节和细致的叙述。至于《诗经》民歌中的作品，则很少有可以被称为真正的叙事诗的。一些有一定叙事内容的作品，一般缺少有头有尾的故事情节，只有《氓》有比较完整的故事情节，可以说是初具规模的叙事诗。但在叙事中，对主观感情的直接抒发占相当大的比重，而不是主要由客观的叙述来表达主观的感情。所以说，叙事诗在《诗经》民歌中还处在萌芽状态。如果说《诗经》民歌标志着我国抒情诗的成熟，那么，叙事诗成熟的标志则是汉乐府民歌。

汉乐府本是"缘事而发"，因此，作品多叙事。一般来说，叙事的情况可分两类：一是截取生活中的一个片断或场面叙事，另一种是叙述一个完整的故事。前者可以以《上山采蘼芜》为代表，后者则可以以《孔雀东南飞》为代表。但不管是哪种情况，共同的特点是叙述得比较详细，情节比较完整。《上山采蘼芜》通过对话展开情节，情节是完整的，人物形象是鲜明的，表现了叙事的高度技巧。至于《孔雀东南飞》，前面我们做过详细的分析，篇幅之长、叙事之纷繁、人物之众多都是古代叙事诗中无可比拟的。王世贞《艺苑卮言》说："《孔雀东南飞》质而不俚，乱而能整，叙事如画，叙情若诉，长篇之圣。"正是肯定了它作为叙事诗的成就。

其三，汉乐府民歌善于刻画各种人物形象。无论是《上山采蘼芜》的"故夫"和"故妇",还是《十五从军征》中的回乡老兵,更不用说《陌上桑》中的罗敷和使君、《孔雀东南飞》中的刘兰芝和焦仲卿,无不形象生动,性格鲜明。像罗敷和刘兰芝甚至已经成为我国文学人物画廊中的典型人物。

另外,汉乐府民歌在语言句式上也有自己的特点。汉乐府的语言完全突破了《诗经》的四言句式,更呈现出杂言的形式,《东门行》《孤儿行》《妇病行》各种句式错杂纷呈于一诗之中,一、二、三、四、五、六、七、八、九等句式都有。这主要是由于乐府民歌来自民间,保留着很多的民间口语。值得注意的是汉乐府虽然有长短不齐的句式,但也有整齐的句式,《陌上桑》《十五从军征》《孔雀东南飞》《江南》等就是整齐的五言句。汉乐府中杂言的作品,长短句错落参差,保留着当时口语的自然、直率的特点;五言的作品,句式整齐,生动形象,富有表现力和音乐性。一般来说,早期的乐府民歌多呈杂言形式,而五言的则多是比较晚期的作品,这说明五言诗这种新诗体是在乐府民歌中逐渐孕育发展起来的。

汉乐府民歌另一个突出的特点是寓言体的运用。汉乐府里出现了几首寓言诗,比拟奇特,富于浪漫主义情调。如《雉子班》《乌生》《艳歌何尝行》都以鸟喻人,《蜨蝶行》以蝴蝶和鸟喻人,《枯鱼过河泣》以鱼喻人。有的表现了劳动人民的悲惨遭遇,有的表现了爱情,有着奇特的形式和内容,获得了奇特的艺术效果。《艳歌何尝行》除最后两句是乐府中的套语,为配乐演唱时所加,与原诗内容没有关联,前面全是托鸟言来比喻人间夫妻"生别离"的悲剧,这种夫妻不能相顾的惨剧,正是当时社会迫使劳动人民家破人亡的真实写照。托禽鸟的遭遇来写人,构思奇特。这几首禽言诗、虫言诗或鱼言诗不仅构思奇特,而且描写生动,表现了汉乐府中带有丰富想象的浪漫主义情调的风格。

四 汉乐府民歌的影响

汉乐府民歌是自《诗经》民歌之后我国诗史上民间文学创作的又

一丰硕成果,对后代有巨大的影响。

　　首先是其现实主义精神影响了后代诗人。后世诗人拟写古题乐府,多反映社会现实,这是对汉乐府民歌精神的继承。到唐代,杜甫、白居易等的创作所表现出来的现实主义精神也是对《诗经》民歌、汉乐府民歌的现实主义传统的继承和发扬光大。

　　其次,汉乐府民歌的一些题目和题材被后世文人反复摹拟,建安时代直到六朝,出现了大量的拟乐府,唐代大诗人李白几乎写尽了乐府古题,杜甫推陈出新,写出了"三吏""三别"、《兵车行》《丽人行》等记事名篇,白居易等人发起"新乐府"运动,写作了大量揭露社会、反映现实的乐府体作品,其精神虽上绍《风》《雅》,但更近承汉乐府民歌。

　　再次,汉乐府叙事诗的叙事技巧和手法也影响了后代叙事诗的创作。沈德潜就说杜诗中的"三吏""三别"等叙事诗是"运以古乐府神理"(《唐诗别裁集》卷二)。

　　最后,汉乐府对后代诗歌体裁形式的影响主要表现在五言诗的形成和七言诗的孕育上。

第五节　汉代的诗歌

一　《古诗十九首》之外的汉代文人诗

　　汉代的文人诗,一是沿楚歌和楚辞的余绪的骚体诗,二是模仿《诗经》的四言诗,三是文人创作的五言诗。

　　第一类作品如项羽的《垓下歌》、刘邦的《大风歌》和淮南小山的《招隐士》都是著名的作品,前面已述,不赘。

　　汉代文人的四言诗,有汉初高祖唐山夫人作《安世房中歌》,此后,司马相如等作《郊祀歌》,形式上模仿《雅》《颂》,内容上也一味歌功颂德,空虚贫乏,只用典型的词句造成庄严肃穆的派头,虽沈德潜称为"西京极大文字"(《古诗源》),实则是典型的庙堂文学。常被提及的文人四言诗还有韦孟的《讽谏诗》和《在邹诗》、韦玄成的《自劾诗》和《戒子孙诗》、傅毅的《迪志诗》等,也多是枯燥乏味的道德说教之作,充斥着陈词滥调,至于司马相如的《封禅颂》、班固的《明堂诗》《辟雍诗》等更是歌功颂德之作,没有艺术生命。究其原因,正是刘勰说的"汉初四言,韦孟首唱,匡谏之义,继轨周人"(《文心雕龙·明诗》),刘勰虽是褒扬,却也道出了汉代文人四言诗陈陈相因的作风。汉代经学大盛,《诗经》的四言形式只能用来歌功颂德和道德说教,抒发情感则由即兴起的五言诗来担当。

汉代的五言诗在兴起和发展的过程中,出现了不少佳作,《古诗十九首》代表了汉代文人诗歌创作的最高成就,在中国古代诗歌史上占有重要的地位。

二 五言诗的形成

关于五言诗的形成,有过很多说法。我国文学史的事实表明,五言诗当产生于民间。

首先,在《古诗十九首》这些文人五言诗之前,民间已流传着一些五言的歌谣。《水经注·河水》引晋人杨泉《物理论》记有秦人反对筑长城的五言民谣《生男慎勿举》,虽很难确证就是秦时歌谣,但是西汉时确实是有五言体的民歌民谣。汉武帝时有"何以孝弟为"(见《汉书·贡禹传》):

> 何以孝弟为?财多而光荣。何以礼义为?史书而仕宦。何为谨慎为?勇猛而临官。

这是贡禹所引的当时的俗语。成帝时有三首歌谣,其一为"邪径败良田":

> 邪径败良田,谗口乱善人。桂树华不实,黄爵巢其颠。故为人所羡,今为人所怜。

《汉书·五行志》明言是汉成帝时的歌谣。其二为"安所求子死",《汉书·尹赏传》说是成帝永始、元延年间的长安民歌。其三是"城中好高髻",出自《后汉书·马援传》附《马廖传》,说是"长安语",当也是成帝时的歌谣。以上几首歌谣,说明在西汉时,五言已成为民歌民谣的普遍形式。

五言诗产生于民间的另一个证明,是汉乐府民歌的形式正是从杂言逐渐过渡到五言。西汉时的作品《铙歌》多为杂言,没有完整的五言,说明当时虽有五言民歌,但五言诗还没有正式形成。到东汉时,乐府民歌则多是成熟而完整的五言,如《陌上桑》《孔雀东南飞》等。

因此,五言诗体是从民间的歌谣中产生的,到东汉时逐渐成了乐府民歌的主要形式。

五言的汉乐府民歌采入乐府以后,五言诗的形式才逐渐引起文人的注意,但西汉时文人轻视这种形式,认为"俳谐倡乐多用之"(挚虞《文章流别论》),所以西汉正统文人未见作五言诗的,倒是近于俳优的李延年作《李夫人歌》:

> 北方有佳人,绝世而独立,一顾倾人城,再顾倾人国。宁不知倾城与倾国,佳人难再得!

五言形式也并不彻底。东汉时,由于乐府民歌的传播,五言体的影响扩大,才逐渐被文人所接受。现存最早的完整的文人五言诗是东汉初班固的《咏史》,但"质木无文"(钟嵘《诗品》)。班固以后,文人五言诗逐渐多起来,如张衡《同声歌》、秦嘉《赠妇诗》、蔡邕《翠鸟》、郦炎《见志诗》、赵壹《疾邪诗》等,艺术上已渐见成熟。

另有《文选》载李陵和苏武的几首五言诗,文学史称为"苏李诗",实则是后世的假托。但就诗而论,与《古诗十九首》旨趣略同,堪称佳作,当是东汉末年一些中下层文人之作。

三 《古诗十九首》

(一)《古诗十九首》的名称、作者和创作时代

《古诗十九首》的名称,最早见于萧统的《文选》。在两晋南北朝时期,人们把汉魏时代流传下来的一些无主名的古代诗歌称为"古诗"。萧统编《文选》时,从中选择了十九首,编在一起,题为《古诗十九首》。

《古诗十九首》的作者和创作时代,旧时说法很多。现在一般认为《古诗十九首》作于东汉末年的桓、灵之时。无论是从诗的内容还是从诗的发展进程上看,此说都是比较正确的。《古诗十九首》的作者,根据诗作的思想内容和感情表达来分析,应是一些生活在社会中下层的文人。总之,《古诗十九首》并不是一人一时之作,它是东汉末年桓、灵之世的一些中下层文人的作品。

(二)《古诗十九首》的思想内容

《古诗十九首》产生于东汉末年的桓、灵时代,它的作者是中下层文人。这就决定了其思想内容是反映这些中下层文人的生活和感情。

东汉末年,中下层知识分子为了仕进,必须告妻别子,背井离乡,游学游宦,获取名望。而桓帝、灵帝时,政治极端腐败,外戚、宦官交替把持政权,卖官鬻爵的现象很严重,正直的知识分子失去了进身之路。《古诗十九首》正是这些背井离乡、游学游宦的知识分子的苦闷悲歌,反映的是他们漂泊他乡、仕进无路的生活和思想感情。

(1)离别相思的痛苦 背井离乡、抛妻别子的离别相思是《古诗十九首》表现的一个重要内容,约有《行行重行行》《青青河畔草》《涉江采芙蓉》《冉冉孤生竹》《庭中有奇树》《迢迢牵牛星》《凛凛岁月暮》《孟冬寒气至》《客从远方来》《明月皎夜光》等10篇。其中既有游子之辞,也有思妇之辞,思妇之辞又占其中的多数。如《涉江采芙蓉》:

> 涉江采芙蓉，兰泽多芳草。采之欲遗谁？所思在远道。还顾望旧乡，长路漫浩浩。同心而离居，忧伤以终老。

这首诗是写一位妇女思念远行的丈夫，她要采花相赠，可是所思在远，欲赠不能，欲罢不忍，所以忧伤满怀。关于这首诗的主人公是游子还是思妇，曾有很多争论。元人刘履《古诗十九首旨意》说："客居远方，思亲友而不得见。虽欲采芳以为赠，而路长莫致，徒以忧伤终老而已。"他以为是游子之辞。

比较起来，《古诗十九首》中的游子之辞较少，《明月何皎皎》写道：

> 明月何皎皎，照我罗床帏。忧愁不能寐，揽衣起徘徊。客行虽云乐，不如早旋归。出户独彷徨，愁思当告谁？引领还入房，泪下沾裳衣。

这是游子久客他乡思归故里之作。明月照床，忧愁不寐，故起而徘徊，心中思归，但归路安在？出户入房体现出他内心的矛盾和彷徨。诗里并没有写出他思念故乡的具体内容，但我们可以理解，真正牵动他情思的，是远方的闺中也正有一个"引领遥相睎"的人。

游子和思妇之辞是那个社会里外有旷夫、内有怨女的现实的反映，有重要的社会意义。

(2) 伤时失志的悲哀　中下层知识分子伤时失志的悲哀也是《古诗十九首》表现的一个重要主题。东汉末年腐朽的社会政治使广大知识分子失去了进身之路，前途无望。他们苦闷、彷徨、愤慨。《今日良宴会》《西北有高楼》《明月皎夜光》《去者日以疏》都表现了这种思想感情。《明月皎夜光》写道：

> 明月皎夜光，促织鸣东壁。玉衡指孟冬，众星何历历。白露沾野草，时节忽复易。秋蝉鸣树间，玄鸟逝安适？昔我同门友，高举振六翮。不念携手好，弃我如遗迹。南箕北有斗，牵牛不负轭。良无盘石固，虚名复何益？

诗表达的是对"昔日同门友"的怨愤。那"同门友"现在已经"高举振六翮"了,但世态炎凉,人情浅薄,他已"不念携手好,弃我如遗迹"。因此,同门之情已如"南箕北有斗,牵牛不负轭"那样,只是徒有虚名。"良无盘石固,虚名复何益?"正表达了诗人对那个社会里世态炎凉的愤愤不平!

(3)人生无常的慨叹　社会的黑暗和腐朽使广大知识分子失去了正常的仕进之路,他们伤时失志,进而引起了对人生无常的慨叹。《青青陵上柏》《回车驾言迈》《驱车上东门》和《生年不满百》就描写了这样的主题。在这些诗中,他们常慨叹:"人生天地间,忽如远行客。""生年不满百,常怀千岁忧。"正是怀着这种消极心理,他们追求人生的享乐:"斗酒相娱乐,聊厚不为薄。""服食求神仙,多为药所误。不如饮美酒,被服纨与素。"透过这种醉生梦死、消极颓废的生活态度,可以看到当时社会的黑暗和腐朽,看到知识分子在那个社会里的绝望心境。

(三)《古诗十九首》的艺术

《古诗十九首》有着极高的艺术成就,刘勰称之为"五言之冠冕"(《文心雕龙·明诗》)。钟嵘更说:"文温以丽,意悲而远。惊心动魄,可谓几乎一字千金!"(《诗品上》)

《古诗十九首》是情景交融的优美抒情诗。如《回车驾言迈》,把欣欣向荣的春景写得悲意盎然。

《古诗十九首》的抒情艺术成就还表现在委婉曲折的表达方式上。这种委婉的表达方式能造成言有尽而意无穷的艺术效果。例如《迢迢牵牛星》,虽然是抒思妇游子的相思之情,却用牵牛、织女比喻游子、思妇。诗由现实写入梦境,极尽曲折,委婉含蓄,余味无穷。

《古诗十九首》还特别善于塑造形象。它不是叙事诗集,但塑造的人物形象却极为鲜明。有时只简略的几笔,人物形象却栩栩如生。如《迢迢牵牛星》中的织女,我们仿佛看到一个美丽少妇含情脉脉地隔河相望的情景。再如《青青河畔草》:

> 青青河畔草,郁郁园中柳。盈盈楼上女,皎皎当窗牖。娥娥红粉妆,纤纤出素手。昔为倡家女,今为荡子妇。荡子行不归,空床独难守。

"盈盈"四句极力写出这个女子的容颜之美和她所处的浓春烟景的环境,画龙点睛之笔是"空床难独守",把人物的身份、感情、心境描写得淋漓尽致。

《古诗十九首》在语言上自然浑成,毫无斧凿雕琢的痕迹。《四溟诗话》说它"若秀才对朋友说家常话",固然道出了其语言平淡自然的现象,但关键更在于能真切地表情达意。

《古诗十九首》是我国文学史上第一批文人创作的具有高度艺术成就的五言诗。它的出现标志着我国五言诗的成熟。从此,五言诗体正式进入诗坛,并且逐渐占据了统治地位。直到唐代,它仍然与七言诗一起,成为我国古典诗歌的两种主要的诗歌形式。

第三章　魏晋南北朝文学

魏晋南北朝时期，除了西晋的短暂的统一外，中国基本上处于动荡和分裂的局面。南北对立，分裂割据，战争频仍，汉代大一统的儒家思想的桎梏也渐遭破坏，社会遂能容纳各种思想，玄学和佛学逐渐为知识分子所接受，并且在文学思想上有所表现，从而促进了这一时期文学的繁荣和文学面貌的改变。

第一节　建安文学和正始文学

一　建安文学

建安（196—219）是东汉末代皇帝献帝刘协的年号。建安时代，政治动荡，战争连年。但文学创作，特别是诗歌创作空前繁荣，成为我国文学史上的一个黄金时代。刘勰《文心雕龙·时序》云：

> 自献帝播迁，文学蓬转，建安之末，区宇方辑。魏武（曹操）以相王之尊，雅爱诗章；文帝（曹丕）以副君之重，妙善辞赋；陈思（曹植）以公子之豪，下笔琳琅：并体貌英逸，故俊才云蒸。仲宣（王粲）委质于汉南，孔璋（陈琳）归命于河北，伟长（徐幹）从宦于青土，公幹（刘桢）徇质于海隅，德琏（应玚）综其斐然之思，元瑜（阮瑀）展其翩翩之乐。文蔚（路粹）、休伯（繁钦）之俦，于叔（邯郸淳）、德祖（杨修）之侣，傲雅觞豆之前，雍容衽席之上，洒笔以

成酣歌,和墨以藉谈笑。观其时文,雅好慷慨,良由世积乱离,风衰俗怨,并志深而笔长,故梗概而多气也。

从刘勰的话中,我们可以看到当时文学繁荣的概况:作家众多,即所谓"俊才云蒸",而且创作上具有特点,也就是"梗概而多气"。所谓"梗概而多气",是指作品具有慷慨激昂的思想内容,并且有强烈的艺术感染力量,形成了对后世影响深远的"建安风骨"。

刘勰的话,实际上也谈到了建安文学繁荣的原因。首先,他肯定了曹氏父子对文学的热爱、提倡文学和对文士的爱护,所谓"体貌英逸,故俊才云蒸"。其次,他根据"文变染乎世情,兴废系乎时序"的观点,认为建安文学繁荣的另一个原因是"世积乱离,风衰俗怨",即是由时代的社会现实所决定。

(一)曹操和曹丕

曹操(155—220)是当时的大政治家、大军事家,也是一个卓有成就的诗人,字孟德,沛国谯县(今安徽亳州谯城区)人。东汉末在镇压黄巾起义中逐渐强大,遂统一北方。封魏王。其子曹丕称帝后,追尊为武帝。他的诗作现约有二十多首,几乎全部是乐府体。

曹操的诗往往以政治家的眼光去审度时势,品评政治。他的《薤露行》和《蒿里行》真实地记录了汉末的政治现实,对统治者的政治得失作了恰当的批评。《薤露行》主要记汉末董卓之乱。《蒿里行》是《薤露行》的姐妹篇:

> 关东有义士,兴兵讨群凶。初期会盟津,乃心在咸阳。军合力不齐,踌躇而雁行。势利使人争,嗣还自相戕。淮南弟称号,刻玺于北方。铠甲生虮虱,万姓以死亡。白骨露于野,千里无鸡鸣。生民百遗一,念之断人肠。

这首诗所记史实在时间上与《薤露行》相接。初平元年(190)正月,关东各州郡的军政长官起兵讨伐董卓,袁绍为联军盟主,但联军中各支军队同床异梦,貌合神离,各人都有自己的打算,因而联军观望不进。不久,又互相火并。袁绍的堂弟袁术在淮南称帝,袁绍与韩馥等私刻金玺,谋立刘虞为帝。各支军阀互相攻伐,造成了人民的死亡和生产的破坏。这首诗记载了这一段历史事实,明代人钟惺《古诗归》称它是"汉末实录,真诗史也"。

作为一个政治家,曹操在诗歌中也表达了自己的政治理想。如《短歌行》("对酒当歌")、《步出夏门行》之《观沧海》《龟虽寿》等。《龟虽寿》写道:

> 神龟虽寿,犹有竟时。腾蛇乘雾,终为土灰。老骥伏枥,志在千里;烈士暮年,壮心不已。盈缩之期,不但在天;养怡之福,可得永年。幸甚至哉,歌以咏志。

此诗是建安十二年(207)曹操北征乌桓凯旋途中所写,抒发了"烈士暮年,壮心不已"的豪情壮志,这也是这首诗的中心思想。为了表达这个中心思想,诗人用了一连串的比喻,前四句是从反面作比:"神龟"虽然能长寿,但还是有"竟时",总是要死的;"腾蛇"能乘云驾雾,但也是终要化为灰土。"老骥"二句是从正面作比,"老骥"虽老,但是驰骋千里的雄心壮志犹在,这是后两句"烈士暮年,壮心不已"的比喻。因为是"暮年",但又有"壮心",所以想到"养怡之福",长寿之道。作者虽然想长寿,但其目的还是为了实现"壮志",所以全诗给人以积极向上的鼓舞力量。这首诗慷慨激昂,洋溢着乐观主义精神。宋人敖陶孙《诗评》说:"魏武帝如幽燕老将,气韵沉雄",指的就是这些作品。

曹操还写了一些游仙诗和写景诗。游仙诗在曹操诗中占一定比重,如《气出唱》《精列》《秋胡行》《陌上桑》等。有的在游仙描写中寄托着人世的感慨(如《精列》),有的内容玄虚荒诞,艺术上无可取之处。其写景诗名作是《步出夏门行》之《观沧海》:

> 东临碣石,以观沧海。水何澹澹,山岛竦峙。树木丛生,百

草丰茂。秋风萧瑟，洪波涌起。日月之行，若出其中；星汉灿烂，若出其里。幸甚至哉，歌以咏志。

这首诗的写法是由远到近，再由近到远，由写实到想象。站在碣石山上望海，总的看去，远处是"水何澹澹，山岛竦峙"，而近处，诗人所站立的山上是"树木丛生，百草丰茂"。"秋风"二句则是由近到远，"秋风"句是近的感觉，"洪波"句是远的视觉。但是诗人不止于写登高所见之景，而是由所见之景进一步展开了想象。由于登高所见是海，而海给人最强烈的印象是博大和深沉，"日月"以下四句用极为夸张的语言写出了它的大，仿佛是吞吐日月、含孕宇宙。这四句实际上也表达了诗人自己的胸怀，抒发了他统一天下的雄心壮志。这种比较侧重于写景的诗在以前是很少的，对以后山水诗的形成有一定影响。

曹操在诗歌创作方法上学习汉乐府民歌，并且以乐府来写时事，这对后世拟乐府的现实主义传统有一定影响。更可贵的是，他对乐府的题材内容多有开拓，像《薤露行》《蒿里行》均是汉乐府古题，是丧葬的挽歌，他却用来写汉末时事；《陌上桑》在汉乐府中是写秦罗敷的故事，他却用来写游仙，完全脱离了汉乐府旧题内容的束缚，为后世诗人运用旧题来抒写时事树立了榜样。

曹操诗歌语言质朴，不尚华饰，有很多明白如话的诗句，如"对酒当歌，人生几何"等，把生活中的口语稍加修整入诗。这正是他学习汉乐府民歌的表现。他的诗有杂言、四言和五言。值得提出的是，汉代几乎没有出现过一首可堪称道的四言诗，而到了曹操手里，似乎四言诗又有了生气，他的几首最为人称赞的作品主要是四言体，如《短歌行》（"对酒当歌"）、《步出夏门行》四首等。其原因在于曹操并不刻意模拟《雅》《颂》，不追求庄重典雅的假古董的形式，所以能随心所欲地驱使语言表情达意，情真辞切，自然要超过汉代的文人四言诗了。

曹操还"是改造文章的祖师"（鲁迅《魏晋风度及文章与药及酒之关系》），散文也有很高成就，文风"清峻""通脱"，其《让县自明本志令》《述志令》等最能体现这种风格。

曹丕(187—226)，字子桓，是曹操次子。曹操死后不久废汉自立，建魏国，史称魏文帝。曹丕的诗歌创作成就比不上曹操和曹植，但也自有他的特点和成就。曹丕的诗在反映社会现实方面不够广泛，但一些写游子思妇的诗往往写得深婉悲切，反映了社会动乱的一个侧面。如《杂诗》二首，其一写一个游子在漫长的秋夜中思念故乡：

> 草虫鸣何悲，孤雁独南翔。郁郁多悲思，绵绵思故乡。愿飞安得翼，欲济河无梁。向风长叹息，断绝我中肠。

哀切动人，很得《古诗十九首》的遗意。其二写游子滞留他乡的思想感情，"客子常畏人"，很确切地道出了游子的心理状态。《见挽船士兄弟辞别诗》写一个纤夫向兄嫂托付妻子的情形，也反映了当时人民抛妻别子、背井离乡的社会现实。

曹丕的不少诗表现了对不幸的妇女的同情，《燕歌行》二首都是写妇女思念远行丈夫的诗，其一曰：

> 秋风萧瑟天气凉，草木摇落露为霜。群燕辞归雁南翔，念君客游多思肠。慊慊思归恋故乡，君何淹留寄他方。贱妾茕茕守空房，忧来思君不敢忘，不觉泪下沾衣裳。援琴鸣弦发清商，短歌微吟不能长。明月皎皎照我床，星汉西流夜未央，牵牛织女遥相望，尔独何辜限河梁！

诗人抓住秋天的物候特征，极力塑造一派萧索悲凉的环境气氛，衬托思妇落寞、孤寂的心境。思念丈夫，而偏偏先说丈夫正在思念自己，诗意虽故作曲折，但也正是思妇怀人之常情。接下来写思妇心理上的忧伤，她只能对着秋夜的天空，望着牵牛织女，发出"尔独何辜限河梁"的哀叹。全诗感情委婉、风格秀丽，写法上情景交融。王夫之推崇它"倾情、倾度、倾色、倾声，古今无两"（《古诗评选》第一卷）。这首诗也是我国文学史上第一首文人创作的七言诗。

曹丕的《清河见挽船士新婚与妻别作》则把一个普通劳动人民家

庭夫妻被迫分离的题材写进诗歌,并抱以同情之心,确实难能可贵。

曹丕诗在艺术风格上秀丽婉约、含蓄曲折、情随文移。《燕歌行》其一中写思妇之情就极尽曲折含蓄之能事。沈德潜《古诗源》卷五说:"子桓诗有文士气,一变乃父悲壮之习矣。要其便娟婉约,能移人情。"确实指出了曹丕与曹操诗歌的不同特点。

在语言上,曹丕诗如家常对话,细声细语,平心静气,形成了他的独特风格。他在诗歌语言形式上最先运用完整的七言形式,这是文学史上的创举,对我国诗歌七言形式的形成作出了重要的贡献。

曹丕是建安文坛的实际领导者,对繁荣建安文学起了重大作用,他自己的创作也取得了独特的成就。在文学史上,曹丕的地位是抹煞不了的。

(二) 曹植

曹植(192—232),字子建,曹操第四子,曹丕同母弟。

曹植的一生有前后两个截然不同的时期,其分界线在建安二十五年(220)。在此之前,他是曹操的爱子,过的是公子王孙的优游生活。曹植在早年就是一个有政治抱负的人,曹操曾几次打算立他为太子,但是他毕竟文人气太重,而他的对手曹丕则颇会玩弄权术,所以在与曹丕争夺帝位的斗争中终以失败告终。曹操死后,他失去了保护,曹丕对他由嫉恨而进行了一系列迫害,几遭杀身。后期他名为王侯,实为囚徒,郁郁寡欢中于魏明帝曹叡太和六年(232)去世,享年四十一岁。

曹植是个早熟的天才,才思敏捷。《三国志·陈思王传》记他十岁余"诵读诗论及辞赋十万言"。十九岁时,父亲曹操建铜雀台成,曹植"援笔立成"《登台赋》。相传曹丕曾想借口杀他,命他七步作诗,事在《世说新语·文学》篇《七步诗》有记叙,用其豆相煎比喻兄弟相残,真实反映了曹植后期的政治处境。

曹植是个全才的作家,但以诗歌的成就为最高。曹植诗现存近百首,有比较广泛的内容。有反映社会现实的,有记述自己的生活遭遇的，有表现朋友兄弟之情的，也有描写爱情的。

曹植描写社会现实的诗虽不多，却真实深刻地反映了建安时代的社会面貌。《送应氏二首》其一说：

> 步登北邙阪，遥望洛阳山。洛阳何寂寞，宫室尽烧焚。垣墙皆顿擗，荆棘上参天。不见旧耆老，但睹新少年。侧足无行径，荒畴不复田。游子久不归，不识陌与阡。中野何萧条，千里无人烟。念我平生亲，气结不能言。

诗题的应氏，是指应璩、应场兄弟，应场是"七子"之一。他们要经过洛阳归家，诗人为之送行而作此诗。时洛阳已遭董卓烧焚，诗人不仅描写了洛阳一片残破景象，而且把笔锋转向战乱给人民生产和生活带来的影响：田园荒芜，人民大量死亡，千里之内不复人烟。最后两句表达了诗人对军阀混战的愤愤不平和对人民痛苦的深刻同情。它与曹操的《蒿里行》、王粲的《七哀诗》其一同为"汉末实录"的诗史。

曹植的诗中不仅记录了汉末动乱的现实，而且对广大人民的痛苦总是寄予深深的同情。《泰山梁甫行》（"八方各异气"）表现的是边海人民苦难的生活情景：

> 八方各异气，千里殊风雨。剧哉边海民，寄身于草野。妻子象禽兽，行止依林阻。柴门何萧条，狐兔翔我宇。

诗里充满着感情，"剧哉"一声感叹，表达了诗人深挚的同情之心。

诗人同情人民还表现在他对生产的关心。他知道，只有收成好了，人民的生活才能温饱。《赠丁仪》诗说："凝霜依玉除，清风飘飞阁。朝云不归山，霖雨成川泽。黍稷委畴陇，农夫安所获？在贵多忘贱，为恩谁能博！"他担心霖雨沤烂了黍稷，农夫不能有所收获。他表示"在贵"者不能"忘贱"，这正是诗人的可贵之处。正因为这样，当"太和二年大旱，三麦不收，百姓分为饥饿"，之后终于普降甘霖，诗人喜不自禁作《喜雨》诗。诗里赞扬上天之广覆群生，满怀着"登秋皆有成"的憧憬和希望,洋溢着欢乐的情绪,流露出深厚的人道主义精神。

在另外的一些诗中,诗人通过对游子思妇的离别相思的描写,反映了时代的动乱。《杂诗》六首是写游子思妇的典型作品。《门有万里客行》是一首叙事诗,叙述诗人与远客的对话:

> 门有万里客,问君何乡人?褰裳起从之,果得心所亲。挽裳对我泣,太息前自陈:"本是朔方士,今为吴越民。行行将复行,去去西适秦。"

诗写一个漂泊四方的游子萍踪不定,万里做客。从诗人对他的殷勤相问中,可以感受到诗人对"万里客"的深切同情。

曹植是个典型的诗人,有着丰富的热烈情感。在他的作品中,有不少是写朋友、兄弟之情的。如《赠徐幹》《送应氏》《野田黄雀行》等。《野田黄雀行》云:

> 高树多悲风,海水扬其波。利剑不在掌,结友何须多!不见篱间雀?见鹞自投罗。罗家得雀喜,少年见雀悲。拔剑捎罗网,黄雀得飞飞。飞飞摩苍天,来下谢少年。

据黄节《曹子建诗注》,这首诗是为丁仪被害而作。诗以篱间之雀比喻遭难的朋友,因而想象一个拔剑仗义的少年使黄雀得以逃却迫害。但"利剑不在掌,结友何须多",这是多么痛切的悲愤!

在描写兄弟骨肉之情的作品中,《赠白马王彪》是最突出的一篇。全诗共七章,诗前有序言。任城王曹彰是曹丕同母弟,曹植之兄,被曹丕毒杀。曹植和白马王曹彪也都处在险恶的环境中,在黄初四年七月朝会归途中,曹丕不让他们兄弟同行,曹植愤而作诗。诗人满怀被压抑的悲愤,控诉了曹丕政权的黑暗和无情。第七章对即将分别的弟弟白马王表达了深厚的骨肉之情,"离别永无会,执手将何时?王其爱玉体,俱享黄发期"。哀哀相诉,令人几欲一洒同情之泪!

曹植有不少关涉男女爱情的诗。《美女篇》写美女盛年不嫁,好像是写婚姻问题,但最后几句慨叹:"媒氏何所营,玉帛不时安。佳人慕高义,求贤良独难。众人徒嗷嗷,安知彼所观。盛年处房室,中夜起长叹。"其感慨之深,似是以美女求嫁无媒比喻自己报国无路。但是像另外一些诗,如《七哀》《闺情》("揽女出中闺")等,完全是哀怨缠绵的情诗。

曹植的诗中,有许多诗人自抒其志向的作品。在早期,诗人就有建功立业的远大志向,希望干一番轰轰烈烈的大事业。他常说:"君子通大道,无愿为世儒"(《赠丁廙》),"闲居非吾志,甘心赴国忧"(《杂诗》其五),"国仇亮不塞,甘心思丧元"(《杂诗》其六)。在《白马篇》里他歌颂幽并的"游侠儿":

  白马饰金羁,连翩西北驰。借问谁家子?幽并游侠儿。少小去乡邑,扬声沙漠垂。宿昔秉良弓,楛矢何参差。控弦破左的,右发摧月支。仰手接飞猱,俯身散马蹄。
  狡捷过猴猿,勇剽若豹螭。边城多警急,虏骑数迁移。羽檄从北来,厉马登高堤。长驱蹈匈奴,左顾陵鲜卑。弃身锋刃端,性命安可怀?父母且不顾,何言子与妻!名编壮士籍,不得中顾私。捐躯赴国难,视死忽如归。

诗里充满豪情,感情激昂,塑造了一个爱国的幽并游侠的英雄形象。在另一首《名都篇》里,诗人对"京洛少年"的"骑射之妙,游骋之乐,而无忧国之心"(《乐府诗集》卷六三)作了深切的批判,也正表现了诗人自己的爱国激情。《名都篇》可以说是《白马篇》的姐妹篇,但两组人物形象却是鲜明对立的,诗人歌颂的是"幽并游侠",批判的是"京洛少年"。这些都是诗人早期的作品。在后期同样表现自己志向理想的作品中,前期那种乐观豪迈的情绪已荡然无存,取而代之的是壮志难酬的哀怨情调和悲愤难平的心情。《杂诗》其五就是这样的诗:

  仆夫早严驾,吾行将远游。远游欲何之?吴国为我仇。将骋万里途,东路安足由?江介多悲风,淮泗驰急流。愿欲一轻济,惜哉无方舟。闲居非吾志,甘心赴国忧。

他向往着"赴国忧",驰骋万里,去平定东吴,但是渡江无舟,报国无门。一方面是心怀报国之志,一方面不得不"闲居",这就是诗人晚年时的矛盾,所以他愤愤不平地说:"烈士多悲心,小人偷自闲。"(《杂诗》其六)诗人就是在这种心情中结束了自己壮志未酬的一生。

至于曹植的一些游仙、饮宴的诗,也不能一概认为均是思想内容消极的作品,其中有一些游仙诗还是有着现实的寄托,借以咏怀。当然也不能否认,有一些游仙诗确无寄托,与那些侈咏赤松王乔的正格游仙诗无大区别。

曹植是建安诗坛上最杰出的诗人,钟嵘《诗品》评他的诗为上品:

> 陈思王植,其源出于《国风》,骨气奇高,词采华茂,情兼雅怨,体被文质,粲溢今古,卓尔不群。嗟乎！陈思之于文章也,譬人伦之有周、孔,鳞羽之有龙凤,音乐之有琴笙,女工之有黼黻。俯尔怀铅吮墨者,抱篇章而景慕,映余晖以自烛。故孔氏之门如用诗,则公干升堂,思王入室,景阳、潘、陆,自可坐于廊庑之间矣。

可以说是推崇备至。

曹植诗给读者最深刻的印象就是"骨气奇高"和"词采华茂"。所谓"骨气奇高",就是指他的作品有着刚建雄奇的艺术风格,即有所谓的"建安风骨"。例如他的名作《白马篇》,先写游侠少年精于骑射,武艺高强,接着写他"捐躯赴国难,视死忽如归"的英雄气概。全诗笔力雄健,人物形象鲜明生动,极富感染力。再如《杂诗》其五("仆夫早严驾"),诗中抒情主人公一往无前、无所反顾的形象极为感人。

曹植诗的"词采华茂"在建安诗人中是很明显的。请看他的《公宴诗》:

> 公子爱敬客,终宴不知疲。清夜游西园,飞盖相追随。明月澄清景,列宿正参差。秋兰被长坂,朱华冒绿池。潜鱼跃清波,

好鸟鸣高枝。神飚接丹毂,轻辇随风移。飘飘放志意,千秋长若斯!

全诗用色泽极浓丽的句子写出了西园的美景,中间"明月澄清影"以下八句渐趋对偶,"澄""冒""跃""鸣"几个动词也用得十分恰切,提振了全篇的精神力量,体现了曹植诗歌语言修整华丽的特点。

至于曹植的乐府诗,更是在向汉乐府民歌学习的基础上,大大地文人化了。《美女篇》云:

美女妖且闲,采桑歧路间。柔条纷冉冉,落叶何翩翩。攘袖见素手,皓腕约金环。头上金爵钗,腰佩翠琅玕。明珠交玉体,珊瑚间木难。罗衣何飘飘,轻裾随风还。顾盼遗光彩,长啸气若兰。行徒用息驾,休者以忘餐。借问女安居?乃在城南端。青楼临大路,高门结重关。容华耀朝日,谁不希令颜?媒氏何所营,玉帛不时安。佳人慕高义,求贤良独难。众人徒嗷嗷,安知彼所观!盛年处房室,中夜起长叹。

很明显,这里有汉乐府《陌上桑》的影响,但是不同之处也很清楚。首先是辞藻上,《陌上桑》纯朴天然,语言质直淳朴;《美女篇》则词采华赡,流光溢彩。《陌上桑》正面写女子之美,只有"头上倭堕髻,耳中明月珠。缃绮为下裙,紫绮为上襦"四句,且重在她的服饰;《美女篇》用了十句,不仅写了服饰,而且写了皮肤、体态、动作、神情,多方面描写美女的美丽动人;《陌生桑》写别人眼中的罗敷用了八句,从侧面反复烘托罗敷之美;《美女篇》则只写了两句。这些都说明曹植把乐府诗大大地文人化了,不仅辞藻华丽,而且在描写方法上也更加讲究章法层次。

曹植的诗喜用比兴,往往借比兴来托寓自己的政治处境,有时全诗用比体。《美女篇》是借美女盛年不嫁比喻自己报国无门;《野田黄雀行》用少年救黄雀比喻自己企图求援临难的友人;《吁嗟篇》以"转蓬"的漂泊无定,比喻自己不得安定的政治处境,都十分贴切。

曹植还工于起调，他的一些诗，起句就极有气魄，给人以强烈的印象。有的起得雄壮，如"惊风飘白日，忽然归西山"（《赠徐幹》），"从军度函谷，驱马过西京"（《赠丁仪王粲》），"九州不足步，愿得陵云翔"（《五游咏》），"远游临四海，俯仰观洪波"（《远游篇》）等。有的起得慷慨悲凉，如"高台多悲风，朝日照北林"（《杂诗》六首其一），"高树多悲风，海水扬其波"（《野田黄雀行》）等。这些诗可以说是发唱警挺，一开始就振起读者耳目，给人以强烈的印象。

总之，曹植诗的成就是杰出的，其辞藻的华丽和风格的刚健在建安诗坛上无人能比。这两方面对后世诗坛的影响各有不同，辞藻的华丽增强了诗的美感，但为晋以后诗人追求辞采的形式主义提供了榜样（其责任不在曹植，他的辞采华茂与形式主义的唯美论有本质的区别）；风格的刚健则激起后代诗人们追慕建安风骨的热情。

另外，曹植的散文和辞赋也有较高的成就，《与杨德祖书》《洛神赋》亦都是名作。

（三）"建安七子"和女诗人蔡琰

"建安七子"初见于曹丕《典论·论文》，指孔融（153—208）、王粲（177—217）、刘桢（？—217）、阮瑀（约165—212）、陈琳（？—217）、应玚（？—217）和徐幹（171—218）。"七子"中以王粲、刘桢的诗歌成就较高。

"七子"的不少诗反映了社会的动乱、诗人的理想抱负和遭遇。反映动乱的代表作是王粲的《七哀诗》其一：

> 西京乱无象，豺虎方遘患。复弃中国去，委身适荆蛮。亲戚对我悲，朋友相追攀。出门无所见，白骨蔽平原。路有饥妇人，抱子弃草间。顾闻号泣声，挥涕独不还："未知身死处，何能两相完？"驱马弃之去，不忍听此言。南登霸陵岸，回首望长安。悟彼下泉人，喟然伤心肝！

清人沈德潜说这首诗是"杜少陵《无家别》《垂老别》诸篇之祖"(《古诗源》卷六)。其他如陈琳的《饮马长城窟行》、阮瑀的《驾出北郭门行》都是有现实性的作品。

表现理想和抱负的,如刘桢的《赠从弟》三首其二说:

> 亭亭山上松,瑟瑟谷中风。风声一何盛,松枝一何劲!冰霜正惨凄,终岁常端正。岂不罹凝寒,松柏有本性。

诗托物见志,松柏不怕严寒的品格象征着诗人自己美好刚正的品格,正可见出他"真骨凌霜,高风跨俗"(钟嵘《诗品》)的风格。

"七子"之外有女诗人蔡琰以其五言《悲愤诗》在文学史上卓然自立。蔡琰,建安时期女诗人。字文姬,陈留圉(今河南杞县)人,蔡邕之女。董卓之乱,被掳掠至胡地十二年,与南匈奴左贤王生二子。曹操用金璧赎回,改嫁董祀。蔡琰"后感伤乱离,追怀悲愤",作《悲愤诗》。全诗字字血,声声泪,展示了一幅触目惊心、惨绝人寰的情景,令读者不忍卒读:

> 卓众来东下,金甲耀日光。平土人脆弱,来兵皆胡羌。猎野围城邑,所向悉破亡。斩截无孑遗,尸骸相撑拒。马边悬男头,马后载妇女……或有骨肉俱,欲言不敢语。失意几微间,辄言"毙降虏。要当以亭刃,我曹不活汝"……欲死不能得,欲生无一可。彼苍者何辜?乃遭此厄祸。

另有骚体《悲愤诗》和《胡笳十八拍》均署名蔡琰,但可能是后世伪托。

二 正始作家阮籍和嵇康

随着"三曹"与"七子"的相继去世,魏末诗坛相对来说比较冷清。但正始年间(240—248)也出现了著名的"竹林七贤"领袖人物阮籍与嵇康这样重要的作家。

阮籍（210—263），字嗣宗，陈留尉氏（今属河南）人。父亲阮瑀，"建安七子"之一。毕生创作以八十二首五言《咏怀诗》最为重要。阮籍年轻时，"本有济世志"，从《咏怀诗》中可以看到他这种豪迈之气。其三十九：

> 壮志何慷慨，志欲威八荒。驱车远行役，受命念自忘。良弓挟乌号，明甲有精光。临难不顾生，身死魂飞扬。岂为全躯士，效命争战场。忠为百世荣，义使令名彰。垂声谢后世，气节故有常。

其三十三反映了政治的严酷和诗人的生命之忧：

> 一日复一夕，一夕复一朝。颜色改平常，精神自损消。胸中怀汤火，变化故相招。万事无穷极，知谋苦不饶。但恐须臾间，魂气随风飘。终身履薄冰，谁知我心焦。

阮籍的诗在艺术上多用比兴，隐晦曲折，所谓"言在耳目之内，情寄八荒之表""厥旨渊放，归趣难求"（钟嵘《诗品上》），常令人难以索解。但他开辟了五言诗新的隐晦曲折的抒情方式，为后世作家提供了新的抒情途径。我们可以说，五言诗到了阮籍的笔下，彻底摆脱了乐府诗的影响，完全走上了文人化的道路，阮籍"真正奠定了五言诗的基础"（朱自清《经典常谈·诗第十二》）。阮籍的《咏怀诗》对左思、郭璞、庾信、陈子昂、李白等诗人都有明显的影响。

嵇康（224—263），字叔夜，谯郡铚（今安徽宿州）人。他是魏国宗室的姻亲，娶曹氏女为妻，曾为魏中散大夫，因是司马氏的政敌而遭杀害。嵇康诗文皆擅，现存诗五十多首，代表作是《赠秀才入军诗》十九首和《幽愤诗》。《赠秀才入军诗》其二（据戴明扬校注《嵇康集》）：

> 鸳鸯于飞，肃肃其羽。朝游高原，夕宿兰渚。邕邕和鸣，顾眄俦侣。俯仰慷慨，优游容与。

嵇康的诗虽然成就不如阮籍,但他的四言诗自有独到之处,不但意旨峻切,文辞壮丽,而且常绘出一种淡泊清远的意境。如《赠秀才入军诗》其十五:

息徒兰圃,秣马华山。流磻平皋,垂纶长川。目送归鸿,手挥五弦。俯仰自得,游心太玄。嘉彼钓叟,得鱼忘筌。郢人逝矣,谁可尽言!

淡泊的意境得之于淡泊的心境,表现了诗人清远脱俗的情怀。"目送归鸿,手挥五弦"两句,集中体现了所谓的"魏晋风度",为后人津津乐道。

阮籍和嵇康的散文也多有名篇。像阮籍的《大人先生传》、嵇康的《与山巨源绝交书》《管蔡论》等都标新立异,观点新颖,与他们的诗歌创作一样都体现了作者高远的情怀。值得提出的是同属"竹林七贤"的向秀的《思旧赋》和刘伶的《酒德颂》也是当时散文创作中的翘楚。《思旧赋》追念旧友,沉痛悲愤,欲说还休;《酒德颂》名为颂酒,但其意不在酒,而是借酒抒怀,寄意深远。

第二节　晋代文学

司马炎于公元265年篡魏,建立了晋政权。晋政权极力推行曹丕创立的"九品中正"的官人制度,形成"上品无寒门,下品无势族"的局面。西晋政权建立不久,就酿成了历史上有名的"八王之乱"。北方的少数民族也乘机侵扰中原,逐渐形成了民族分裂和南北割据的局面,直至隋文帝灭陈,才结束了分裂局面。

两晋文学出现了两种不同的发展趋势:一部分作家继续建安文学传统,表达其对社会现实的慷慨不平;另一部分作家脱离现实,追求文学技巧,丰富了文艺的表现形式,却也开启了南朝形式主义文学的先河。

一 "勃尔复兴"的太康文学

傅玄(217—278)和张华(232—300)都是魏晋间诗人、政治家。他们出身寒微,政治上均有作为,但诗歌内容狭窄,辞藻华艳,文学成就不高。

晋武帝太康年间(280—289),文坛活跃,文学比较繁荣。钟嵘《诗品》说:"太康中,三张(张载、张协、张亢)、二陆(陆机、陆云)、两潘(潘岳、潘尼)、一左(左思),勃尔复兴,踵武前王,风流未沫,亦文章之中兴也。"

陆机、潘岳和张协都曾极享盛名,《诗品序》称:"陆机为太康之英,安仁(潘岳)、景阳(张协)为辅。"其中"潘陆"更是一代诗风之代表。

陆机(261—303),字士衡,吴郡吴县(今上海松江,或云今江苏苏州)人。晋灭吴后,与弟陆云(字士龙)入洛阳。后在司马氏集团争夺政权的斗争中遭谗被害。

陆机的诗词藻丰赡,举体华美,但内容较贫乏。他作诗喜欢铺排对偶,炫耀才学,故求渊雅,以典故和对偶取胜,或者追求在拟古中显见功力。较好的诗有《赴洛道中作》二首,抒写旅程中的情怀,真实感人。他在其重要的文学理论著作《文赋》中主张"诗缘情而绮靡",于其诗亦可见之。

潘岳(247—300),诗人、辞赋家。字安仁,荥阳中牟(今属河南)人。与陆机齐名,时称"潘陆"。性趋势利,与石崇等谄事权贵贾谧,却矫情作《闲居赋》,以示高志。后在政治纷乱中被人诬陷杀害。

潘岳有一些诗能反映社会现实。四言的《关中诗》虽是奉诏而作,但并非一味歌功颂德,而是也揭露了战乱给人民带来"肝脑涂地,白骨交衢"的灾难。其五言诗中,《悼亡诗》三首最为著名。诗极细致地描写了人死物存的空虚和悲伤:"帏屏无仿佛,翰墨有余迹。流芳未及歇,遗挂犹在壁。"(《悼亡诗》其一)感情真挚,为后世称道。

张协,字景阳,安平(县名,今属河北省)人。曾做过官,后见天下已乱,遂归隐。与兄张载、弟张亢俱有文名,时称"三张"。现存诗十三首,《杂诗十首》是代表作。《诗品》置之上品,认为"文体华净,少病累"。

左思(250？—305？),西晋诗人、辞赋家。字太冲,齐国临淄(今属山东)人,出身寒门。他的妹妹曾被晋武帝选入宫,封为贵嫔,亦有才名。左思一生沉沦下僚。他曾作《三都赋》,洛阳为之纸贵。但左思真正有价值的是《咏史》八首。

《咏史》八首"题云《咏史》,实乃咏怀"(何焯《义门读书记·文选》卷二),一部分诗抒发了诗人远大的理想和超迈时俗的高尚情操。如其一认为自己有文才武略,希求"铅刀贵一割,梦想骋良图",为国一博;其三则说愿意功成身退:

> 吾希段干木,偃息藩魏君;吾慕鲁仲连,谈笑却秦军。当世贵不羁,遭难能解纷。功成耻受赏,高节卓不群。临组不肯绁,对圭宁肯分,连玺耀前庭,比之犹浮云。

但在门阀社会里,诗人只能身处穷巷,独守空庐。所以《咏史》八首中有不少诗揭示了"上品无寒门,下品无势族"的现象,抒发了诗人有志难骋的愤懑,如其二、其四、其五、其六、其八等均堪称杰作。

> 郁郁涧底松,离离山上苗,以彼径寸茎,荫此百尺条。世胄蹑高位,英俊沉下僚。地势使之然,由来非一朝。金张藉旧业,七叶珥汉貂。冯公岂不伟,白首不见招。(《咏史》八首其二)

左思除《咏史》八首外,还有《招隐》二首,名为"招隐",实则是歌颂隐士生活的清高超俗,不乏写景名句。《娇女诗》写女儿娇憨活泼之态可掬。《诗品》说左思诗"文典以怨,颇为精切,得讽喻之致",又指出"其源出于公幹(建安诗人刘桢)",可见"左思风力"是继承了"建安风骨"。

二　永嘉诗人

永嘉(307—312)是晋怀帝司马炽的年号。文学史上把这一时期前后的诗人称为"永嘉诗人",实际上包括了陶渊明之外的东晋诗坛。此时清谈玄理之风浸入诗坛,诗歌"理过其辞,淡乎寡味"(钟嵘《诗品序》),成了解说玄学义理的讲义,形成了所谓的"玄言诗"。这一时期有成就的诗人是刘琨和郭璞。

刘琨(271—318),字越石,中山魏昌(今河北无极)人。少有大志,曾与祖逖闻鸡起舞。北方沦丧于匈奴人后,受命任并州刺史,力图恢复。但军事上先胜后败,被幽州刺史段匹䃅杀害。刘琨诗悲凉慷慨,仗清刚之气,有建安风骨。诗存不多,代表作是《扶风歌》《重赠卢谌》。《扶风歌》写道:

> 朝发广莫门,暮宿丹水山。左手弯繁弱,右手挥龙渊。顾瞻望宫阙,俯仰御飞轩。据鞍长叹息,泪下如流泉。系马长松下,发鞍高岳头。烈烈悲风起,泠泠涧水流。挥手长相谢,哽咽不能言。浮云为我结,归鸟为我旋。去家日已远,安知存与亡?慷慨穷林中,抱膝独摧藏。麋鹿游我前,猿猴戏我侧。资粮既乏尽,薇蕨安可食?揽辔命徒侣,吟啸绝岩中。君子道微矣,夫子故有穷。惟昔李骞期,寄在匈奴庭。忠信反获罪,汉武不见明。我欲竟此曲,此曲悲且长。弃置勿重陈,重陈令心伤。

长歌当哭,感人肺腑,堪称血泪写成,千年之下,犹可想见其英雄失路的悲愤。《重赠卢谌》亦托寓非常,"何意百炼刚,化为绕指柔",包含着诗人多少悲辛!

郭璞(276—324),字景纯。文学活动从西晋后期到东晋初。璞好卜筮之术,王敦谋反,璞借卜筮劝阻,被杀。郭璞在玄风弥漫诗坛时,"始变永嘉平淡之体",代表作是《游仙诗》十四首,内容写游仙和隐遁山林,但实际上"乃是坎壈咏怀,非列仙之趣"(钟嵘《诗品中》)。

借游仙咏怀,是郭璞《游仙诗》的特点。如其三:

> 翡翠戏兰苕,容色更相鲜。绿萝结高林,蒙笼盖一山。中有冥寂士,静啸抚清弦。放情凌霄外,嚼蕊挹飞泉。赤松临上游,驾鸿乘紫烟。左挹浮云袖,右拍洪崖肩。借问蜉蝣辈,宁知龟鹤年。

"冥寂士"绝非神仙,乃是诗人理想中的自我形象。

郭璞的诗高华脱俗,富于感情,给陶渊明之前玄风笼罩的东晋诗坛带来了清新的气息,留下了可堪讽诵的诗篇。

三 田园诗人陶渊明

(一) 陶渊明的生平

陶渊明(365—427),字元亮,又名潜,浔阳柴桑(今江西九江)人。陶渊明生活的时代正是晋宋易代之际。曾祖父陶侃是东晋前期的名将,任荆、江二州刺史,都督八州诸军事,封长沙郡公。祖父陶茂任武昌太守。父早丧。陶渊明时,家道中落,生计艰难。渊明一生曾三仕,皆为小官。义熙元年(405)十一月,终因不愿为五斗米折腰,彻底辞官归隐。宋文帝元嘉四年(427)十一月,卒,私谥靖节。

陶渊明的创作以诗著称,兼擅辞赋和散文。诗存120多首,辞赋散文11篇。《归去来辞》《闲情赋》和《五柳先生传》皆称名篇。

(二) 陶渊明的田园诗

我们把陶渊明称为田园诗人,绝不是说他仅是描写田园生活的诗人,但在他的诗歌创作中,最有特色、最能体现其风格的是田园诗。钟嵘《诗品》推许他为"古今隐逸诗人之宗"。后世推崇陶诗者,也多是钦慕他的田园诗。这些都说明陶渊明的田园诗确实取得了极高的成就。

所谓田园诗,是指描写农村田园生活和田园风光的诗。陶渊明是我国古代文学史上第一个田园诗大作家。在他之前虽然也有一些描写田园风光、景色的诗作问世，但是，只有到了陶渊明，田园诗才正式形成，并且产生了影响久远的诗歌流派。

陶渊明的田园诗真实地记载了那个时代的农村生活，透露了淳朴的田园气息，散发出浓郁的泥土芬芳，描绘出一幅幅农村生活的图画。陶渊明田园诗中最引人注目的是那些描写诗人躬耕田亩的作品。《归园田居》五首是陶渊明在晋安帝义熙二年（406）写的组诗，其三说：

> 种豆南山下，草盛豆苗稀。晨兴理荒秽，带月荷锄归。道狭草木长，夕露沾我衣。衣沾不足惜，但使愿无违。

诗用极简洁的语言、白描的手法，绘塑了一个封建士大夫躬耕田亩的动人形象。"衣沾不足惜，但使愿无违"，正是在辛苦的劳动中，诗人明白了"人生归有道，衣食固其端"（《庚戌岁九月中于西田获早稻》）的道理。所以尽管"晨出肆微勤，日入负耒还"，诗人还是"但愿长如此，躬耕非所叹"《庚戌岁九月中于西田获早稻》。随着诗人躬耕岁月的长久和生活的日益贫困，到了他五十二岁写《丙辰岁八月中于下潠田舍获》诗时，他的思想认识更有所提高。诗云：

> 贫居依稼穑，戮力东林隈。不言春作苦，常恐负所怀。司田眷有秋，寄声与我谐。饥者欢初饱，束带候鸣鸡。扬楫越平湖，汛随清壑回。瞻瞻荒山里，猿声闲且哀。悲风爱静夜，林鸟喜晨开。曰余作此来，三四星火颓。姿年逝已老，其事未云乖。遥谢荷蓧翁，聊得从君栖。

这里，诗人"不言春作苦"，当然不是不苦，但已无暇叫苦，唯一惶恐的是收成不好，眷眷于心的是秋收有望。因为收成的好坏关系着生活的温饱。"饥者欢初饱"，这绝不是饱食终日的封建贵族文人所能有的体会。

长期的躬耕田园、生活条件的日趋恶化,使诗人与劳动人民的思想感情进一步地接近,与劳动人民的关系越来越融洽。诗人在一些田园诗中描写了他与劳动人民亲切的交往和深挚的友谊。《归园田居》其二写道:

> 野外罕人事,穷巷寡轮鞅。白日掩荆扉,对酒绝尘想。时复墟里人,披草共来往。相见无杂言,但道桑麻长。桑麻日已长,我土日已广。常恐霜霰至,零落同草莽。

农闲时节,与诗人共相来往的,不是那些骑马驾车的达官贵人,而是"披草"的农夫,他们所关心的也是桑麻的长势、收成的好坏。在这里,诗人的心与劳动人民的心同一脉搏。《移居》二首也是写他与邻人之间的友好往来,全诗语言洗净铅华,明白如话家常,平淡朴素之中见出醇厚渊雅,正像是与劳动者登高时所赋的诗。

陶渊明的一些田园诗也流露了悠然自得的闲适情趣,如《和郭主簿》二首其一、《归园田居》其一等。《归园田居》其一写道:

> 少无适俗韵,性本爱丘山。误落尘网中,一去三十年。羁鸟恋旧林,池鱼思故渊。开荒南野际,守拙归园田。方宅十余亩,草屋八九间。榆柳荫后檐,桃李罗堂前。暧暧远人村,依依墟里烟。狗吠深巷中,鸡鸣桑树颠。户庭无尘杂,虚室有余闲。久在樊笼里,复得返自然。

诗里洋溢着诗人归隐时的欢快心情。多年的官场生活像是"尘网",网住了他热爱自然的本性,现在脱却"尘网"归来,他像"羁鸟"回到"旧林","池鱼"返回"故渊",过上了自由自在的生活,所以有"久在樊笼里,复得返自然"的感受。诗里对农村景色的描写极富情趣,那方宅、草屋、榆柳、桃李、远村、墟烟,都历历可数,依依在目;那狗吠、鸡鸣,都隐隐可闻,声声在耳。农村环境优美宁静,令人神往!诗里虽流露出闲散恬淡的情趣,但同时也表现了诗人不同流俗的高尚情操,揭露了官场窒息人生命的黑暗。诗人向往的是"户庭无尘杂,虚室有余闲"的生活情趣。

陶渊明的田园诗主要反映了他归隐后的劳动生活和淡泊的心境,但作为一个正直的诗人,他的一些诗也反映了农村生产的破坏和人民生活的痛苦。《归园田居》其四说:

> 久去山泽游,浪莽林野娱。试携子侄辈,披榛步荒墟。徘徊丘垄间,依依昔人居。井灶有遗处,桑竹残朽株。借问采薪者,此人皆焉如?薪者向我言,死没无复余。一世异朝市,此语真不虚。人生似幻化,终当归空无。

村落变成了荒墟,田园变成了丘垄,居民已经亡逝,触目之处皆荒凉破败。诗人虽未交代其原因,但从当时的社会背景看,无疑是战争和灾害造成了这触目惊心的景象。此外,在《还旧居》诗里,诗人写到了故居的残破。《怨诗楚调示庞主簿邓治中》诗中,诗人用比兴的手法婉转地交代了造成天灾人祸的原因是"炎火屡焚如,螟蜮恣中田"。诗人和劳动者都只能过着"夏日抱长饥,寒夜无被眠"的生活。早期田园诗中那种消散闲适、宁静淡泊的心境一扫而空,诗人的感情更紧紧地靠近了受苦难的人民。

《桃花源诗并记》是陶渊明田园诗新的发展阶段,描写了幻想的桃花源中人的淳朴、和平、安宁和没有剥削压迫的生活境况,反映了劳动人民逃避苦难现实、向往美好生活的愿望。在《桃花源记》里,诗人以桃花源的和平美好婉转地揭示了现实社会中的动乱和劳动人民的苦难。但它不局限于此,而且着眼于企图解决现实社会中的问题,描写了一个没有剥削压迫的乌托邦社会,表达了人民的美好理想。

(三)陶渊明的咏怀诗

陶渊明并非真的仅是"浑身静穆"。陶渊明的诗中有大量的咏怀诗,它们抒发着诗人的理想,抨击着社会的黑暗,表达了诗人愤激的呼喊与抗争,表现了诗人"金刚怒目"的一面。这一类诗同样具有强烈的现实性和高度的艺术性。

　　抒发理想以及壮志难酬的痛苦和苦闷,是陶渊明咏怀诗的主题之一。陶渊明具有"大济苍生"的愿望,但是社会的黑暗、政治的腐败,使他根本无法施展才能、实现理想。《杂诗》其五说:

　　　　忆我少壮时,无乐自欣豫。猛志逸四海,骞翮思远翥。荏苒岁月颓,此心稍已去;值欢无复娱,每每多忧虑。气力渐衰损,转觉日不如。壑舟无须臾,引我不得住。前途当几许?未知止泊处。古人惜寸阴,念此使人惧。

诗中说诗人少壮时就有"猛志",这个"猛志"从另一首《拟古》其八的"少时壮且厉,抚剑独行游。谁言行游近?张掖至幽州"来看,应该是有志立边功,以身许国。正因有此"猛志",所以"少壮"时的诗人总是"无乐自欣豫",满怀着前途无量的乐观主义情绪。但是岁月荏苒,光阴飞逝,仍老大无成,不免有点心灰意冷,心情由"无乐自欣豫"一变而为"值欢无复娱"。诗的最后四句表明诗人还不甘寂寞,还在痛苦地挣扎。全诗形象地刻画了一个心怀"猛志"的壮士有志未骋而又雄心不已的内心痛苦。诗人在《饮酒》其十中云:"在昔曾远游,直到东海隅;道路迥且长,风波阻中途。"正是这风波迭起、荆棘丛生的世路阻碍着诗人去实现自己的理想,诗人感叹道:"恐此非名计,息驾归闲居。"其中有多少痛楚的感慨!

　　诗人在一些咏怀诗中对腐朽黑暗的社会进行了揭露,其《饮酒》组诗揭示了世道的虚伪和欺诈:"去去当奚道,世俗久相欺。"(其十二)"羲农去我久,举世少复真。"(其二十)在这组诗的其二里,诗人还把矛头指向统治阶级愚乱人民的思想统治:

　　　　积善云有报,夷叔在西山。善恶苟不应,何事空立言?九十行带索,饥寒况当年。不赖固穷节,百世当谁传。

诗人用历史上伯夷、叔齐和荣启期（荣启期贫，年九十以索为带）的事例说明天道并不是公的，所谓"天道无亲，常与善人"（《史记·伯夷列传》）是骗人的空言。这里没有半点"静穆"，直是"金刚怒目"的控诉，表现了诗人的愤激情绪。

陶渊明的咏怀诗中还有一些以史咏怀、以仙咏怀的作品，如《饮酒》其一说：

> 衰荣无定在，彼此更共之。邵生瓜田中，宁似东陵时。寒暑有代谢，人道每如兹。达人解其会，逝将不复疑。忽与一觞酒，日夕欢相持。

诗人认为衰荣无定，自然界有寒暑代谢，人事又何尝不是如此，明显有易代的感慨。其他如《咏二疏》《咏三良》《咏荆轲》，也都是借史咏怀的作品。其中，《咏荆轲》更是陶诗中"金刚怒目"式的代表作。诗完整地叙述了荆轲刺秦王的过程，对荆轲奇功不成深自惋叹，"其人虽已没，千载有余情"，表现了诗人无限仰慕之情。

《读〈山海经〉》十三首内容多记神话传说，其中很多篇幅可以认为是游仙、咏仙之作，但与一些纯粹的游仙作品不同，同样包含有讽刺现实的内容和诗人的豪情壮志。如被鲁迅先生称为"金刚怒目"的"精卫衔微木"一首就是歌颂复仇精神的，诗云：

> 精卫衔微木，将以填沧海；刑天舞干戚，猛志固常在！同物既无虑，化去不复悔。徒设在昔心，良晨讵可待？

精卫和刑天分别见于《山海经》的《北山经》和《海外西经》，他们都是死后不忘复仇的英雄。诗人歌颂他们，表示了对他们这种精神的钦慕。

陶渊明的咏怀诗常用托物见志的手法表现自己高洁的人格。如《饮酒》其八（"青松在东园"）以松喻人，"青松"正是诗人高洁人格的象征。《饮酒》其十七咏幽兰："清风脱然至，见别萧艾中。"也是以物喻人。《饮酒》其四("栖栖失群鸟")里,诗人以"失群鸟"为喻,写出了自己孤独凄凉的心境。

陶渊明的咏怀诗中确有表现自己超然物外的情趣的,像著名的《饮酒》其五云:

> 结庐在人境,而无车马喧。问君何能尔?心远地自偏。采菊东篱下,悠然见南山。山气日夕佳,飞鸟相与还。此中有真意,欲辨已忘言。

传达出一派和平静谧的气氛。这种气氛得之于诗人悠然宁静的心境,只因他"心远",才能感到"地自偏",富有生活哲理。最后两句表示诗人从田园生活中体会到人生归朴返真的"真意",流露出消极的生活情趣。

(四)陶渊明的散文和辞赋

现在保存下来的陶渊明的散文和辞赋约十多篇,都具有极高的成就。散文中最有名的当为《桃花源记》,它不仅如前所述有反映社会现实的积极意义,而且语言朴素优美,记事如画。如开头一段写渔人初入桃花源:

> 晋太元中,武陵人捕鱼为业。缘溪行,忘路之远近。忽逢桃花林,夹岸数百步,中无杂树,芳草鲜美,落英缤纷。渔人甚异之。复前行,欲穷其林。林尽水源,便得一山。山有小口,仿佛若有光,便舍船从口入。初极狭,才通人。复行数十步,豁然开朗。土地平旷,屋舍俨然,有良田美池桑竹之属。阡陌交通,鸡犬相闻。其中往来种作,男女衣着,悉如外人;黄发垂髫,并怡然自乐。

后人以为"写的历历分明,无不以为真",可见作者的叙事功力之高超。另外像《五柳先生传》亦是陶渊明的散文名作。

其辞赋中,最为著名的当为《归去来兮辞》,写诗人辞官归田途中:"舟遥遥以轻飏,风飘飘而吹衣。问征夫以前路,恨晨光之熹微。"写归家后的生活情景:"乃瞻衡宇,载欣载奔。僮仆欢迎,稚子候门。三径就荒,松菊犹存。携幼入室,有酒盈樽。引壶觞以自酌,眄庭柯以怡颜。倚南窗以寄傲,审容膝之易安。园日涉以成趣,门虽设而常关。策扶老以流憩,时矫首而遐观。云无心以出岫,鸟倦飞而知还。景翳翳以将入,抚孤松而盘桓。"虽是想象,但也是情感真挚,语言朴素,与正统辞赋的矫情与华丽形成鲜明的对比。

(五)陶渊明的成就和影响

陶渊明是著名的大诗人,有着伟大的成就、崇高的地位和深远的影响。

首先,陶渊明是我国文学史上第一个大力写作田园诗的诗人,开创了田园诗。他的田园诗与谢灵运的山水诗相结合,形成了我国文学史上绵绵不绝的山水田园诗写作传统。

其次,陶渊明的诗冲击了弥漫着当时诗坛的玄言诗,打破了玄言诗一统诗坛的局面。陶诗与谢诗,彻底涤荡了"淡乎寡味"的玄言诗。

最后,陶诗在艺术上有很高的成就:其一,陶诗极善于塑造形象。陶诗中的形象极为鲜明生动,如《饮酒》其五,前四句淡淡几笔就绘出了一幅淡远宁静的画面,之后用"采菊东篱下,悠然见南山"轻轻点染,诗人形象立即活络起来。其二,陶诗平淡自然中蕴含着渊雅深远。正如朱庭珍所说是"绚烂之极,归于平淡"(《筱园诗话》),苏轼所说是"质而实绮,癯而实腴"(《与苏辙书》)。其三,陶诗不仅情景交融,还常常在写景和抒情中总结出哲理,使情、景、理有机地统一和结合起来。如《归园田居》其一的"羁鸟恋旧林,池鱼思故洲",《移居》其二的"衣食当须纪,力耕不吾欺"等,无不词浅意深,给人启迪。

陶诗影响深远。陶渊明高洁的人格、绝不与黑暗现实同流合污的品行对后代许多文人都有着积极的影响,后世诗人在黑暗政治的压迫下,往往以陶渊明"岂能为五斗米折腰"的精神激励自己。李白的"安能摧眉折腰事权贵"与陶渊明不为五斗米折腰的精神一脉相承。诗人高适做县尉时,不愿"迎拜长官""鞭挞黎庶",表示"转忆陶潜归去来"(《封丘作》)。宋代苏轼表示"欲以晚节师范其万一"(《与苏辙书》)。但白居易、苏轼等也受到陶渊明安贫守贱、随遇而安的生活态度的消极影响。

陶渊明诗歌创作的影响基本上是积极的。田园诗发展到唐代,规模浩大。王维、孟浩然、韦应物、柳宗元等的山水田园诗或多或少都受到过陶诗的影响。沈德潜就说:"唐人祖述者,王右丞(维)有其清腴,孟山人(浩然)有其闲远,储太祝(光羲)有其朴实,韦左司(应物)有其冲和,柳仪曹(宗元)有其峻洁,皆学焉而得其性之所近。"(《说诗晬语》卷上)

第三节 南北朝诗歌

420年,刘裕建立刘宋王朝,历史正式进入了南朝时期。南朝历经宋、齐、梁、陈四个王朝。与南朝政权相对的北方政权则主要是由少数民族先后建立的政权北魏(后分裂为东魏、西魏)、北齐和北周,史称北朝。南北朝的对立因隋文帝杨坚统一中国、建立隋政权而结束。

南北朝时期,南北分裂对立,诗歌却出现了创作纷呈的局面。

一 南北朝乐府民歌

南北朝乐府民歌是继《诗经》民歌和汉乐府民歌之后的又一次民歌创作高潮,现存近500首,大部分保存在《乐府诗集·清商曲辞》的"吴歌""西曲"和"神弦歌"里。"吴歌"和"神弦歌"产生在江南建业(今南京)地区,"西曲"是长江中游和汉水两岸地区的民歌。"清商曲辞"之外的"杂曲歌辞"和"杂歌谣辞"中,也有少量南朝乐府民歌。

(一)南朝乐府民歌

南朝民歌内容较狭隘,很多是表现男女相思恋情的民歌,风格宛

转清丽,声情旖旎。如:

> 气清明月朗,夜与君共嬉。郎歌妙意曲,侬亦吐芳词。(《子夜歌》)
>
> 江陵去扬州,三千三百里。已行一千三,所有二千在。(《懊侬歌》)

"西曲"里有一些反映劳动生活的民歌,把劳动与恋爱结合在一起。如《采桑度》:

> 冶游采桑女,尽有芳春色。姿容应春媚,粉黛不加饰。

春色春情,荡漾着对生活的挚爱和对幸福的追求。

南朝乐府民歌有独特的艺术成就。首先,"吴歌"和"西曲"多是五言四句的小诗,影响了五言绝句的形成;其次,南朝乐府民歌最显著的特点是大量运用双关隐语,大体上或用异字同音造成双关,或用一词多义造成双关,或是把上述两种方法兼而用之,如:

> 高山种芙蓉,复经黄蘖坞。果得一莲时,流离婴辛苦。(《子夜歌》)

"芙蓉"隐"夫容"、"莲"隐"怜",是异字同音双关;辛苦之"苦"隐苦味之"苦",是一词多义双关。

"杂曲歌辞"有一首长诗《西洲曲》,是南朝民歌中最优美的篇章。诗以连珠格的形式写一对恋人一年四季的连绵相思,缠绵悱恻,堪称绝唱。

(二)北朝乐府民歌

北朝乐府民歌在数量上少于南朝乐府民歌,现存约60多首,主要保存在《乐府诗集·横吹曲辞》的"梁鼓角横吹曲"中,"杂曲歌辞""杂歌谣辞"中亦有少量北歌。

这些民歌产生于北方,反映了北方各民族的生活。北歌与南歌在内容和风格上迥异其趣。在内容上,北歌反映的社会生活面远较南歌广阔;在风格上,北歌豪放慷慨、质朴率真,无南歌的缠绵凄恻、矜持羞涩之风。

如写战争的《折杨柳歌辞》,反映了少数民族男儿的尚武矫健:

> 健儿须快马,快马须健儿。跋跋黄尘下,然后别雌雄。

尤为出色的是描写游牧生活的《敕勒歌》,气魄雄阔,犹如一幅游牧生活风景画:

> 敕勒川,阴山下。天似穹庐,笼盖四野。天苍苍,野茫茫,风吹草低见牛羊。

残酷的战争使田园荒芜,人民大量流亡,《紫骝马歌辞》《陇头歌辞》是此类作品的代表:

> 陇头流水,流离山下。念吾一身,飘然旷野。朝发欣城,暮宿陇头。寒不能语,舌卷入喉。陇头流水,鸣声幽咽。遥望秦川,心肝断绝。(《陇头歌辞》)

北歌写爱情婚姻,也毫无南歌忸怩之态,《地驱歌乐辞》写"老女不嫁,蹋地唤天",大胆泼辣之至。写幽会的《地驱乐歌》说:"月明光光星欲堕,欲来不来早语我。"姑娘快言快语,怨而不悲,性格豪壮。

《木兰诗》是北朝民歌中最杰出的作品,大约产生于北朝后期,写一个叫木兰的女子代父从军,歌颂了木兰英勇无畏的爱国精神。其意义在于抒发了被男性社会压抑着的女性的豪情壮志,证实了女子与男子同样具有报效国家、建功立业的能力。

《木兰诗》是一首长篇叙事诗,全诗叙事井然,形象鲜明;在语言上,自然与华饰相结合,质朴的叙述中间又插入"万里赴戎机,关山度若飞"等几句对仗工整的律句,可能是后人的润色,简约华美,润饰得十分成功。最后四句的比喻出语神奇,突出了"木兰是女郎",照应全篇女儿代父从军的主题。

二 谢灵运和谢朓的山水诗

晋宋时代,秀丽的江南山水孕育着山水诗的形成。第一个大力写作山水诗的诗人是谢灵运,其后著名的有谢朓等。

谢灵运(385—433),晋宋间诗人。原籍陈郡阳夏(今河南太康),生于会稽始宁(今浙江上虞),东晋名将谢玄之孙。入宋,袭封康乐公,故称谢康乐。性豪奢,躁进狂傲,以谋反罪被杀。诗歌开一代风气,与颜延之齐名,时称"颜谢",又与谢朓合称"大小谢"。

谢灵运的不少作品是悠游园林、徜徉山水的记游之作,善于用精致工整的语言刻画山水的美景,再现山水的风貌:

岩峭岭稠叠,洲萦渚连绵。白云抱幽石,绿筱媚清涟。(《过始宁墅》)

石浅水潺湲,日落山照曜。芳林纷沃若,哀禽相叫啸。(《七里濑》)

潜虬媚幽姿,飞鸿响远音……池塘生春草,园柳变鸣禽。(《登池上楼》)

春晚绿野秀,岩高白云屯。(《入彭蠡湖口》)

从形状、姿态、颜色、声音等多方面对自然山水进行立体性的刻画,犹如工笔山水画卷。他的诗语言富艳、对偶整饬、词采华瞻、色彩绚丽、名句络绎。这与"理过其辞,淡乎寡味"的玄言诗相比,自然使人有耳目一新之感。大谢诗的缺点是记游中常带玄理的尾巴。这昭示着从玄言诗向山水诗的转变。

谢朓(464—499),字玄晖,与谢灵运同族,是永明新体诗的重要作家。谢朓做过宣城太守,故又称"谢宣城"。

谢朓写作过不少优美的山水诗,与大谢的共同之处是刻画细致:

> 远树暧阡阡,生烟纷漠漠。鱼戏新荷动,鸟散余花落。(《游东田》)

> 余霞散成绮,澄江净如练。喧鸟覆春洲,杂英满芳甸。(《晚登三山还望京邑》)

不同之处是,大谢喜欢反复描写,务求穷形尽相,时有繁芜之累,用词典雅庄重,难免有滞涩之感;小谢往往略貌取神,点到即止,风格比较清新流畅。大谢诗色泽浓丽,小谢诗比较淡雅;大谢诗似工笔山水,小谢诗则兼带写意。例如《之宣城出新林浦向板桥》:

> 江路西南永,归流东北骛。天际识归舟,云中辨江树。旅思倦摇摇,孤游昔已屡。既欢怀禄情,复协沧洲趣。嚣尘自兹隔,赏心于此遇。虽无玄豹姿,终隐南山雾。

前四句是谢朓写景的名句,从大处着笔,意境苍茫浩阔,与下面的抒情谐和无间,有情景交融的艺术效果。这与谢灵运诗作的富艳精工不同,表现出清新流丽的风格。

谢朓还善于发端,开首即置以名句。如"大江流日夜,客心悲未央"(《暂使下都夜发新林至京邑赠西府同僚》),"朔风吹飞雨,萧条江上来"(《观朝雨》),"沧波不可望,望极与天平"(《和刘西曹望海台》)等。

三　其他南北朝诗人

鲍照(？—466),字明远,祖籍上党(今山西长子一带),后迁东海

（今山东郯城一带），出生于江苏镇江一带。出身寒微，沉沦下僚。因做过宋临海王刘子顼参军，世称"鲍参军"。

鲍照是南朝最杰出的诗人之一，与颜延之、谢灵运合称"元嘉三大家"。现存诗约200首，约半数是乐府。其代表作《拟行路难》十八首，反映了诗人在门阀制度下的痛苦和愤懑：

> 对案不能食，拔剑击柱长叹息。丈夫生世会几时，安能蹀躞垂羽翼！弃置罢官去，还家自休息。朝出与亲辞，暮还在亲侧。弄儿床前戏，看妇机中织。自古圣贤皆贫贱，何况我辈孤且直！
> （《拟行路难》其六）

鲍照的诗歌在思想内容上继承了建安诗人的传统，较广泛地反映了社会现实，在体裁形式上成功地运用了七言，为七言诗的进一步发展奠定了基础。

南齐武帝永明年间（483—493），文学史上的重要事件是沈约、谢朓、王融等创立并努力实践着一种讲究声律的新体诗，即永明体。当时提倡声律论最力的沈约，提出"四声八病"说，规定作诗要讲求平、上、去、入"四声"，避免八种声律上的弊病，即"八病"。但是沈约的声病说过于烦琐，即使他自己也难以做到。不过，"永明声律"说为近体诗的格律提供了借鉴。事实上，永明新体诗正是古体诗过渡到近体诗的桥梁。

南北朝诗人中较有成就的还有江淹（444—505）、何逊（472—518）、阴铿（生卒年不详）和庾信，尤以庾信最为重要。

庾信（513—581），北朝周诗人，辞赋家、骈文家。字子山，祖籍南阳新野（今属河南），后迁居江陵。早年，庾信与其父庾肩吾，以及徐摛、徐陵父子俱出入萧纲门下，创作反映宫廷贵族生活的宫体诗。侯景乱起，庾信于梁元帝萧绎承圣三年（554）出使西魏，随后梁朝灭亡，信遂羁留北方，历仕西魏、北周，隋开皇元年（581）卒。

庾信前期的歌创作有着当时宫体诗人华艳柔靡的共同特点。但

真正代表他诗歌创作主要倾向的是他四十二岁羁留北方后的作品,主要表现了他的乡关之思和故国之痛,音节哀婉,情调苍凉:

  萧条亭障远,凄惨风尘多。关门临白狄,城影入黄河。秋风别苏武,寒水送荆轲。谁言气盖世,晨起帐中歌。(《拟咏怀》其二十六)

颇近近体之五律。不少五言四句的小诗,也俨然绝句格调:

  玉关道路远,金陵信使疏。独下千行泪,开君万里书。(《寄王琳》)

庾信对诗歌艺术的主要贡献在于他集六朝之大成,把南北诗风加以融合,形成了一种清新而雄健的诗歌风格,对唐代诗歌有着最直接的影响。庾信是南北朝的最后一位大诗人,也是诗开唐风的第一人。

第四节　魏晋南北朝骈文、散文和小说

  魏晋南北朝时期,由于文学的觉醒,出现了所谓"文、笔之辨"。现在看来,所谓"文",就是指文学性的作品,如诗赋;而所谓"笔",就是指实用性的应用文,如章、表、书、记等。沈约善诗,任昉善笔,有所谓"沈诗任笔"之说。受文坛风气影响,不仅诗赋力求辞藻华丽,就是应用文也逐渐用韵,讲求对仗、排偶和声律,骈体文也就应运而生。

(一)魏晋南北朝的骈文和散文

  所谓骈文,又叫骈体文、骈俪文,是与散文相对而言。骈文的特点是句法工整,讲究平仄声律,喜用事典。魏晋时文章已见骈俪化倾向,南北朝时骈文大盛。南北朝较有成就的骈文作家及作品有鲍照《芜城赋》、谢庄(421—466)《月赋》、孔稚珪(447—501)《北山移文》、江淹《恨赋》《别赋》、庾信《哀江南赋》等。其中最为后人称道的是江

淹和庾信的作品。

江淹(444—505),南朝宋、齐、梁间诗人、辞赋家。字文通,原籍济阳考城(今河南兰考),后迁于江南。历仕宋、齐、梁三朝。淹善诗文,诗风遒劲,以《杂体诗》三十首著名,但《恨赋》《别赋》尤为传诵。

《恨赋》写历史人物"饮恨吞声"之死,《别赋》写身份不同的人"黯然销魂"之别。"人生到此,天道宁论!"(《恨赋》)"黯然销魂者,惟别而已矣!"(《别赋》)不知引起多少读者的抱恨同情之心。

庾信是这一时期骈文骈赋成就最高的作家,他的骈文最能体现这一文体的特征:

> 日暮途远,人间何世。将军一去,大树飘零;壮士不还,寒风萧瑟。荆璧睨柱,受连城而见欺;载书横阶,捧珠盘而不定。钟仪君子,入就南冠之囚;季孙行人,留守西河之馆。申包胥之顿地,碎之以首;蔡威公之泪尽,加之以血。钓台移柳,非玉关之可望;华亭鹤唳,岂河桥之可闻!(《哀江南赋序》)

这一时期不但讲究文学性的骈文骈赋骈俪化,就是实用性的书札也喜用诗化的骈俪语言,著名的如丘迟《与陈伯之书》:

> 暮春三月,江南草长。杂花生树,群莺乱飞。见故国之旗鼓,感生平于畴日,抚弦登陴,岂不怆恨!所以廉公之思赵将,吴子之泣西河,人之情也。将军独无情乎?

另外,陶宏景《答谢中书书》、吴均《与宋元思书》更是这一时期短篇写景散文的双璧、书札体的绝唱,早已千古传诵:

> 山川之美,古来共谈。高峰入云,清流见底。两岸石壁,五色交辉;青林翠竹,四时俱备。晓雾将歇,猿鸟乱鸣;夕日欲颓,沉鳞竞跃。实是欲界之仙都。自康乐以来,未复有能与其奇者。(《答谢中书书》)

> 风烟俱净,天山共色,从流飘荡,任意东西。自富阳至桐庐,一百许里,奇山异水,天下独绝。水皆缥碧,千丈见底;游鱼细石,直视无碍。急湍甚箭,猛浪若奔。夹岸高山,皆生寒树,负势竞上,互相轩邈,争高直指,千百成峰。泉水激石,泠泠作响;好鸟相鸣,嘤嘤成韵。蝉则千转不穷,猿则百叫无绝。鸢飞戾天者,望峰息心;经纶世务者,窥谷忘反。横柯上蔽,在昼犹昏;疏条交映,有时见日。(《与宋元思书》)

北朝诗文多受南朝影响,散文中的北魏杨衒之(生卒不详)《洛阳伽蓝记》、郦道元(约446或472—527)《水经注》最为著名。前者记洛阳间里寺院,文字较为骈偶;后者为《水经》作注,模山范水,语简意盛。两者均富文学意味,对后来山水游记文有较大影响。

魏晋南北朝时期值得注意的还有四部骈文体或散文体的著作,那就是曹丕的《典论·论文》、陆机的《文赋》、刘勰的《文心雕龙》和钟嵘的《诗品》,这些著作虽文字优美,但其贡献却主要是在文学理论和文学批评方面。

《典论·论文》是我国古代第一篇文学理论和文学批评专论,它的贡献是提出了"四科八体"的文体论、"文以气为主"说和"诗赋欲丽"论;《文赋》着重于创作的构思、置辞、想象,提出"诗缘情而绮靡"说;《文心雕龙》更是体大思精的文学理论巨著,对文学创作、文学批评等各个方面都提出了系统的见解;《诗品》则主要勾画出了文学史的源流,品评了历代诗人的品第,反对当时盛行的繁苛的声律论和堆砌饾饤的用典风气,提倡诗歌的自然直寻和滋味论。

这些文学理论和文学批评著作反映了魏晋南北朝时期文学的觉醒和自觉,对后代文学理论批评有重要影响。

(二)魏晋南北朝的小说

魏晋南北朝时期,小说创作也渐见繁荣,出现了志怪小说和志人小说。

所谓志怪小说,就是记述神灵鬼怪和殊方异物的小说,充满了宗教迷信色彩。但一些作品反映了当时的社会生活、风俗和文化。志怪小说的代表作有晋代张华(232—300)的《博物志》、干宝(?—336)的《搜神记》等。最著名的是《搜神记》。著名的篇章有《博物志》的《八月浮槎》,《搜神记》的《干将莫邪》《韩凭夫妇》《李寄斩蛇》等。

所谓志人小说,又称轶事小说,主要是记载人物的言谈举止、轶闻轶事,可以从中窥见当时的社会风气和面貌。这一时期的志人小说有曹魏邯郸淳《笑林》、东晋葛洪《西京杂记》、南朝宋刘义庆《世说新语》等。最著名的是《世说新语》。《世说新语》中脍炙人口的故事如:

> 过江诸人,每至美日,辄相邀新亭,藉卉饮宴。周侯中坐而叹曰:"风景不殊,正自有山河之异。"皆相视流泪。唯王丞相愀然变色曰:"当共戮力王室,克复神州。何至作楚囚相对!"(《言语》)

> 王子猷居山阴,夜大雪,眠觉,开室,命酌酒,四望皎然。因起彷徨,咏左思《招隐诗》。忽忆戴安道。时戴在剡,即便夜乘小船就之。经宿方至,造门不前而返。人问其故,王曰:"吾本乘兴而行,兴尽而返,何必见戴?"(《任诞》)

正如前人所言:"读其语言,晋人面目气韵,恍然生动,而简约玄澹,真致不穷。"(胡应麟《少室山房笔丛》)

魏晋南北朝小说是我国古代小说的发轫时期,志怪小说对唐宋传奇,以至宋洪迈《夷坚志》、清纪昀《阅微草堂笔记》、蒲松龄《聊斋志异》等都有影响;而志人小说《世说新语》的影响更为深远,代有模仿之作。至于后世话本、戏曲取材于这一时期小说的就更多了。

第四章 唐五代文学

唐五代时期,伴随着国家的统一、经济的发展、文化的昌盛,中国古代文学也发展到一个全面繁荣的时期。诗在唐代进入了自己的黄金时代,唐代不到三百年,留存下来的诗却是此前一千六七百年间诗总量的几倍之多,诗的各种形式在此时都已成熟,出现了一批具有独特艺术个性的诗人,如王维、李白、杜甫、白居易、李贺、李商隐等。在文的创作上,中唐时期,韩愈、柳宗元引领的古文运动推崇先秦两汉的散文传统,改变了魏晋以来骈文统治文坛的局面,留下了许多传记、游记、杂文之类的散文名篇。除了传统的诗文之外,一些新的文学形式也在中唐时期有了巨大的发展。源出于六朝志怪的传奇小说达到了创作顶峰,标志着我国古代小说的成熟;而诞生于民间的曲子词也开始进入文人视野,并在晚唐五代发展成熟。

第一节 初唐诗

初唐是诗歌发展史上的过渡时期,追求声律辞藻的南朝诗风与偏重刚健厚朴的北方诗风逐渐走向融合。初唐诗在诗歌形式、诗歌风格以及诗歌理论上为盛唐诗国高潮的到来做了准备。

一 齐梁遗风与律诗定型

初唐时期,浮艳绮靡的齐梁宫体诗风仍然统治着诗坛。唐太宗就带头写作靡丽的宫体诗,当时的诗人也多是深受齐梁风气影响的陈隋遗老。虞世南便是这类遗老诗人的代表,他的作品几乎都是应制、侍宴之作。

贞观后期,诗坛上出现了一位重要诗人上官仪(616?—664)。上官仪是深受太宗和高宗宠信的宫廷诗人,他的创作也以应制奉和为主,如《八咏应制》《早春桂林殿应制》之类。《旧唐书·上官仪传》说他"好以绮错婉媚为本,时人谓之上官体"。他的诗属对工切、清丽婉转,在当时影响很大。他曾经归纳出诗歌对仗的六种方法,对律诗形式的发展客观上产生了促进作用。

继上官仪之后,武后时代比较著名的宫廷诗人是号称"文章四友"的李峤、苏味道、崔融、杜审言。其中杜审言(645?—708)是杜甫的祖父,也是四友中成就最高的诗人。他虽多应制之作,但也有一些抒写宦游之情的真情之作,如《登襄阳城》《春日京中有怀》等。值得注意的是,杜审言对律诗的形式创造颇为用心,他的部分诗已经完全符合律诗的规则,如最著名的五言诗《和晋陵陆丞早春游望》。

稍晚于四友的宫廷诗人是宋之问(约656—712)和沈佺期(656?—716?)。他们都因文才而受到武后的赏识,并媚附武后男宠张昌宗、张易之,这使得他们的诗多为应制侍宴等点缀升平之作。他们的诗虽然内容贫乏,但是在诗律方面却精益求精。他们总结了六朝以来诗歌声律的创作经验,最后完成了诗律的"回忌声病,约句准篇",也就是要求诗在一联之中平仄相异,上一联的对句与下一联的出句则平仄相同,并把这种规律贯穿全篇,从而校正了永明体格律板滞的缺点,使得全诗声律和谐。元稹《唐故工部员外郎杜君墓系铭序》说沈、宋"研练精切,稳顺声势,谓之为律诗",这是最早有关"律诗"定名的记载,故律诗最初又名"沈宋体"。律诗的定型,在诗体演进过程中具有关键性的意义,为此后的诗歌发展创造了有利条件。

宋之问和沈佺期利用律诗这种形式创作了大量作品,其中武后时期创作的应制诗鲜有可观者。武则天死后,他们被流放岭南,反而写出了一些比较优秀的律诗。如宋之问的五律《度大庾岭》:

度岭方辞国,停轺一望家。魂随南翥鸟,泪尽北枝花。山雨初含霁,江云欲变霞。但令归有日,不敢恨长沙。

沈佺期七律《古意呈补阙乔知之》：

卢家少妇郁金堂,海燕双栖玳瑁梁。九月寒砧催木叶,十年征戍忆辽阳。白狼河北音书断,丹凤城南秋夜长。谁为含愁独不见,更教明月照流黄。

二　初唐四杰

宫廷诗反映了初唐时期皇室和上层社会的生活状态和审美情趣,当时能反映中下层士人的精神风貌和创作追求的则是被称为"初唐四杰"的王勃(约650—约676)、杨炯(650—?)、卢照邻和骆宾王(生卒年不详)创作的诗作。闻一多说四杰"年少而才高,官小而名大",他们都属于高才自负而地位低下的寒士,心中充满了功名之望和激愤之气,他们诗歌的题材内容与审美追求因此和宫廷诗人们大异其趣。

四杰中的卢、骆年辈稍长,都擅长七言歌行;王、杨年辈稍晚,都擅长五言律诗。卢照邻最著名的歌行是《长安古意》。这本来是宫体诗惯用的题目,但是卢照邻的《长安古意》更侧重描写繁华富丽的市井风情,写骄奢淫逸的虚幻无常,诗的结尾"寂寂寥寥扬子居,年年岁岁一床书。独有南山桂花发,飞来飞去袭人裾",更写出了寒士的清贫寂寞。这些都已经不是传统的宫体诗的内容。骆宾王的七言歌行《帝京篇》也是当时的绝唱。这首诗也写长安的繁华和贵族的骄奢,但最终转入对祸福无常的感慨、对自己沉沦下僚的抑郁不平。

卢、骆的歌行已经开启了新的风气,王、杨的五律则更具有唐诗的精神气质。王勃和杨炯的五律诗都透露出一种积极进取的精神、开朗乐观的心态。王勃最为人称道的是送别诗《送杜少府之任蜀川》：

城阙辅三秦,风烟望五津。与君离别意,同是宦游人。海内存知己,天涯若比邻。无为在歧路,儿女共沾巾。

诗中没有送别诗惯有的感伤悲苦,反而显出诗人昂扬的抱负、壮阔的胸襟,这种情调与唐代上升期的时代精神正相吻合。杨炯的《从军行》也是这样具有时代精神气质的作品,"宁为百夫长,胜作一书生",这种对建功立业、边塞豪情的向往引领了盛唐波澜壮阔的边塞诗创作。

四杰的作品引领着诗歌从宫廷台阁走向江山塞漠,从应制颂美转向抒写怀抱,从浮艳辞藻转向刚健气骨。虽然他们的诗尚未洗净齐梁习气,但唐诗独特个性的形成终究还是从他们开始的。

三 陈子昂

陈子昂(661—702)是一位对唐诗发展有重大影响的诗人。他出身豪富之家,因家庭影响,从小就具有纵横使气的豪侠性格和建功立业的政治热情。中进士后,陈子昂颇受武则天赏识,官至右拾遗。他曾慷慨从军,出征西北、辽东。出征契丹时因言获罪,愤而解职还乡,后被县令诬陷,冤死狱中,年仅四十二岁。

陈子昂与沈、宋同属新进庶族士人,有着相同的政治文化背景。但是,陈子昂具有与沈、宋迥然不同的精神气质和人生追求。因此,在沈、宋热衷奉和应制、声律格式之时,陈子昂却提倡"汉魏风骨"和"风雅兴寄",表现出明显的复古主义创作倾向。他在《与东方左史虬修竹篇序》里批评"齐梁间诗,彩丽竞繁,而兴寄都绝""风雅不作",推崇"汉魏风骨"与"正始之音"。陈子昂提倡的"风骨"与"兴寄"要求诗歌既要抒发高尚的思想情感,又要表达鲜明的政治倾向,这正好契合了寒士群体寄托功业理想、疏泄不平之气的创作需求,对打击宫廷诗风、推动诗风变革有极大的促进作用。

陈子昂"风雅""兴寄"的理论主张在他的三十八首《感遇》诗中有

集中体现。其中有些诗讽刺时事,如其四指斥武后大开告密之门,使得人人自危;其十九则讽刺武后浪费财力修建佛寺。有些诗抒写建功立业的抱负,抒发怀才不遇的不平:

> 本为贵公子,平生实爱才。感时思报国,拔剑起蒿莱。西驰丁零塞,北上单于台。登山见千里,怀古心悠哉。谁言未忘祸,磨灭成尘埃。(《感遇》其三十五)

> 兰若生春夏,芊蔚何青青。幽独空林色,朱蕤冒紫茎。迟迟白日晚,袅袅秋风生。岁华尽摇落,芳意竟何成?(《感遇》其二)

这类诗展现出诗人积极进取的精神风貌,充满慷慨悲凉之气。他的《登幽州台歌》更把这种悲凉慷慨推向极致:

> 前不见古人,后不见来者,念天地之悠悠,独怆然而涕下!

英雄的孤独、不遇的苦闷、生命的短暂,悲慨之情层层叠加,又以朴直的语言大声唱出,成为齐梁以来未曾有过的洪钟巨响。

陈子昂的诗歌理论和创作实践,对于唐诗的变革具有关键性的意义,成为盛唐诗歌即将到来的序曲。杜甫"公生扬马后,名与日月悬",韩愈"国朝盛文章,子昂始高蹈",都是对陈子昂在唐诗发展史上这一贡献的肯定。

四 张若虚

初唐的四杰、沈宋、陈子昂等诗人在诗歌题材的扩大、声律的完善和风骨的形成等方面为唐诗的繁荣奠定了基础,张若虚和刘希夷等人则在诗歌意境的创造上,为后人提供了成功的经验。

张若虚(生卒年不详)是初、盛唐之交的一位诗人,与贺知章、张旭和包融并称"吴中四士"。他的诗仅存两首,但仅一篇《春江花月夜》就足以奠定他在唐代诗史上的大家地位。

春江潮水连海平，海上明月共潮生。滟滟随波千万里，何处春江无月明。江流宛转绕芳甸，月照花林皆似霰。空里流霜不觉飞，汀上白沙看不见。江天一色无纤尘，皎皎空中孤月轮。江畔何人初见月？江月何年初照人？人生代代无穷已，江月年年只相似。不知江月待何人，但见长江送流水。白云一片去悠悠，青枫浦上不胜愁。谁家今夜扁舟子？何处相思明月楼？可怜楼上月徘徊，应照离人妆镜台。玉户帘中卷不去，捣衣砧上拂还来。此时相望不相闻，愿逐月华流照君。鸿雁长飞光不度，鱼龙潜跃水成文。昨夜闲潭梦落花，可怜春半不还家。江水流春去欲尽，江潭落月复西斜。斜月沉沉藏海雾，碣石潇湘无限路。不知乘月几人归，落月摇情满江树。

　　《春江花月夜》是乐府清商曲吴声歌旧题，相传此曲乃陈后主所创，隋炀帝也曾经用此进行创作，都是靡丽浮艳的宫体诗。张若虚虽然采用了宫体旧题，写的也是常见的游子思妇之情，却通过高超的艺术构思，使此诗成为千古绝唱。诗人把游子思妇的相思离愁放在春江花月夜的背景下描写，以美景反衬哀情，以宇宙的永恒反衬人生的短暂。诗歌紧扣"月"来写，月下的江、月下的花、月下的人，一切都仿佛是玲珑剔透的，诗中同时借助景物表达了对美好生活的向往，对宇宙人生的思考，画意、诗情、哲理融为一体，境界非常开阔。再加之清新优美的语言、婉转悠扬的音律，无怪乎后人评张若虚说"以孤篇压倒全唐"。

　　在刘希夷（约651—约680）的代表作《代悲白头翁》中我们也能看到类似的诗歌意境创造。张若虚和刘希夷将真实的思想情感、真切的生命体验融入优美的诗歌意象中，诗情与画意、哲思相结合，创造出含蕴深远的诗歌意境，也为盛唐诗歌高潮的到来作了艺术上的充分准备。

第二节　盛唐诗

　　盛唐是中国诗歌发展史上的最高峰。经过几十年的发展，初唐诗在题材内容、诗体形式、诗歌理论、艺术技巧等方面为盛唐诗歌奠定了基础。而盛唐经济繁荣,国力强盛,文化发达,培育出一大批才华横溢、禀赋奇高的诗人。当唐代走向它的鼎盛之时,诗歌的创作也走向了顶峰。一个时代的诗歌必然沾染着一个时代的气息,诗人学者林庚曾经把盛唐诗歌的总体特色概括为"盛唐气象"和"少年精神",即爽朗不尽的风格、新鲜灵动的语言、丰富多变的形式,以及自由解放的个性、宽广豪迈的胸襟、锐意进取的时代气息和乐观奔放的青春情调。在盛唐,最能体现这种气象、这种精神的是两类题材的诗歌,即山水田园诗和边塞诗。

一　山水田园诗

唐代,山水田园成为诗歌最重要的题材类型之一。山水田园诗的盛行有它的社会基础和思想基础。社会安定、经济繁荣给盛唐诗人提供了安闲生活的物质条件,佛老思想的盛行、统治阶级内部的矛盾又促成了隐逸思想的流行。很多失意的诗人把回归山水田园当作保持高尚节操、慰藉疲惫心灵的最佳途径。山水的明秀、田园的温馨涤荡了官场的污浊、仕途的坎坷,确实具有净化心灵的作用。而更重要的是,对山水的观照使诗人与自然融通,产生高逸虚静的情怀,进而在山水田园诗中创造出一种空灵澄澈的意境。陶渊明开创的田园诗和谢灵运、谢朓开创的山水诗逐渐融合,山水田园诗大量出现。孟浩然和王维正是唐代山水田园诗人最优秀的代表。

孟浩然(689—740),襄阳(今湖北襄阳)人。孟浩然是一位终身未出仕的诗人,长期隐居于故乡鹿门山附近,李白说他"红颜弃轩冕,白首卧松云"。实际上孟浩然虽然秉性孤高,但并非完全没有功名之念,《临洞庭湖赠张丞相》中的"欲济无舟楫,端居耻圣明"一联,就把他希望通过别人援引走入仕途的愿望表达得很清晰迫切,可惜的是孟浩然没有得到援引的机会。开元十六年(728),已经四十岁的孟浩然入长安应举,却不幸落第,失意的他只能继续寄情山水。

孟浩然的生平经历比较简单,他的诗题材内容也比较单一,大多是田园隐逸与山水行旅。孟浩然擅长在日常的生活和寻常的景物中发现诗意，如《春晓》：

> 春眠不觉晓，处处闻啼鸟。夜来风雨声，花落知多少。

诗写一个普通的春日早晨，一种春日懒起的共同体会。早晨的鸟鸣带给人春天的欢快愉悦，而对风雨落花的猜测又带出淡淡的叹惋之情。如果说王维的山水田园诗注重造境，那孟浩然的山水田园诗则更注重表情，正如他自己所言："愁因薄暮起，兴是清秋发"，由日常事、身边景引发孤清寂寞之情，如《早寒江上有怀》《夏日南亭怀辛大》等。

孟浩然诗多为五言，风格以孤清平淡为主，虽然偶尔有气势阔大、精工锻炼的句子，如"气蒸云梦泽，波撼岳阳城"，但此类诗句并不多见。孟浩然的诗单行较多，对偶较少；白描较多，雕饰较少；叙述议论较多，摹写刻画较少，因而显得散淡清远。如《万山潭作》：

> 垂钓坐磐石，水清心亦闲。鱼行潭树下，猿挂岛藤间。游女昔解佩，传闻于此山。求之不可得，沿月棹歌还。

此诗正如闻一多在《唐诗杂论》中所说："真孟浩然不是将诗紧紧地筑在一联或一句里，而是将它冲淡了，平均的分散在全篇中。淡到看不见诗了，才是真正孟浩然的诗。"可以说，在诗体形式与诗歌风格上，孟浩然都更多地继承了田园诗的鼻祖陶渊明，只是在思想境界上终究还是无法追步陶诗。

王维（701—761），字摩诘，太原祁（今山西祁县）人。王维少年时就以天才诗人闻名，十六岁写的七古《洛阳女儿行》、十九岁写的七古《桃源行》都是传诵一时的名篇。而十七岁写的《九月九日忆山东兄弟》更是脍炙人口的佳作。二十一岁擢进士第后，曾担任大乐丞之职。后来辗转做过一些小官，因张九龄的提拔担任右拾遗，并曾随崔希逸出塞征战。天宝年间，政治昏暗，王维始终不与李林甫等权奸同流合污,开始过着亦官亦隐的生活。安史之乱时,王维被俘,被迫担任伪官。战乱平定后,因弟弟王缙的求情而得以免罪。最后官至尚书右丞,卒年六十一岁。

王维是盛唐时代文化全面高涨的历史条件下,发展得最为全面的一位作家。他精通音乐,曾做过大乐丞,他的很多诗被乐工传唱,如《伊州歌》《相思》等,其中最著名的《阳关三叠》成为了当时和后世送别曲的典范。王维是山水画的大师,曾自言"前身应画师",创造了水墨山水,被尊为南宗画派之祖。在书法上,王维则是草、隶各体兼长的大师。王维的诗歌创作就是建筑在这样全面的艺术修养之上的,因此发展得非常全面。正如林庚在《中国文学简史》中所说:"我们很难指出王维诗歌的特点,因为他发展得如此全面,如果一定要指出,那就是代表整个盛唐诗歌的特点:深入浅出,爽朗不尽,融汇着历代诗歌的精华。"

从诗体形式上看,王维的诗歌是全面发展的。王维被誉为"五言宗匠",他的五言诗数量也最多。其中五古如《渭川田家》《春中田园作》等,五律如《山居秋暝》《使至塞上》《终南山》《汉江临眺》等,五绝如《辋川集》二十首等,都是脍炙人口的佳作。盛唐最为主流的七言歌行和七绝在王维手中也都有出色表现,歌行《老将行》《夷门歌》《陇头吟》等豪迈浑厚,七绝则以构思精巧、造语别致见长,如"劝君更尽一杯酒,西出阳关无故人"(《送元二使安西》)、"唯有相思似春色,江南江北送君归"(《送沈子福归江东》)等。王维还是盛唐写作七律最多的诗人,他写田园的七律《积雨辋川庄作》被后人誉为"空古准今";写边塞的七律《出塞作》则被清代方东树推为"古今第一绝唱"。王维甚至创作唐人很少使用的楚辞体诗和六言诗,他的《鱼山神女祠歌》是屈原之后难得的楚辞体佳作,《田园乐七首》则是盛唐少有的六言好诗。

从题材内容上看,王维诗歌也是全面发展的。他的作品中有传统的政治抒情诗,如《不遇咏》《寓言》其一等。王维也写过很多边塞诗,与盛唐其他边塞诗一样,都带着浪漫解放的情调。这些诗写将士英勇豪迈的气概,如"孰知不向边庭苦,纵死犹闻侠骨香"(《少年行》)、"拔剑已断天骄臂,归鞍共饮月支头"(《燕之行》);写激烈的征战场面,如"汉军奋迅如霹雳,虏骑崩腾畏蒺藜"(《老将行》);写英雄失意的忧愤,如"苏武才为典属国,节旄空尽海西头"(《陇头吟》);也写思乡念远的情怀,如"黄云断春色,画角起边愁"(《送平淡然判官》)。王维边塞诗中最著名的就是《使至塞上》:

　　单车欲问边,属国过居延。征蓬出汉塞,归雁入胡天。大漠孤烟直,长河落日圆。萧关逢候骑,都护在燕然。

　　虽然王维的边塞诗无论数量还是质量都非常出众,但山水田园诗才是他作品中对后世影响最大的一类。他在这方面所表现出来的创造性和惊人才华,甚至掩盖了他在边塞诗等方面取得的成就,使他被定义为一个"山水田园诗人"。王维山水田园诗的内容非常丰富,"江流天地外,山色有无中。郡邑浮前浦,波澜动远空"(《汉江临眺》)写开阔雄伟的江景;"荒城临古渡,落日满秋山"(《归嵩山作》)写苍茫浑厚的归途景色;"斜光照墟落,穷巷牛羊归。野老念牧童,倚杖候荆扉"(《渭川田家》)写黄昏时分田园的安宁温馨;"漠漠水田飞白鹭,阴阴夏木啭黄鹂"(《积雨辋川庄》)写农村的秀美风光;"倚杖柴门外,临风听暮蝉"(《辋川闲居赠裴秀才迪》)写隐居生活的闲适旷达。

　　王维的山水田园诗常通过描写山水田园抒写隐逸情怀,"即此羡闲逸,怅然吟式微""野老与人争席罢,海鸥何事更相疑"之类即是这种隐逸思想的体现。在诗中,山水田园是他桃花源式的理想国,是他对抗尘世污浊的最后根据地。但是王维的山水田园诗不仅仅寄托着自己高尚其志、宠辱不惊的人生理想,更有着明显的禅宗意趣。王维是禅宗的信徒,他在创作时自然而然地把禅宗的静定澄心和山水的审美观照结合起来,在山水景物中体悟禅意,进而通过诗境来表现禅境。如《终南别业》:

　　中岁颇好道,晚家南山陲。兴来每独往,胜事空自知。行到水穷处,坐看云起时。偶然值林叟,谈笑无还期。

诗中最为人称道的"行到水穷处,坐看云起时"便是以虚静澄明之心观照景物才会体悟到的空灵之境。值得注意的是,王维的很多山水田园诗都会通过人类的活动、生物的变化点染出生命的存在,如《辛夷坞》:

木末芙蓉花,山中发红萼。涧户寂无人,纷纷开且落。

诗歌所写山涧无人、辛夷花自开自落,看起来似乎非常寂寞空落,但是实际上辛夷花的开落使得这寂静的山谷里有了蓬蓬勃勃的春意,有了与宇宙自然息息相通的无限生机。其他如"欲投人处宿,隔水问樵夫"(《终南山》)、"偶然值林叟,谈笑无还期"(《终南别业》)等则通过人类活动点染出生命的存在。这样的描写使王维的诗清寂而不死寂,幽静而不幽冷,这才是王维诗的禅意所在。

王维诗歌的艺术成就非常之高。王维善于写景,他笔下的山水景物风格多样,明秀者如"白水明田外,碧峰出山后""荆溪白石出,天寒红叶稀",壮阔者如"万壑树参天,千山响杜鹃""日落江湖白,潮来天地青";幽静者如"雨中山果落,灯下草虫鸣""返景入深林,复照青苔上"。而且,作为一个杰出的画家,王维经常把绘画的取景构图、光影色彩等技法运用到诗歌的创作中,使他的诗歌充满画意。如《山居秋暝》:

空山新雨后,天气晚来秋。明月松间照,清泉石上流。竹喧归浣女,莲动下渔舟。随意春芳歇,王孙自可留。

诗歌先描写了阔大的背景"空山",又具体地描画细节,这符合山水画的布局规律。"明月松间照",地上的月光和松影形成鲜明的明暗光影的对比。同时,这是一种立体的景物描写,而石上清泉却是平面的景物。这些近景再加上远处竹林中隐约可见的洗衣女、莲叶分开处微微露出的小渔船,一幅清新秀丽的山水画就完成了。王维作品中还有很多充满画意之作,《终南山》"太乙近天都,连山到海隅"的构图安排,《汉江临眺》"江流天地外,山色有无中"的浑融意境,《春园即事》"开畦分白水,间柳发红桃"的颜色搭配,都体现了王维诗对绘画技法的巧妙运用。苏轼评价王维诗时曾说:"味摩诘之诗,诗中有画;观摩诘之画,画中有诗",确实把握住了王维山水田园诗艺术表现上最独特的地方。

王维的山水田园诗在诗情与禅意、画意的互相渗透和生发中,丰富发展了中国古典诗歌艺术,也奠定了自己在中国文学史上的地位。

二 边塞诗

比起山水田园诗,边塞诗更是盛唐所特有的主题。如果说山水田园诗表现了大唐帝国内部的祥和安宁和文人对隐逸生活的向往,那么盛唐的边塞诗则歌颂着唐帝国在对外战争中的雄壮国威,表现着文人对建功立业的渴望、对边疆异域风情的向往、对自由解放精神的追求。林庚曾说:"酒于唐人正如边塞之对于唐人,乃是现实的解放的向往。"除王维外,盛唐其他著名诗人,如高适、岑参、王昌龄、李颀、李白等,也都有边塞诗名篇传世。

盛唐边塞诗自由解放、豪迈雄壮的精神需要奔放的诗歌语言、诗歌形式来配合,盛唐最流行的七古与七绝成为边塞诗最主要的表现形式。这是因为,比起文雅的五言,七言更加接近口语,是当时最富于音乐感、最通俗奔放的语言。而古体和绝句不像律诗那样有诸多格律的束缚,形式上更加自由轻松。两者结合而成的七绝七古于是成为盛唐边塞诗中运用得最多的诗歌形式。其中,王昌龄的七绝、高适和岑参的七古堪为代表。

王昌龄(698?—756?),字少伯,京兆万年(今属西安市)人。他家境比较贫寒,是个慕侠尚气、纵酒任性的性情中人。开元十五年进士及第,授秘书省校书郎。后改授汜水尉,大约在开元二十七年秋获罪,被贬谪到蛮荒的岭南。第二年北归,任江宁丞。天宝初年又因为所谓"不护细行"被贬为龙标尉,后弃官隐居江夏。安史之乱爆发后,他避乱至江淮一带,被濠州刺史闾丘晓杀害。

王昌龄是盛唐时享有盛誉的一位诗人。他和当时著名的一些诗人几乎都有交游,孟浩然、李白、岑参、常建等都存有赠他的诗篇。王昌龄的诗题材上以边塞、宫怨闺怨和送别为主。他的宫怨闺怨诗中有不少名篇,如《长信秋词》其三:

奉帚平明金殿开,且将团扇共徘徊。玉颜不及寒鸦色,犹带昭阳日影来。

《闺怨》:

闺中少妇不知愁,春日凝妆上翠楼。忽见陌头杨柳色,悔教夫婿觅封侯。

王昌龄的送别诗都不拘一格,寄寓深厚,如《芙蓉楼送辛渐》"洛阳亲友如相问,一片冰心在玉壶",用玉壶冰心来自明心迹;《送柴侍御》"青山一道同云雨,明月何曾是两乡",展示了风雨同舟、患难与共的真挚情怀。

王昌龄的边塞诗,大部分是用乐府旧题写成的,内容比较丰富。有的歌颂将士们舍身报国的豪情,如《从军行》其四:

青海长云暗雪山,孤城遥望玉门关。黄沙百战穿金甲,不破楼兰终不还。

有的写胜利的喜悦和自豪,如《从军行》其五:

大漠风尘日色昏,红旗半卷出辕门。前军夜战洮河北,已报生擒吐谷浑。

有的写征人对家乡普遍的怀念和眷恋,如《从军行》其一:

>琵琶起舞换新声，总是关山离别情。撩乱边愁听不尽，高高秋月照长城。

从诗体来说，王昌龄最为擅长的是七绝，后代称之为"七绝圣手"，今存七绝七十余首，占存诗的约五分之二，而且他最著名的诗歌也大多是七绝。王昌龄的边塞诗里用乐府旧题写的五言古诗和七言绝句各有十首，但后世传诵最广远的却都是七绝。《出塞》其一即是其最负盛名的七绝边塞诗：

>秦时明月汉时关，万里长征人未还。但使龙城飞将在，不教胡马度阴山。

《出塞》是乐府《横吹曲辞》旧题，多用来写边塞军旅之事。"秦时明月汉时关"，这一句破空而来。明月关山是边塞最常见的景物，而月亮的明与关塞的暗形成强烈对照，有鲜明的画面感。从明月到关塞完成了空间的跳跃，为征人的出现做了预设；同时，象征团圆的月亮意象的出现也使得下句写怀乡之情顺理成章。"秦汉"二字则完成了时间的飞跃，暗示着秦汉以来边境战争已经绵延千年。诗接下来写将士们万里远戍，不得还乡。《从军行》其四说"不破楼兰终不还"，可见楼兰未破、边患未消正是"人未还"的原因。诗歌因此接着写道："但使龙城飞将在，不教胡马度阴山"，士卒们渴望有李广那样的名将带领他们平定边事，早日还家。这首七绝精警凝练，短短二十字，有对战争的历史反思，有对故乡的深切怀恋，有报国的慷慨豪情，意蕴丰厚，悲壮浑成，无怪乎明代李攀龙誉其为唐人七言绝句的压卷之作。

王昌龄在盛唐诗人中对七绝用力最专、成就最高，清代王夫之甚至在《薑斋诗话》中说"七言绝句唯王江宁能无疵"。他的七绝在唐诗发展过程中有着重要意义。

除王昌龄以外，王之涣的七绝边塞诗《凉州词》其一也值得我们关注：

> 黄河远上白云间,一片孤城万仞山。羌笛何须怨杨柳,春风不度玉门关。

王之涣与王昌龄齐名当时,他的作品流传也很广,可惜留存到今天的只有六首,幸喜这首最优美的《凉州词》得以留存,供我们欣赏。

高适(700—765),字达夫,渤海蓨(今河北景县)人,早年生活困顿,随父旅居岭南。二十岁时入长安求仕,失望而归。后来曾北上漫游燕赵,希望能立功边塞,但是也没有结果。一直到天宝八年(749),才因人举荐,应有道科中第,授封丘尉。三年后,入河西节度使哥舒翰幕府,掌书记。安史乱起,他先辅佐哥舒翰守潼关,后跟随玄宗入蜀,拜谏议大夫。此后做过淮南节度使、剑南节度使等,最终为散骑常侍,封渤海县侯。高适大约是盛唐唯一一位封侯的诗人。

高适游蓟门、入河西,亲临边塞,入幕从军的经历推动了他的边塞诗创作。他的边塞诗中也有五古与绝句,如七绝《塞上听吹笛》:"雪净胡天牧马还,月明羌笛戍楼间。借问梅花何处落,风吹一夜满关山",写边塞诗中常见的征人思乡之情。他最著名,也最能代表其特色的边塞诗是七言歌行《燕歌行》:

> 汉家烟尘在东北,汉将辞家破残贼。男儿本自重横行,天子非常赐颜色。摐金伐鼓下榆关,旌旆逶迤碣石间。校尉羽书飞瀚海,单于猎火照狼山。山川萧条极边土,胡骑凭陵杂风雨。战士军前半生死,美人帐下犹歌舞。大漠穷秋塞草腓,孤城落日斗兵稀。身当恩遇恒轻敌,力尽关山未解围。铁衣远戍辛勤久,玉箸应啼别离后。少妇城南欲断肠,征人蓟北空回首。边庭飘飖那可度,绝域苍茫更何有。杀气三时作阵云,寒声一夜传刁斗。相看白刃血纷纷,死节从来岂顾勋。君不见沙场征战苦,至今犹忆李将军。

这首诗的思想丰富而复杂,诗中有一般边塞诗常有的内容,如杀敌报国的气概、艰苦卓绝的战斗、征人少妇的相思。更重要的是,诗中表达了对将帅骄奢逸乐、不能安边报国的讽刺。这种对将领骄奢无能导致战事不利的思考是其他边塞诗中很少出现的。正是这样丰富的内容和深刻的思想,加以悲慨雄壮的格调,使高适这首《燕歌行》成为盛唐边塞诗中最优秀的作品之一。

岑参(约715—770),祖籍南阳,出生于江陵(今湖北江陵)。他幼年丧父,家道衰落,靠自己的苦读于天宝三年(744)登进士第。岑参与高适等盛唐文人一样,热衷于建功立业,追求壮阔豪放的生活。天宝八年,岑参弃官从戎,赴龟兹(今新疆库车)入安西节度使高仙芝幕府。天宝十三年(754),再度出塞赴庭州(今新疆吉木萨尔县),入北庭都护府封常清幕府。这两次出塞入边是岑参一生中最有意义的壮举,也催生出其作品中数量最多、成就最高的边塞诗。

岑参的边塞诗以七言歌行见长,虽然他也有七绝等形式的边塞诗,如七绝《逢入京使》《碛中作》、五律《发临洮将赴北庭留别》等,但成就都不能和他的七言歌行体边塞诗相比。他的七言歌行常描绘边疆异域的奇特景色和守边将士的英勇无畏,充满了浪漫主义精神。如《走马川行奉送出师西征》:

> 君不见走马川行雪海边,平沙莽莽黄入天。轮台九月风夜吼,一川碎石大如斗,随风满地石乱走。匈奴草黄马正肥,金山西见烟尘飞,汉家大将西出师。将军金甲夜不脱,半夜行军戈相拨,风头如刀面如割。马毛带雪汗气蒸,五花连钱旋作冰,幕中草檄砚水凝。虏骑闻之应胆慑,料知短兵不敢接,车师西门伫献捷。

诗人惊奇于边地飞沙走石的景象,赞美将士征服自然、震慑敌军的勇武,充满了昂扬进取的精神。其他如《白雪歌送武判官归京》写"胡天八月即飞雪"的酷寒,《热海行》写"蒸沙烁石燃虏云"的热海,《火山云歌送别》写"飞鸟千里不敢来"的火山,本来艰苦的环境在岑参笔下变得奇特新鲜,也反衬出将士们不畏艰苦的乐观精神。岑参的边塞诗突破了以往边塞诗偏重描写边地苦寒和士卒劳苦的传统,在盛唐边塞诗中别具一格。

和诗中奇异的景物、乐观的精神相呼应,岑参的边塞诗在艺术上也显得奇特瑰丽。他常用奇妙的想象描写景物,如"忽如一夜春风来,千树万树梨花开""纷纷暮雪下辕门,风掣红旗冻不翻",又如"一川碎石大如斗,随风满地石乱走""沙口石冻马蹄脱"等,都给人新鲜奇崛之感。岑参的边塞诗艺术上的奇特还表现在形式音律的奇异上。他的《走马川行》三句一节,《轮台歌》两句一换韵,《敦煌太守后庭歌》句句押韵,这在盛唐七言歌行中也是独树一帜的。

盛唐还有一些比较著名的诗人值得我们注意,如崔颢、李颀等。崔颢诗中也有不少边塞诗,如《赠王威古》《古游侠呈军中诸将》等,表现了诗人的豪侠气概。但他最著名的作品是七律《黄鹤楼》:

> 昔人已乘黄鹤去,此地空余黄鹤楼。黄鹤一去不复返,白云千载空悠悠。晴川历历汉阳树,芳草萋萋鹦鹉洲。日暮乡关何处是,烟波江上使人愁。

这首七律把怀古和思乡融为一体,在当时和后世都极为人称道。据传,李白登黄鹤楼见到此诗,曾感叹:"眼前有景道不得,崔颢题诗在上头。"而严羽甚至推其曰"唐人七律诗,当以此为第一"。

李颀是以古诗见长的诗人,他也和盛唐其他诗人一样,作品中少不了边塞之作,其中比较著名的是《古从军行》:

> 白日登山望烽火,黄昏饮马傍交河。行人刁斗风沙暗,公主琵琶幽怨多。野云万里无城郭,雨雪纷纷连大漠。胡雁哀鸣夜夜飞,胡儿眼泪双双落。闻道玉门犹被遮,应将性命逐轻车。年年战骨埋荒外,空见蒲桃入汉家。

更能体现李颀创作个性的是送别赠答和描写音乐的作品。他的赠答送别之作别开生面,不侧重抒写离情,而擅长在诗中描写友人的性格形象,如《送陈章甫》《赠张旭》等。他描写音乐的作品,如《听董大弹胡笳声兼寄语弄房给事》《听安万善吹觱篥歌》等,用大自然的音响和形象来摹写音乐给人的感受,颇有独到之处。

第三节　李白

　　李白是盛唐诗国高潮的最高峰,是大唐盛世孕育出来的伟大天才。

　　李白(701—762),字太白,号青莲居士。出生于碎叶城(今吉尔吉斯斯坦境内),后迁居绵州昌隆(今四川江油)。李白的青少年时期是在蜀中度过的。蜀中是道教气氛浓郁的地方,受环境影响,李白思想中有浓烈的道教神仙的成分,他曾自言"十五游神仙,仙游未曾歇"(《感兴八首》其五)。大约在十八岁时,李白隐居大匡山读书,师从赵蕤学纵横之术。纵横家思想几乎伴随了李白一生。开元十二年(724)秋,李白"仗剑去国,辞亲远游",开始了一个漫游而兼求仕的时期。他的游踪几乎遍及半个中国。李白的漫游固然有纵情山水的一面,受了道家寻仙访道的影响,但更有其政治目的。李白有强烈的功名心,但他不屑以科考的方式入仕,期望能"一鸣惊人,一飞冲天"。于是,他有时以纵横家游说的方式四处干谒名人,期待援引;有时则试图走当时流行的"终南捷径",通过隐逸山林的方式求取入仕的机会。但是从二十六岁到四十二岁,李白一直备受挫折。直到天宝元年秋,机会才终于来临,唐玄宗诏其入京为翰林。但由于傲岸不羁的性格,李白屡受谗毁,天宝三年被赐金放还。李白深受打击,满怀忧愤,离开长安,再次开始漫游。其间还结识了杜甫,结下了深厚的友情。安史之乱爆发后,天真的李白满怀报国热忱受邀参加了永王李璘的幕府。但是此时肃宗已经在灵武即位,随即以叛乱名义讨伐永王。李白也被捕入狱,次年被判处长流夜郎(今贵州桐梓一带)。乾元二年(759)行至巫山时遇赦放还,流寓南方。宝应元年(762),病死于族叔当涂令李阳冰家。

李白的一生是传奇浪漫的一生,他是纵横策士,是道士,是游侠,甚至是酒徒,但在根本上是一个布衣寒士。李白一生都有恢宏的功业抱负,渴望能"济苍生""安社稷""安黎元",他曾在《代寿山答孟少府移文书》中说"申管晏之谈,谋帝王之术,奋其智能,愿为辅弼,使寰区大定,海县清一",这是他最执着的信念和理想,这种信念和理想与盛唐士人积极入世、建功立业的人生态度是一致的。但李白又是一个极其理想化的人,他所设想的政治生涯从起点到终点都和普通士人不同。浪漫不羁的个性和对自己才能的极大信心使他不愿通过当时的常规方式晋身仕途,参加科考或者从军立功都是他所不屑的。李白渴望着"平交王侯""一匡天下"而"立抵卿相",所以他羡慕姜尚"广张三千八百钓,风期暗与文王亲"(《梁甫吟》),羡慕郦食其"君不见高阳酒徒起草中,长揖山东隆准公"(《梁甫吟》),羡慕诸葛亮"鱼水三顾合,风云四海生"(《读诸葛武侯传书怀》)。这些历史上君臣遇合的佳话让他无比向往。与此相对应,李白对功成名就后的设想则是功成身退,归隐江湖,"功成拂衣去,摇曳沧州傍"(《玉真公主别馆苦雨》)、"功成谢人间,从此一投钓"(《翰林读书言怀》)、"待吾尽节报明主,然后相携卧白云"(《驾去温泉宫后赠杨山人》)、"终与安社稷,功成去五湖"(《赠韦秘书子春》)。这些设想带着粪土王侯的傲岸不羁和鄙弃名利的英雄情怀。可是现实总归是残酷的,李白过于理想化的设想屡受挫折,除了短暂的翰林生涯外,他一直以布衣寒士的身份流转江湖。李白的很多诗都带有政治感遇诗的意味,抒写自己怀才不遇的愤慨不平,《答王十二寒夜独酌有怀》便集中表达了对小人得意、贤士失职的愤慨:"骅骝拳局不能食,蹇驴得志鸣春风。折杨皇华合流俗,晋君听琴枉清角。巴人谁肯和阳春,楚地由来贱奇璞。"其他如"大道如青天,我独不得出""我本不弃世,世人自弃我"(《赠蔡山人》)等也表达了他的抑郁不平之意。《将进酒》写的则是苦闷中的自我排遣:

　　君不见黄河之水天上来,奔流到海不复回。君不见高堂明镜悲白发，朝如青丝暮成雪。人生得意须尽欢，莫使金樽空对月。天生我材必有用，千金散尽还复来。烹羊宰牛且为乐，会须一饮三百杯。岑夫子，丹丘生，将进酒，杯莫停。与君歌一曲，请君为我侧耳听。钟鼓馔玉不足贵，但愿长醉不复醒。古来圣贤皆寂寞，惟有饮者留其名。陈王昔时宴平乐，斗酒十千恣欢谑。主人何为言少钱，径须沽取对君酌。五花马，千金裘，呼儿将出换美酒，与尔同销万古愁。

《将进酒》是乐府旧题，题目即是请喝酒的意思，故多用来写饮酒放歌之事。李白此诗既切合诗题，又含蕴深广。诗歌开头即用黄河东流、青丝成雪表达人生苦短的悲哀。面对人生苦短的无奈，中国人传统的排解方式是"不如饮美酒，被服纨与素""何以解忧，唯有杜康"。被誉为酒中八仙之一的诗人李白当然也认为应当纵情饮酒欢乐。但他并没有一味借酒浇愁，而是在愁闷中以乐观的态度肯定自己、肯定人生，"天生我材必有用，千金散尽还复来"，这是多么自信的惊人宣言！李白又说"古来圣贤皆寂寞，惟有饮者留其名"，相信自己也是贤才，所以必然也是寂寞的，是坎壈不遇的，以至于无法以功业流芳千古，只能靠饮酒留名青史。到此我们才知道诗人"但愿长醉不愿醒"的真正原因。这几句充满了抑郁不平之气，正是布衣李白心中最大的悲愁。

所幸李白并没有被不遇的愁苦困住，他的诗同时表现出布衣寒士轻视权贵的傲岸不屈，这是李白诗歌中非常突出的一个特色。如"安能摧眉折腰事权贵，使我不得开心颜"（《梦游天姥吟留别》）、"黄金白璧买歌笑，一醉累月轻王侯"（《忆旧游寄谯郡元参军》）、"乍向草中耿介死，不求黄金笼下生"（《设辟邪伎鼓吹雉子斑曲辞》）、"严陵高揖汉天子，何必长剑拄颐事玉阶"（《答王十二寒夜独酌有怀》）。这种粪土王侯、轻视权贵的傲岸性格，才是李白政治抒情诗中更为人赞赏之处。

李白一生游走天下，虽然目的是为求仕或者寻仙，但客观上观览了无数的名山胜水,创作了很多描写山水景物的诗。他的山水诗喜欢描写雄伟壮阔的高山大河,如"黄河万里触山动,盘涡毂转秦地雷……巨灵咆哮擘两山,洪波喷流射东海"(《西岳云台歌送丹丘子》)、"登高壮观天地间,大江茫茫去不还。黄云万里动风色,白波九道流雪山"(《庐山谣寄卢侍御虚舟》)、"海神来过恶风回,浪打天门石壁开。浙江八月何如此,涛似连山喷雪来"(《横江词》)、"连峰去天不盈尺,枯松倒挂倚绝壁"(《蜀道难》)。山水景物的雄伟壮阔与李白个性的豪放不羁互相衬托,为李白诗增添了一种特有的自由解放的气质。

李白的诗歌有着独特的艺术个性。首先,他善用神话、传说、梦幻等结撰诗歌,使诗歌格外有浪漫神异的色彩。也因此,一千多年以来,李白一直被人称为"诗仙"。如《蜀道难》开头即引入蜀地开国和蜀道开通的传说来渲染蜀道的奇险,《庐山谣寄卢侍御虚舟》借对神仙世界的描写表达政治失意引起的愤世之情。而《梦游天姥吟留别》更是这些元素运用得最集中的作品之一:

> 海客谈瀛洲,烟涛微茫信难求。越人语天姥,云霞明灭或可睹。天姥连天向天横,势拔五岳掩赤城。天台四万八千丈,对此欲倒东南倾。我欲因之梦吴越,一夜飞渡镜湖月。湖月照我影,送我至剡溪。谢公宿外今尚在,渌水荡漾清猿啼。脚着谢公屐,身登青云梯。半壁见海日,空中闻天鸡。千岩万转路不定,迷花倚石忽已暝。熊咆龙吟殷岩泉,慄深林兮惊层巅。云青青兮欲雨,水澹澹兮生烟。列缺霹雳,丘峦崩摧。洞天石扉,訇然中开。青冥浩荡不见底,日月照耀金银台。霓为衣兮风为马,云之君兮纷纷而来下。虎鼓瑟兮鸾回车,仙之人兮列如麻。忽魂悸以魄动,恍惊起而长嗟。惟觉时之枕席,失向来之烟霞。世间行乐亦如此,古来万事东流水。别君去兮何时还?且放白鹿青崖间,须行即骑访名山。安能摧眉折腰事权贵,使我不得开心颜。

这首诗本来就是记梦诗,带着虚幻迷离的色彩,诗人又在其中加入海上仙山的传说,而且不仅写梦游天姥山,甚至写梦中的神仙洞府,更增加了诗歌的奇幻浪漫。

其次,李白善于运用夸张和想象。李白的夸张是最大胆的,他写蜀地的闭塞是"尔来四万八千岁,不与秦塞通人烟",写天姥山的高是"天台四万八千丈,对此欲倒东南倾",写大风大浪是"一日三风吹倒山,白浪高于瓦官阁",写自己的忧愁是"白发三千丈,缘愁似个长"。这些夸张明显而不失险怪,大胆却很容易被人接受。

李白诗歌还常有奇特新颖的想象。他登上太白峰,"太白与我语,为我开天关";他乘船出蜀,故乡之水为他"万里送行舟";他夜渡镜湖,"湖月照我影,送我至剡溪";其他如"山花对我笑""山月随人归"之类,都是用想象把自然景物人格化。李白的想象大多天真可爱,如《闻王昌龄左迁龙标遥有此寄》:

> 杨花落尽子规啼,闻道龙标过五溪。我寄愁心与明月,随君直到夜郎西。

这是王昌龄天宝年间被贬为龙标(今湖南黔阳)县尉时,李白寄赠给他的诗。诗的三四句表现自己对王昌龄的牵挂思念,想象让明月带着自己的心,伴随友人一直去到蛮荒的贬所。这和"狂风吹我心,西挂咸阳树"异曲同工,想象奇特而天真。如果说《梦游天姥吟留别》之类的诗是一个神话,那这类诗就是一个童话,最直接地体现了李白赤子之心。

在诗歌形式上,李白也任意挥洒。他最擅长的是七古一体,他的七古大多是五七言为主的杂言,句式参差错落、声律跌宕舒展,如《梦游天姥吟留别》以七言为主,又在七言的基础上变换了多种语言形式,如五言、九言,以及骈文的四六言。最为神奇的是,描写神仙洞府一段甚至继承了屈原《九歌》的传统,采用楚辞体句式。此外,开头的隔句对出人意表,结尾的三句一组也迥异平常。这些都显示了诗人操纵诗歌语言的深厚功力。

李白最擅长、创作最多的诗歌形式除七古外,就是七绝。其自由解放的形式和他自由豪放的个性相得益彰。李白七绝有很多脍炙人口的歌唱,如《赠汪伦》《早发白帝城》《望庐山瀑布》《山中问答》等。这些七绝灵动活泼、清新飘逸,有一种"清水出芙蓉,天然去雕饰"的美。如《黄鹤楼送孟浩然之广陵》:

> 故人西辞黄鹤楼,烟花三月下扬州。孤帆远影碧空尽,唯见长江天际流。

烟花三月是最美好的季节,扬州又是最繁华富丽的都市,这样的背景下的离别自然不是愁苦悲伤的,而是带着向往和畅想的愉悦。但是诗的后两句仍然用望尽孤帆的描写表达了诗人对友人的依依眷恋之情。整首诗语言深入浅出,又自然天成,最能体现李白七绝的特色。

李白傲岸不羁、自由纯真的个性风采及其诗歌豪放飘逸的风格、清水芙蓉的自然之美有着巨大的魅力,对当时和后来的世人,尤其是诗人,产生了巨大而深远的影响,李白也因此在中国文学史上有着不可替代的崇高地位。

第四节　杜甫

李白的诗歌是盛唐的最强音,盛唐唯一能和他媲美的诗人是杜甫。这两位有着深厚情谊的诗人都与盛唐时代同命运、相始终,李白以天真浪漫的歌唱表达对自由解放的追求,杜甫却以沉郁的笔触记录着盛唐的衰败。

杜甫(712—770),字子美,京兆杜陵(今陕西西安市西南)人,生于河南巩县。他出身于一个"奉儒守官"的官僚家庭,十三世祖是晋朝名将杜预,祖父是初唐著名诗人杜审言。杜甫青年时正逢盛唐,曾经过了一段南北漫游、裘马轻狂的生活。三十五岁左右,杜甫来到长安求取官职。开始他满怀信心,"自谓颇挺出,立登要路津",并相信自己能"致君尧舜上,再使风俗淳"(《奉赠韦左丞丈二十二韵》)。但困居长安十年却一再碰壁。这十年杜甫历尽辛酸,开始关注民生疾苦、国家安危,并写下了《兵车行》《前出塞九首》《丽人行》和《自京赴奉先县咏怀五百字》等名作,反映了天宝后期动乱行将到来前的社会风貌。安史之乱爆发后,杜甫一度被困在已经沦陷的长安。后只身逃出,投奔驻扎在凤翔的唐肃宗,被任命为从八品的左拾遗。但不久就因上疏申救房琯触怒肃宗,被贬斥为华州司功参军。由于战乱和饥荒,加之对仕途的失望,杜甫在乾元二年(759)弃官入蜀。在这段时间,杜甫的诗歌创作因血泪的滋养而达到了巅峰状态。《春望》《悲陈陶》《北征》《羌村》以及"三吏""三别"等大量传世名篇都出自此时。杜甫晚年"漂泊西南天地间"(《咏怀古迹五首》之一)。他先是在严武等朋友的照顾下闲居草堂,严武去世后,正逢蜀中大乱,杜甫只得离开成都流浪逃难。大历五年(770),在湖南耒阳附近客死旅舟。漂泊西南时期是杜甫诗歌创作的第二次高峰,留下的作品有一千余首,占其存诗总数的三分之二以上。《闻官军收河南河北》《秋兴八首》《诸将》《咏怀古迹五首》《旅夜书怀》等,都是这一时期的优秀代表作。尤其以旅居夔州的两年为中心,杜甫的律诗创作达到炉火纯青的境界。

杜甫生逢乱世,自己又坎坷多难,从困居长安开始,诗歌开始变化,《兵车行》的创作标志着杜甫诗歌的转变,此后他的诗歌创作一直坚持严肃的写实精神。在"穷年忧黎元,叹息肠内热"的同时,杜甫还写过"向来忧国泪,寂寞洒衣巾",通过诗歌表现出对民生疾苦的深厚同情,对国家与民族命运的深切忧患。他的诗像一面镜子,真实映射着安史之乱前后大唐帝国的形形色色。乱前,他的诗反映了祸乱的起因,如《兵车行》反映唐帝国穷兵黩武造成的民生悲剧,《丽人行》揭露杨氏家族的奢侈荒淫,《自京赴奉先县咏怀五百字》写玄宗的沉湎声色。乱中,他的诗记载了许多重要事件。房琯率领的唐军兵败陈陶,杜甫创作了《悲陈陶》;唐军收复两京,杜甫创作《收京三首》《喜闻官军已临贼境二十韵》；九位节度使兵围邺城，似乎胜利在即，杜甫创作《洗兵马》，以飘风急雨的笔调写鼓舞人心的胜利形势："中兴诸将收山东，捷书夜报清昼同。河广传闻一苇过，胡危命在破竹中"；邺城兵败后，九节度使为补充兵员沿途强行征兵，杜甫则创作"三吏"（《新安吏》《潼关吏》《石壕吏》）、"三别"（《新婚别》《垂老别》《无家别》），写广大人民在残酷的兵役下所遭受的痛楚。杜甫的这些诗展现了战乱前后整个社会生活的广阔画面，被后人誉为"诗史"。除了这类"诗史"外，杜甫的很多抒情诗也同样以忧国忧民为旨归。如《春望》中的"国破山河在，城春草木深"、《登岳阳楼》中的"戎马关山北，凭轩涕泗流"、《闻官军收河南河北》中的"剑外忽传收蓟北，初闻涕泪满衣裳"等。这其中最值得关注的是他的组诗《秋兴八首》《诸将五首》和《咏怀古迹五首》，这几组律诗集中表达了杜甫对故园的思念、对家国命运的忧虑、对勇将贤臣重振江山的热望，情感深沉真挚。

除了国家命运、民生疾苦外，杜甫也有很多描写日常生活的作品。他善于发现生活中的美好、光明，如《春夜喜雨》：

> 好雨知时节，当春乃发生。随风潜入夜，润物细无声。野径云俱黑，江船火独明。晓看红湿处，花重锦官城。

"春雨贵如油"，体贴人意的春雨带来烂漫的春光，带来春天的喜悦。杜甫在成都草堂生活得比较安闲舒适，用了很多篇章来写自己在乱世里获得的这一点安稳生活的喜悦。《堂成》中"暂止飞乌将数子，频来语燕定新巢"表达自己对草堂落成无法抑制的喜悦，《江村》中"老妻画纸为棋局，稚子敲针作钓钩"写妻儿日常生活中的情趣，《客至》中"花径不曾缘客扫，蓬门今始为君开"表达朋友来访的欢欣喜悦。杜甫还有很多作品表达深沉真挚的亲情友情，《月夜》中"今夜鄜州月，闺中只独看。遥怜小儿女，未解忆长安"写对妻子儿女的思念，《月夜忆舍弟》中"露从今夜白，月是故乡明。有弟皆分散，无家问死生"写对兄弟的挂怀。《梦李白》二首表达的对朋友的深情厚谊也非常动人。这些都表现了杜甫饱满的生活热情,对生活的热爱也是其关怀家国命运、民生疾苦的另一个表现方面。

杜甫诗不仅有深厚的思想内容,更有高超的艺术成就。他叙写时事的作品被称为"诗史",也就是说这类诗既有史的认识价值,又有诗的审美特质。相应地,其写作方法既有写史需要的叙事、议论,又有写诗常用的强烈抒情,二者水乳交融。

首先,杜甫善于对现实生活做艺术概括,选取个别事件反映普遍现象。如《兵车行》借一个征人的话写出了千万征人相同的悲惨遭遇;《羌村》通过自己乱世还家的经历,表现了普通百姓战乱时期遭受的苦难。尤其是其中的"朱门酒肉臭,路有冻死骨",把尖锐的阶级对立概括在十个字里,具有震撼人心的强大力量。

其次,杜甫善于在客观叙述中寄寓主观情感。如《丽人行》讽刺杨国忠兄妹的骄奢淫逸,诗中只对他们的服饰、宴饮做客观的描写,但是诗人的讽刺之情却不言自明。

再次,杜甫擅长细节描写,如《羌村》写他死里逃生回到家中,小儿女"见耶背面啼",久经离散后,儿女甚至都不认识父亲了,见面之后会害怕啼哭,这个细节写出了战乱带来的亲人离散之悲。《丽人行》中"犀箸厌饫久未下",写贵族女性奢侈享乐到极致,以至于面对山珍海味却厌食不吃,正是"朱门酒肉臭"的最好注脚。

此外,杜甫还继承了汉乐府叙事诗的优良传统,常常通过对话或独白来结构诗篇,显示人物个性。如"三吏"用对话的方式抒发感慨,而"三别"则用独白的方式表达内心。《新婚别》全诗都是新娘子一个人的自白,用朴素的语言表达了送别丈夫的新娘的复杂感情:对自己命运的哀叹、对丈夫的不舍和激励、对爱情的坚贞不渝。诗的开头先以"兔丝附蓬麻,引蔓故不长"起兴,这本是民歌惯用的艺术手法,这种不单刀直入的表达方式可以造成一种委婉蕴藉的效果,既与新娘羞涩的情态相合,又与民间女子的身份相合。而诗中"生女有所归,鸡狗亦得将"之类的语言,也带有强烈的民歌风味,很能突出女子的身份和性格。

杜甫是一个众体兼长的诗人，他描写时事的古体诗继承了汉乐府"缘事而发"的优良传统，取得了巨大的成就。但他的律诗，尤其是七律，对中国诗歌艺术的贡献却更值得关注。在杜甫以前，七律多用于宫廷应制唱和，内容贫乏，佳作为数不多。杜甫通过自己的创作，极大地开拓了律诗的表现范围。他用律诗写应制酬和、咏史怀古、羁旅行役，甚至用律诗写时事。为了扩大律诗的表现力，杜甫还大量创作组诗，如他最著名的《秋兴八首》。杜甫的律诗多为境界雄浑开阔之作，如《登高》：

风急天高猿啸哀，渚清沙白鸟飞回。无边落木萧萧下，不尽长江滚滚来。万里悲秋常作客，百年多病独登台。艰难苦恨繁霜鬓，潦倒新停浊酒杯。

不尽长江、无边秋色、万里羁旅、百年多病，组合成宏阔悲壮的诗歌境界。又如《秋兴八首》其一：

玉露凋伤枫叶林，巫山巫峡气萧森。江间波浪兼天涌，塞上风云接地阴。丛菊两开他日泪，孤舟一系故园心。寒衣处处催刀尺，白帝城高急暮砧。

《秋兴八首》是杜甫七律的巅峰之作，写于大历元年（766）诗人滞留夔州之时。组诗借景抒情，悲壮苍凉，意境深闳，体现了诗人晚年超卓的艺术表现力。诗的首句玉露枫叶的意象还比较琐细，第二句"巫山巫峡气萧森"则阔大恢宏。三四句写波浪风云弥漫天地，这里的波浪、风云不仅仅是自然的景物，还象征着国家局势的变异无常、个人前途的安危莫测。尤其"塞上"二字，更将眼前景物想象成遥远的边塞局势，似实似虚。正是这远近结合、虚实相生，把峡谷深秋景物、个人身世之感以及国家丧乱都包容进去，既写出了自然景象的特点，也在景物描写中寄寓了深厚的情感，意境豪迈宏阔，情感沉郁悲凉。此类境界雄浑阔大之作在杜甫诗中可以说是俯拾皆是，如"星垂平野阔,月涌大江流""五更鼓角声悲壮,三峡星河影动摇""关塞极天唯鸟道,江湖满地一渔翁"等。而这境界正是杜甫博大襟怀在诗歌中的体现。

杜甫对于诗歌的语言非常重视,可以说,他把中国古典诗歌语言的表现力提高到了一个新的阶段。尤其是他的律诗,语言更是千锤百炼,苍劲凝练。杜甫精于炼字,《秋兴八首》其一的首句用"凋伤"二字来暗示秋露之冷、枫叶之红,带出一种凄厉之感,用语精警新颖。第二联"江间波浪兼天涌,塞上风云接地阴","涌"字写出了巫峡怒涛激荡的动态,而"阴"则写出了边塞风云变幻、晦暗不明的局势,用字精准恰切,分量既重,含义更深。其他如"织女机丝虚夜月"的"虚"、"微风燕子斜"的"斜"、"星垂平野阔、月涌大江流"的"垂""涌"都是杜甫精于炼字的例证。

杜甫生活在艰难战乱的年代,他的诗自然也带着艰难而出的痕迹,这和盛唐诗人无迹可寻的天籁之音很不相同。杜甫在天才之外更加上苦功,他称赞诗友李白"敏捷诗千首",自己却坚持一种苦心孤诣的写作态度,正如他自己所说"晚节渐于诗律细""为人性僻耽佳句,语不惊人死不休"。悲慨壮大的情感和千锤百炼的语言艺术相结合,使得杜甫诗表现出沉郁顿挫的风格,前边提到的《羌村》《秋兴八首》《登岳阳楼》《咏怀古迹五首》等作品都集中体现了杜诗的这一风格特征。杜甫诗中当然也有其他风格类型的作品,但沉郁顿挫才是其最主要的风格类型。

在唐诗发展史上,杜甫是一位承先启后的人物。他的诗集六朝及盛唐之大成,众体兼备而又自铸伟辞,为后来者的进一步发展提供了各种可能。中唐以后,白居易、元稹等人继承了杜甫古体诗缘事而发、写生民疾苦的一面;韩愈、李贺等则继承了杜甫炼字锤句的一面。他们都学杜甫,而开拓出新的诗派。宋以后,杜甫的地位更高,他在诗史上的影响,历千年而不衰。此外,杜甫更为重要的影响,是在思想情操方面。他忧心国家安危、同情民生疾苦的精神为历代士人所崇仰,直到如今。

第五节　中唐诗

安史之乱是唐王朝由极盛走向衰落的标志,也是诗歌发展道路分化的开始。在经过大历时期的过渡之后,中唐贞元、元和年间,诗歌创作出现了第二次高潮。诗坛出现了不同的创作思潮,其中韩愈、孟郊、李贺等人追求新奇险怪,元稹、白居易等人重写实、尚通俗,柳宗元、刘禹锡则于前两者之外自成一体。

一　大历诗坛

大历前后是唐代诗歌从盛唐向中唐过渡的时期,这一时期的主要作家包括刘长卿(709—780?)、韦应物(737—790?)、元结(719—772)、顾况(727—815)、李益(748—827)以及"大历十才子"等。这些诗人大都经历了大唐国势从极盛的顶峰走向衰落的过程,盛唐士人昂扬进取的精神在他们身上已经逐渐消退,相应地,盛唐诗歌的恢宏气象、凛然风骨和少年精神在他们的创作中也不复存在,他们的诗开始显得孤清冷落,气韵萧瑟。

这一时期,元结、顾况等诗人用诗歌反映现实,服务政治,元结的《系乐府十二首》《舂陵行》、顾况的《上古之什补亡训传十三章》、戴叔伦(约732—约789)的《苦哉行》《女耕田行》等都是此类作品。这类作品与杜甫记事名篇的古体诗同调,也是元白新乐府运动的先驱。

刘长卿和韦应物的创作中也有一些反映现实的作品,但他们主要是继承王维、孟浩然,以山水田园诗著称,以前评论家常以王孟韦柳并称,正是因此。刘长卿自称"五言长城",善写漂泊流离之感和山水隐逸之情,风格萧索清淡。如《寻南溪常山人山居》写南溪山中幽静的景色,但带着空寂冷落之意。他最著名的作品是五绝《逢雪宿芙蓉山主人》:

　　日暮苍山远,天寒白屋贫。柴门闻犬吠,风雪夜归人。

文字省净凝练,情调却孤清萧索,露出中唐萧飒衰败的时代气息。

韦应物的山水诗高雅闲淡,如《寄全椒山中道士》,但这首诗也同刘长卿的作品一样,趣味过于孤寂清冷。他广为传唱的七绝《滁州西涧》同样带着恬淡孤清的气韵:

> 独怜幽草涧边生,上有黄鹂深树鸣。春潮带雨晚来急,野渡无人舟自横。

李益的创作以边塞诗为多,形式上则以七绝见长,后人常把他与王昌龄相提并论。李益的边塞诗中报国立功的英雄豪情已经非常罕见,更多的是戍卒思乡念亲的悲苦之情,如《夜上受降城闻笛》:

> 回乐峰前沙似雪,受降城外月如霜。不知何处吹芦管,一夜征人尽望乡。

值得注意的是,李益边塞诗中多了一些描写大军败退、将士阵亡的作品,如《回军行》《观回军三韵》等,这在以前的边塞诗中几乎没有出现过,而这与大唐国势衰颓、军事优势不再的现实情况正相吻合。

大历诗坛还出现过号称"大历十才子"的一批诗人,他们的作品多赞颂升平、吟咏山水,影响虽大,但成就不高。

二 白居易与新乐府运动

中唐时期,一批注重反映现实的诗人提倡创作新乐府。所谓新乐府,是与旧题乐府对称的,是指用新题写时事的乐府诗。这类乐府诗虽然未必入乐,却真正继承了汉乐府"缘事而发"的创作精神。新乐府的创作始于杜甫,又经元结、顾况的发展,张籍、王建大量创作,到元和年间,以通俗晓畅、指事明切为特征的新乐府创作蔚然成风。

张籍(768—830?)、王建(生卒年不详)并称"张王",是较早从事新乐府创作的诗人,也是除白居易以外,新乐府创作成就最高的两位作家。张籍的《野老歌》《征妇怨》、王建的《田家行》《织锦曲》等,都侧重写官府的残酷、百姓的悲苦,古人云"悲欢穷泰,慨然有古歌谣之风"。这对将诗歌引向重写实、尚通俗之路有不可忽视的贡献。

元稹(779—831)是白居易的好友,与白居易并称"元白",也是新乐府运动的倡导人之一。他有《新题乐府》十二首,虽是写实之作,但是成就并不高。他的作品中艺术成就较高的是叙事长诗《连昌宫词》和悼亡诗《遣悲怀》三首。

新乐府诗人中,理论建树最高、创作成就最高的是著名诗人白居易。白居易(772—846),字乐天,晚号香山居士。祖籍太原,后迁下邽(陕西渭南县),出身小官僚家庭。白居易的青年时代是在颠沛流离中度过的,二十九岁一举中进士,开始走上仕途。这时的白居易"志在兼济",有着强烈的政治参与意识。元和三年至五年(808—810),白居易出任左拾遗。这期间他屡次上书,指陈时政,创作了包括《秦中吟》《新乐府》五十首在内的大量政治讽谕诗。这是白居易政治与文学生涯中最有光彩的历史时期。元和十年(815),白居易上书请求抓捕刺杀宰相武元衡的凶手,结果被诬越职言事,贬为江州司马。这次贬谪对白居易是一个沉重的打击,此后他开始独善其身式的闲适自娱。会昌二年(842),白居易以刑部尚书致仕,此后闲居洛阳,与香山寺僧人结社,捐钱修寺,自号香山居士。七十五岁时卒于洛阳。

白居易的诗歌理论和创作都表现出重写实、尚通俗、强调讽谕的倾向。他曾把自己的诗歌分为讽谕、闲适、感伤、杂律四类,并说:"谓之讽谕诗,兼济之志也;谓之闲适诗,独善之义也"。他的诗歌理论主要是为早期的讽谕诗而发。白居易强调诗歌的政治与社会功能,即"文章合为时而著,歌诗合为事而作"(《与元九书》),从而达到"救济人病,裨补时阙"的功用。由此出发,他要求诗歌"其辞质而径,欲见之者易谕也;其言直而切,欲闻之者深诫也……其体顺而肆,可以播于乐章歌曲也",也就是语言要质朴直白,音节要谐婉流畅。他的《秦中吟》《新乐府》等讽谕诗便是在这一理论的指导下创作的。《秦中吟》组诗一共十首,《新乐府》共五十首,这些诗一篇专咏一事,主要是反映下层民众的苦难生活,揭露达官贵人的腐化生活和欺压人民的恶行。如《重赋》写下层民众"幼者形不蔽,老者体无温;悲喘与寒气,并入鼻中辛"的悲惨情状;《伤宅》写富贵者"厨有臭败肉,库有贯朽钱"的奢靡生活;《上阳白发人》则写宫女在深宫中耗尽青春的凄惨境遇;《新丰折臂翁》写为逃避兵役而自断其臂的老人的艰辛苦痛;我们最熟悉的《卖炭翁》则揭露统治者借所谓"宫市"的名义对百姓进行的掠夺。

白居易的讽谕诗虽然取得了很大的成就,却有太白太露的缺点,有些流于说教。真正能代表白居易诗歌艺术成就的是他的两首感伤诗《长恨歌》《琵琶行》和一些闲适诗。

《长恨歌》作于元和元年,是白居易和友人陈鸿、王质夫同游仙游寺,有感于唐玄宗和杨贵妃的故事而作的。诗的开篇写玄宗沉溺声色、荒废朝政,终至引发安史之乱,其中或许包含有一定的讽刺意图。但是由于作者对李杨二人抱着同情态度,这一意图并没有贯彻到底。诗人用了极大的笔墨描写杨妃死后唐玄宗的彻骨相思,最后以"天长地久有时尽,此恨绵绵无绝期"结尾,点明"长恨"的主题。诗中将唐玄宗和杨贵妃的爱情写得缠绵悱恻,真挚感人,冲淡了讽谕的主题。

《长恨歌》是一首抒情色彩浓郁的叙事诗,诗人在叙事中采用了很多精致生动、音声色彩与气氛相和谐的意象来勾勒一个个鲜明的画面,烘托出浓重的抒情氛围。如"夕殿萤飞思悄然,孤灯挑尽未成眠。迟迟钟鼓初长夜,耿耿星河欲曙天",夕殿萤飞、孤灯只影、钟鼓之声、耿耿星河,这些物象都给人深刻的寂寞孤单之感,映衬出唐玄宗彻夜不眠的苦苦情思。白居易还擅长把握抒情的节奏,从"渔阳鼙鼓动地来"到"回看血泪相和流",画面变换急促,诗歌的基调也从欢快愉悦陡转为紧张急迫,又转为悲哀凄惨。为了突出长恨的主题,诗人变换各种角度写唐玄宗的苦苦思念,从入蜀到回京、从春日到秋天、从白天到黑夜、从现实世界到虚构的仙境,地点变化、时间推移,但"长恨"却无时无刻不在。

《长恨歌》的语言也富于变化,有时富丽华艳,有时简练省净,有极强的表现力。如写杨贵妃的容貌,生前是"回眸一笑百媚生,六宫粉黛无颜色",用比较对照突出其妩媚动人;而升仙后则是"玉容寂寞泪阑干,梨花一枝春带雨",用比喻突出其超凡脱俗。

《长恨歌》的艺术成就赢得了后人的普遍赞誉,并对后世描写李杨故事的文学作品产生了极大的影响,元代马致远的杂剧《梧桐雨》、清代洪昇的传奇《长生殿》都从中借鉴了很多情节和语言。

《琵琶行》是白居易贬官江州司马的时候创作的,长诗借一个琵琶女的遭遇感伤自己坎坷的政治际遇,抒发"同是天涯沦落人,相逢何必曾相识"的感慨。诗歌艺术成就很高,尤其其中描写琵琶声的一段,借助比喻把抽象的音乐具象化,将整个琵琶曲的演奏过程形象生动地展现出来,在中国诗歌史上是非常罕见的。

白居易诗歌中还有大量的闲适诗。如果说讽谕诗表现了白居易"达则兼济天下"的思想,那闲适诗表现的则是他"穷则独善其身"的信念。白居易的闲适诗内容繁杂,有的写生活琐事,如《问刘十九》;有的写山水景物,如《题浔阳楼》《大林寺桃花》等;还有些写知足保和的哲理禅思,如《效陶潜体十六首》等。正如他自己所言,这些闲适诗"寄怀于酒,或取意于琴,闲适有余,酣乐不暇,苦词无一字,忧叹无一声",呈现出淡泊悠然、浅显平易的整体风格,对后世诗人影响很大。

二 韩愈、孟郊与李贺

中唐诗坛上,新乐府运动和白居易代表了一种注重写实、崇尚通俗的创作倾向,与此同时,诗坛上还出现了一种追求奇崛险怪的创作倾向,韩愈、孟郊、李贺是其代表。

韩愈(768—824),字退之,河阳(今河南孟县)人。贞元八年(792)登进士第,但仕途屡受挫折。贞元十九年(803),时任监察御史的韩愈因关中旱饥上书指斥朝政,被贬为阳山(今属广东)令。元和十四年(819)又因反对宪宗拜迎佛骨,被贬为潮州刺史。穆宗时,韩愈回京,先后任国子监祭酒、兵部侍郎、吏部侍郎等职。

韩愈提出了独特的诗歌理论,他在《送孟东野序》里提出"不平则鸣",认为诗的创作是对诗人内心抑郁不平之情的抒发,也就是说诗是抒写"感激怨怼"的,用来"抒忧娱悲"。这与白居易等人把诗当作政治讽谕的工具的理论迥然不同。此外,韩愈作诗还推崇雄奇怪异之美,他在《调张籍》里赞许李白"生两翅""出八荒"的豪放浪漫精神,并将李白的豪放浪漫进一步发展为奇崛险怪,与白居易等人推崇的平易浅俗形成鲜明对照。

韩愈诗歌最突出的特色是气势雄大、意象诡怪,语言散文化,这在他的古体诗中表现得非常突出。韩愈生性敢做敢为、睥睨万物,有雄豪奇伟之气,他的诗也因此宏阔豪壮,如"张生手持石鼓文,劝我试作石鼓歌。少陵无人谪仙死,才薄将奈石鼓何!周纲凌迟四海沸,宣王愤起挥天戈。大开明堂受朝贺,诸侯剑佩鸣相磨"(《石鼓歌》),写石鼓产生时风云动荡的历史;"昔寻李愿向盘谷,正见高崖巨壁争开张。是时新晴天井溢,谁把长剑倚太行!冲风吹破落天外,飞雨白日洒洛阳"(《卢郎中云夫寄示送盘谷子诗两章歌以和之》),写天井关的瀑布竟然被狂风吹洒到洛阳城中,都显得波澜壮阔,酣畅淋漓。

在物象选择上,韩愈倾向激荡、壮阔甚至恐怖、诡异、丑陋之物,"激电""惊雷"、翻飞的蝙蝠、森然的鬼物甚至蝇蚋狗虱,都出现在他的笔下。如"湖波连天日相腾,蛮俗生梗瘴疠烝。江氛岭祲昏若凝,一蛇两头见未曾。怪鸟鸣唤令人憎,蛊虫群飞夜扑灯。雄虺毒螫堕股肱,食中置药肝心崩"(《永贞行》),诗中这些蛮荒之地的意象诡异阴森,读之使人战栗。

在语言上,韩愈主张务去陈言,着力创新,好用奇字、僻字,这一点与其意象的奇特诡异互相映衬。同时,因为受古文创作的影响,韩愈的诗歌有比较明显的散文化倾向,如"乃一龙一猪""母从子走者为谁"。他著名的《南山》诗连用五十一个带"或"字的诗行,《嗟哉董生行》诗中甚至出现了"寿州属县有安丰,唐贞元时县人董生召南,隐居行义于其中"这样几乎完全放弃诗歌节奏的句子。

韩愈的古体诗佶屈聱牙,但他的近体诗中却有一些意境浑厚之作,如《左迁至蓝关示侄孙湘》:

一封朝奏九重天,夕贬潮阳路八千。欲为圣朝除弊事,肯将衰朽惜残年。云横秦岭家何在?雪拥蓝关马不前。知汝远来应有意,好收吾骨瘴江边。

韩愈诗中还有一些清新流畅的绝句,如《早春呈水部张十八员外郎》:

　　天街小雨润如酥,草色遥看近却无。最是一年春好处,绝胜烟柳满皇都。

韩愈将过去不常出现的内容、句式、意象采入创作中,为中唐诗坛开创了新的创作道路和审美倾向,但也带来了追求晦涩险怪、破坏诗歌韵律等不良影响。

孟郊(751—815)是一位比韩愈年长、却受韩愈影响的诗人。他一生沉落下僚,"一贫彻骨",虽然也创作了表现社会矛盾的作品,如《长安道》《寒地百姓吟》等,但更多的是写自己的贫寒生活,因此诗中多清冷、苦涩的意象和辞藻,如《秋怀十五首》中的"孤骨夜难卧,吟虫相唧唧。老泣无涕洟,秋露为滴沥""秋月颜色冰,老客志气单。冷露滴梦破,峭风梳骨寒""冷露多瘁索,枯风饶吹嘘。秋深月清苦,虫老声粗疏"等。秋月、秋露、秋风、秋草、秋虫等意象,加上"老""枯""孤""冷""寒"等词汇,共同营造出萧索凄凉的氛围,反映出诗人的贫苦之境和凄怆之情。苏轼曾评价孟郊"诗从肺腑出,出辄愁肺腑",又说"郊寒岛瘦",指的就是孟郊诗的这种风格。

孟郊是著名的苦吟诗人,注重锤炼字句,多奇警精当之句,如"镜浪洗手绿,剡花入心春""声翻太白云,泪洗蓝田峰""南山塞天地,日月石上生"等,都是出人意表的警句。孟郊虽多瘦硬奇警的诗句,但偶尔也会有平易浅切之作,如他最为人传诵的《游子吟》:

　　慈母手中线,游子身上衣。临行密密缝,意恐迟迟归。谁言寸草心,报得三春晖。

韩孟诗派中成就最高的是天才诗人李贺。李贺（790—816），字长吉，昌谷（今河南宜阳）人。出身没落的李唐宗室，但其父亲只当过县令。李贺是个早慧的天才，相传他七岁就"以长短之制名动京华"，又传说他八岁时以一首《高轩过》受知于大诗人韩愈。元和五年，李贺到长安应试，有人认为李贺父名"晋肃"与"进士"谐音，应该避讳，不该应举。韩愈为此而作《讳辩》，指出避讳的不合理，但李贺终究因此不得不放弃进士考试，后来只荫举做了个从九品的奉礼郎，三年后即托疾辞归，二十七岁就郁郁而死。

异于常人的天赋曾使李贺心中充满浪漫的理想抱负，他在《南园》中写道："男儿何不带吴钩，收取关山五十州。请君暂上凌烟阁，若个书生万户侯。"但是家族的败落、生活的贫寒、仕途的困顿使他屡受挫折。他写了很多诗篇发泄自己怀才不遇的愤懑与牢骚，如"不须浪饮丁都护，世上英雄本无主。买丝绣作平原君，有酒唯浇赵州土"(《浩歌》)写无人赏识的苦闷，又如《致酒行》：

零落栖迟一杯酒，主人奉觞客长寿。主父西游困不归，家人折断门前柳。吾闻马周昔作新丰客，天荒地老无人识。我有迷魂招不得，雄鸡一声天下白。少年心事当拏云，谁念幽寒坐呜呃！

写困居长安的潦倒生活和抑郁心情。其他如《秋来》《开愁歌》《马诗》二十三首等都是此类作品。李贺还常用比兴寄托的手法抒写自己的悲愁，如《金铜仙人辞汉歌》：

茂陵刘郎秋风客，夜闻马嘶晓无迹。画栏桂树悬秋香，三十六宫土花碧。魏官牵车指千里，东关酸风射眸子。空将汉月出宫门，忆君清泪如铅水。衰兰送客咸阳道，天若有情天亦老。携盘独出月荒凉，渭城已远波声小。

这首诗借汉武帝所铸的金铜仙人迁离故土之时"潸然泪下"的奇幻传说，写自己的"宗臣去国之悲"，正如朱自清《李贺年谱》所说"寄其悲于金铜仙人也"。其中"天若有情天亦老"一句感慨现实的无情,设想奇伟,意境辽远,情感深沉,成为历代传诵的警句。

李贺羸弱多病,又敏感多愁,仕途的无望使他把全部的精力和才华都投入到诗歌创作上。李商隐《李长吉小传》中记载李贺母亲曾说他"是儿要当呕出心乃已尔"。李贺诗歌的思想内容比较单薄,却富于艺术的独创性。李贺继承了楚辞九歌、南朝乐府神弦歌的传统,并受到李白浪漫精神的启发,也受到韩愈"陈言务去"精神的影响,在诗歌的形象、意境、词语上,都不屑蹈袭前人。李贺的诗极富想象力,借助梦幻、神仙、鬼怪等结撰作品。奇异乃至荒诞的想象是李贺诗歌艺术的一个重要特点。《天上谣》通篇都是对天上世界的奇妙想象:

> 天河夜转漂回星,银浦流云学水声。玉宫桂树花未落,仙妾采香垂珮缨。秦妃卷帘北窗晓,窗前植桐青凤小。王子吹笙鹅管长,呼龙耕烟种瑶草。紫霞红绶藕丝裙,青州步拾兰苕春。东指羲和能走马,海尘新生石山下。

他想象云彩是天河里哗哗流动的水,天上的仙人也和尘世的凡人一样劳动,他们耕田驾的是神龙,田里种的是仙草。在《李凭箜篌引》中,他想象箜篌声是"昆山玉碎凤凰叫,芙蓉泣露香兰笑",而且这美妙的音乐使得"老鱼跳波瘦蛟舞""吴质不眠倚桂树"。这些想象都奇特新颖,出人意表。

李贺诗也常选用鬼怪的意象,如《金铜仙人辞汉歌》开篇就写铜人拆迁前夜,汉武帝的鬼魂深夜归来看望,汉宫颓败荒凉,为全诗营造了一种神异幽冷的色彩。再如《苏小小墓》:

> 幽兰露,如啼眼。无物结同心,烟花不堪剪。草如茵,松如盖,风为裳,水为佩。油壁车,夕相待。冷翠烛,劳光彩。西陵下,风吹雨。

诗中题目类似怀古,却借南齐苏小小的传说写出了一个凄艳迷离的幽灵世界。李贺诗的想象有时甚至走向诡异阴森,如"鬼灯如漆点松花"(《南山田中行》)、"月午树立影,一山惟白晓。漆炬迎新人,幽圹萤扰扰"(《感讽五首》其三)、"百年老鸮成木魅,笑声碧火巢中起"(《神弦曲》)、"呼星召鬼歆杯盘,山魅食时人森寒"(《神弦》)。当然,这种神秘恐怖的描写是诗人幻灭空虚的生命观的体现,并不能带给人积极的力量和审美的愉悦。

李贺诗歌在语言的锤炼上也非常独特,他喜欢描写事物的色彩,如《残丝曲》中"绿鬓少年金钗客","绿""金"二字色彩浓艳,写出了青年男女的意气风发,而用"绿"形容头发的乌黑,格外有蓬勃的青春气息。不过,大多时候,李贺笔下的色彩是幽凄冷艳的,如"老红""冷红""愁红""冷翠""颓绿""寒绿""静绿"之类。李贺还常用"古""老""瘦""死""刮""射"之类的形容词或动词造成一种瘦硬刺目的效果。《金铜仙人辞汉歌》中"关东酸风射眸子","酸"字用眼睛的感受写风的凄寒,"射"字写风的劲疾刺目,新奇巧妙而又浑厚凝重。其他如"老鱼跳波瘦蛟舞"(《李凭箜篌引》)、"隙月斜明刮露寒"(《春坊正字剑子歌》)、"筠竹千年老不死""凉夜波间吟古龙"(《湘妃》)等,都给人生新奇峭之感。

晚唐杜牧在《李长吉歌诗叙》中认为李贺诗是"骚之苗裔",并且说"时花美女,不足为其色也;荒国陊殿,梗莽丘垅,不足为其怨恨悲愁也;鲸吸鳌掷,牛鬼蛇神,不足为其虚荒诞幻也"。杜牧的话准确揭示出李贺诗奇崛幽峭、冷艳凄清的风格特征。这种风格在中唐诗坛,乃至整个中国诗歌史上都是独树一帜的,李贺也因此被后人称为"诗鬼"。

四 刘禹锡与柳宗元

除了元白与韩孟两派诗人之外,刘禹锡(772—842)和柳宗元(773—819)也是中唐诗坛的优秀作家,他们年岁相近,才华相当,政治际遇相似,且交情深厚,并称"刘柳"。贞元九年(793),刘禹锡和柳宗元同登进士;十年后,二人一同调入御史台,分任监察御史和监察御史里行;永贞元年(805),他们一起参加了王叔文的政治革新运动;永贞革新失败后,二人被分别贬为朗州(今湖南常德)司马和永州(今湖南永州)司马;十年后,二人同时奉召回京,旋即又分别被贬往更边远蛮荒的连州(今属广东)和柳州(今属广西)。元和十四年,刘禹锡因老母病逝,离开贬所守孝,而小他一岁的柳宗元却卒于柳州。刘禹锡晚年终于得以回京任职,最后以太子宾客分司东都,卒年七十一岁。

刘禹锡和柳宗元经历相同,友情甚笃,诗歌也多写贬谪的苦闷孤愤,但风格却有较大区别。刘禹锡生性豪放坚毅,虽处忧患,却仍然保持达观。他被贬十年回到长安,因写《戏赠看花诸君子》讽刺权贵再次被贬;十四年后,他再回长安,又写了《再游玄都观绝句》:

> 百亩庭中半是苔,桃花开尽菜花开。种桃道士归何处?前度刘郎今又来。

用更辛辣的笔调再次嘲讽权贵。他的诗中有一种傲视苦难的乐观和坚毅,如《浪淘沙词》其八:

> 莫道谗言如浪深,莫言迁客似沙沉。千淘万漉虽辛苦,吹尽狂沙始到金。

最能代表刘禹锡这一特点的是其著名的《秋词》:

> 自古逢秋悲寂寥,我言秋日胜春朝。晴空一鹤排云上,便引诗情到碧霄。

这首绝句一反古代诗人的悲秋传统,显示出诗人豪爽乐观的襟怀。

刘禹锡作品中最值得我们关注的,一是他的怀古诗,二是他民歌风味的绝句。刘禹锡怀古诗中最著名的是《西塞山怀古》:

> 王濬楼船下益州,金陵王气黯然收。千寻铁锁沉江底,一片

降幡出石头。人世几回伤往事,山形依旧枕寒流。从今四海为家日,故垒萧萧芦荻秋。

诗借东吴灭亡的旧事写兴亡变化的历史教训,沉着痛快,雄浑苍劲。他《金陵五题》中的《石头城》《乌衣巷》二首尤其为人称道:

山围故国周遭在,潮打空城寂寞回。淮水东边旧时月,夜深还过女墙来。

朱雀桥边野草花,乌衣巷口夕阳斜。旧时王谢堂前燕,飞入寻常百姓家。

前一首借青山明月的永恒写六朝繁华的短暂幻灭,后一首借堂前燕子写高门豪族的凋落,表达了一种深沉的历史沧桑感。

刘禹锡在贬谪之中,还学习当地的民歌俚曲,创作了《竹枝词》《杨柳枝词》《浪淘沙词》等具有民歌风味的优秀作品,如《竹枝词》其一:

杨柳青青江水平,闻郎江上踏歌声。东边日出西边雨,道是无晴却有晴。

诗用谐音双关写女子对情人既爱恋又疑虑的心情,有着健康开朗的民间情调和浓厚的地方特色。

比起刘禹锡,柳宗元的性格则显得孤直敏感,对沉重的人生忧患一直难以超拔。他的诗多写贬谪之苦与去国之悲,如《登柳州城楼寄漳汀封连四州刺史》:

城上高楼接大荒,海天愁思正茫茫。惊风乱飐芙蓉水,密雨斜侵薜荔墙。岭树重遮千里目,江流曲似九回肠。共来百越文身地,犹自音书滞一乡。

柳宗元经常借助游赏山水排解内心的悲苦,因此创作了很多山水诗。柳宗元山水诗的风格偏于凄清冷峭,如《江雪》:

> 千山鸟飞绝,万径人踪灭。孤舟蓑笠翁,独钓寒江雪。

诗中写出了环境的极度清寒肃杀,写出了渔翁的极度孤独寂寥,表现了诗人孤傲高洁的人格和忧愤凝重的心境。当然,柳宗元山水诗中也有很多淡泊古雅的作品,如著名的《渔翁》:

> 渔翁夜傍西岩宿,晓汲清湘燃楚竹。烟销日出不见人,欸乃一声山水绿。回看天际下中流,岩上无心云相逐。

造语平实,设色淡雅,意境旷远,是一首古雅淡泊的好诗。但整体来看,柳宗元的山水诗淡泊中寄寓忧怨,古雅中显出冷峭,和陶渊明的淡泊自然仍有不同。

第六节 唐代古文

初盛唐时期,文的创作并没有像诗那样形成唐代自己独特的风貌,仍然延续着魏晋南北朝以来的骈文传统。虽然随着中下层知识分子的崛起,反对贵族化、形式主义的骈文的呼声越来越高,但是在韩愈和柳宗元之前,骈文依旧统治者文坛。

一 古文运动

中唐时期,唐朝国势日渐衰微,藩镇割据削弱了中央政权,同时,佛老思想盛行,弱化了封建皇权的思想基础,而佛寺道观广占田地,广收门徒,不纳赋税,不服徭役,极大地损害了朝廷的利益。一批忧国忧民的士人希望通过变革中兴,来化解唐王朝面临的严重危机。与变革中兴的强烈愿望相伴而来的,是思想领域内复兴儒学的潮流。这一时期的儒学呈现出轻章句、重义理、强调经世致用的特点。正是这种经世致用的儒学复古思潮，促成了文体的变革。六朝以来流行的追求音律、对偶、辞藻的骈文已经不能满足宣传儒家思想的需要，儒学复古思潮的干将韩愈、柳宗元等开始推尊古文。

"古文"这一概念最早是由韩愈提出的，他把自己继承先秦两汉散文传统所创作的单行奇句的文称为古文，和讲究形式美的时文骈文对称。这种古文句子长短不拘，抒写自由，而且其本来就是先秦两汉诸子散文、历史散文载道、说理的工具。韩愈曾说"通其此者，本志乎古道者也"（《题欧阳生哀辞后》），他学习和推崇这类古文的本意是要学习其中所承载的古人之道，进而借助这类古文来宣扬古道。

韩愈和柳宗元提出了非常具有针对性的古文理论，他们的理论大致可以归纳为以下三点：

一是主张文以明道。韩愈曾说"修其辞以明其道"（《争臣论》），柳宗元也说"圣人之言，期以明道……道假辞而明"（《报崔黯秀才论为文书》）。韩、柳强调文的实用功能，把文作为宣传儒家思想和政治革新的工具和手段，赋予文以强烈的政治色彩。

二是重视语言的改革与创新。韩、柳强调文以明道，但他们也充分意识到了"文"自身的作用。柳宗元曾说："言而不文则泥，然则文者固不可少耶"（《答吴武陵论非国语书》）。因此，他们希望建立新的适合古文文体的语言风格。首先，他们提倡在学习古人的基础上进行语言的创新。韩愈认为学习古文应"师其意不师其辞"（《答刘正夫书》），甚至认为"惟古于词必己出，降而不能乃剽贼"（《南阳樊绍述墓志铭》）。其次，他们提出作文要"文从字顺"（《南阳樊绍述墓志铭》），认为"文章言语"应"丰而不余一言，约而不失一辞"（《上襄阳于相公书》）。总之，就是要以自然简练的散文语言替代骈文语体。

三是重视作家的道德修养。韩愈说："根之茂者其实遂，膏之沃者其光晔。仁义之人，其言蔼如也……道德之归也有日矣，况其外之文乎？"又说："气盛则言之长短与声之高下者皆宜。"（《答李翊书》）这里的"根""道德""气"等指的是作家的道德修养和胸怀气度。韩愈认为有了良好的道德修养、壮阔的胸怀，文章才能充实。

由于韩愈、柳宗元的大力提倡，古文产生了广泛的影响，在贞元到元和的二三十年间，古文逐渐压倒了骈文，成为文坛的主要风尚，并且对后世尤其是宋代的古文创作产生了重大影响。

二　韩愈的古文

韩愈的古文创作内容丰富，形式多样。他最擅长的就是论说文，包括两类：一类是注重宣扬道统和儒家思想，如《原道》《原性》《原人》等，文学色彩较少，价值不高；另一类则侧重揭示现实矛盾，不少篇章具有反流俗、反传统的意义，而且感情充沛，论辩精彩，气势磅礴，成就很高，《师说》是最有代表性的一篇。它针对当时士大夫耻于从师学习的风气，阐述"师"的重要和必要。文章开头就提出"古之学者必有师"的中心论点，接着借古今、幼长、下层艺人与上层官僚的多方位对比，反复申说"必有师"的道理，并且进一步提出"无贵无贱，无长无少，道之所存，师之所存也""是故弟子不必不如师，师不必贤于弟子，闻道有先后，术业有专攻，如是而已"。这些见解打破了传统的师道观念，不仅在当时有进步意义，直到今天仍有重要的参考价值。

韩愈的杂文比严肃的论说文要随性一些，这类文章有的严肃庄重，有的诙谐戏谑，有的犀利尖锐，面貌各不相同。如《进学解》和《送穷文》采用对话的形式，看似自嘲，实则自夸，嬉笑怒骂间对社会现实进行讽刺批评，风格诙谐新奇。而《送李愿归盘谷序》借隐士李愿的话对官场丑态尽情揭露，穷形尽相，犀利非常。《杂说四》借千里马的遭遇寄寓贤才的不平之感，文章写道："世有伯乐，然后有千里马。千里马常有，而伯乐不常有。故虽有名马，只辱于奴隶人之手，骈死于槽枥之间，不以千里称也……策之不以其道，食之不能尽其材，鸣之而不能通其意，执策而临之曰：'天下无马。'呜呼，其真无马邪？其真不知马也？"文章借助古诗的比兴手法，以马喻人，构思精妙，感慨遥深。

韩愈的记叙文人物形象鲜明生动，叙事完整简洁，有很多艺术成就很高的名篇。如《张中丞传后叙》写张巡、许远、南霁云等睢阳英勇抗敌的事迹，绘声绘色，特别是写南霁云向贺兰进明求救一段，更是精彩：

> 霁云慷慨语曰："云来时，睢阳之人不食月余日矣，云虽欲独食，义不忍；虽食，且不下咽。"因拔所佩刀断一指，血淋漓，以示贺兰，一座大惊，皆感激为云泣下。

寥寥数语，把南霁云刚直忠烈的性格鲜明生动地展现出来，感人至深。

韩愈还改造了传统的碑志文，在碑志的有限篇幅中描写人物的性格形象，使碑志文成为生动活泼的传记文。如《试大理评事王君墓志铭》，叙事了"天下奇男子王适"的生平事迹，集中写了王适"骗娶"另一位奇士之女的滑稽故事，虽不合碑志庄严肃穆的风格，却非常能表现王适的"奇男子"形象。再如《柳子厚墓志铭》选取重点事件，叙述柳宗元一生不幸的政治遭遇，又用大段的议论表达对官僚士大夫乘人之危行为的极大愤慨。

韩愈还有一篇卓绝千古的抒情散文《祭十二郎文》，文章结合生活琐事反复抒写对亡侄的悲悼之情，文笔曲折入微，感情真挚沉痛，如长歌当哭，感人至深。

韩愈古文整体上具有雄奇奔放的特点，苏洵说"韩子之文，如长江大河，浑浩流转"（《上欧阳内翰书》），极为恰切地概括了韩愈古文的特点。

三　柳宗元的古文

柳宗元的古文创作极其丰富。他的寓言小品常借动物故事讽刺社会现象，虽然文章短小，但含义深远警策。《三戒》是柳宗元最著名的讽刺小品。《临江之麋》写一只小鹿深受主人宠爱，主人家的狗也畏惧主人，经常和它嬉戏，小鹿因此认为狗是自己的同类，结果三年后，小鹿外出，立即被外面的狗吃掉了。《黔之驴》写贵州山中外强中干的驴子最终被老虎吃掉；《永某氏之鼠》写群鼠在旧房主的纵容下横行无忌,以为"饱食无祸可为恒",结果被新房主彻底消灭。这三则寓言用精到的语言讽刺部分人"依势以干非其类,出技以怒强,窃时以肆暴"(《三戒序》),指出其无法避免的悲惨命运。又如《蝜蝂传》先写蝜蝂的故事,后面讽刺贪求高位厚禄的人智慧低到像蝜蝂这种小虫一样,完全看不清自己面临的危险。柳宗元的这些寓言小品通过对事物的主要特征大力夸张描写,语言简练犀利,风格峻洁沉郁,是古代文学史上难得的寓言佳作。

柳宗元的传记散文成就也非常之高。其文中的主人公多是下层小人物,柳宗元常通过这些小人物的故事揭示现实的社会矛盾。如《捕蛇者说》通过蒋氏三代的悲惨经历,得出"赋敛之毒有甚是蛇"的结论,揭露了统治阶层剥削的残酷。《种树郭橐驼转》《童区寄传》也是此类传记文的优秀之作。

柳宗元古文中艺术成就最高、也最为后世推重的是他的山水游记,在自然山水的描写中寄托了个人的深沉情感,写景与抒情完美融合,《永州八记》可为代表。《永州八记》是柳宗元被贬湖南永州后创作的一组记游文,用清新秀丽的语言描写富有诗情画意的景物,并在其中寄寓自己遭贬谪的抑郁之情。如《钴铒潭西小丘记》写小丘优美的景色,用生动形象的比喻写小丘上形状各异的奇石,也写小丘被农夫渔父弃而不顾。柳宗元其实借小丘以自喻,慨叹自己满腹才华却被弃置蛮荒的不幸遭遇。柳宗元山水游记中更值得关注的是他"凄神寒骨"的审美意境,如《小石潭记》:

> 从小丘西行百二十步,隔篁竹,闻水声,如鸣珮环,心乐之。伐竹取道,下见小潭,水尤清冽。全石以为底,近岸卷石底以出。为坻,为屿,为嵁,为岩,青树翠蔓,蒙络摇缀,参差披拂。潭中鱼可百许头,皆若空游无所依。日光下澈,影布石上,怡然不动,俶而远逝,往来翕忽,似与游者相乐。潭西南而望,斗折蛇行,明灭可见。其岸势犬牙差互,不可知其源。坐潭上,四面竹树环合,寂寥无人,凄神寒骨,悄怆幽邃。以其境过清,不可久居,乃记之

而去。

这是《永州八记》中最为著名的一篇，文章先写水声，次写潭水、潭石、潭鱼、潭岸，最后写小石潭周边的环境。文章用"珮环"之声形容水声，突出了水声的清冷，用"皆若空游无所依"夸写潭水的清澈，用四面竹树写石潭的清幽，所有景物都晶莹剔透、凄清幽冷，无怪乎作者说"凄神寒骨"。而这"凄神寒骨"的意境正是柳宗元凄冷悲凉的心境在山水中的自然投射，也是其山水游记最大的美学贡献。

韩愈、柳宗元的古文理论和古文创作打击了形式主义文风，开创了新的散文传统。虽然晚唐至宋初，骈文重新占据了优势地位，但是韩柳的古文传统并未消失，并且在宋代欧阳修、王安石、"三苏"等人手中重整旗鼓，大放异彩。唐宋古文成为新的经典和传统，影响中国文坛长达一千多年。

第七节　晚唐诗

晚唐时期，唐朝国势衰落，诗歌高潮逐渐回落，诗歌的风貌也开始发生转变，并称"小李杜"的杜牧、李商隐是这一时期比较著名的诗人。

一　杜牧

杜牧（803—852）是唐朝著名宰相杜佑之孙，家庭的影响使他自来具有经邦济世的宏伟抱负，但因秉性耿直，被人排挤，长期沉郁下僚。他的诗中较多反映现实社会政治之作，如《郡斋独酌》感慨国家的内忧外患，《河湟》表达对国土久久不能收复的愤慨，《早雁》则用托物比兴的手法写边民因回鹘侵扰而流亡失所的悲苦。

杜牧诗中成就最高的是咏史怀古之作。他常借历史题材讽刺帝王的荒淫误国，如《过华清宫三绝句》其一、其二：

>　　长安回望绣成堆，山顶千门次第开。一骑红尘妃子笑，无人知是荔枝来。

>　　新丰绿树起尘埃，数骑渔阳探使回。霓裳一曲千峰上，舞破中原始下来。

诗讽刺玄宗的荒淫误国，造语奇警，耐人寻味。他的一些咏史诗具有史论的性质，如《赤壁》和《乌江亭》：

>　　折戟沉沙铁未销，自将磨洗认前朝。东风不与周郎便，铜雀春深锁二乔。

>　　失败兵家事不期，包羞忍耻是男儿。江东子弟多才俊，卷土重来未可知。

这些诗借史事表达自己的见解和感慨，在晚唐咏史怀古诗中，风格比较独特。晚唐咏史怀古诗数量很多，对封建政治满腹失望的诗人们，在审视历史时往往陷入伤感和虚无，咏史怀古诗因此变得气韵衰飒。而杜牧的这些咏史怀古诗，"立意必奇辟，多作翻案语，无一平正者"（赵翼《瓯北诗话》）。而正是这翻案性质的史评，使他成为晚唐咏史怀古诗成就最高的诗人。

除了咏史怀古之外，杜牧还有一些写景抒情的七绝，其艺术成就也很高，如《江南春》：

>　　千里莺啼绿映红，水村山郭酒旗风。南朝四百八十寺，多少楼台烟雨中。

又如《秋夕》：

>　　银烛秋光冷画屏，轻罗小扇扑流萤。天阶夜色凉如水，卧看牵牛织女星。

前者写景,风调悠扬;后者写情,深沉蕴藉,都是难得的七绝佳作。

二　李商隐

　　李商隐(812—858),字义山,号玉谿生。不幸早孤,又因家族遗传原因身体文弱羸病。十七岁时,李商隐得到令狐楚的赏识,后在其子令狐绹的帮助下得中进士。后来,李商隐入泾原节度使王茂元幕府,并被其招为女婿。当时牛李党争激烈,令狐父子与王茂元分属牛李两党。令狐绹认为李商隐负义背恩,大为不满。党人的成见,使他一直沉沦下僚,清贫潦倒。加上爱妻不幸病故,子女寄居长安,家世、身体、际遇等各方面的原因造成了李商隐敏感易伤的悲剧性格与心态,这在他的创作中表现得十分突出。

　　李商隐是关心现实和国家命运的诗人,他现存的约六百首诗中,政治诗不下百首。著名的长诗《行次西郊作一百韵》反映国家的凋敝、民生的痛苦,并追忆唐朝百年来的衰落过程,集中反映了李商隐忧国忧民的情怀。甘露事变中宦官杀死宰相王涯等数千人,气氛恐怖,白居易等著名诗人都明哲保身,年轻的李商隐却写了《有感二首》《重有感》《曲江》等诗,抨击宦官篡权乱政,滥杀无辜,希望有人能出来拯救国家危难。李商隐还有些诗反对藩镇割据,歌颂维护统一的勇将,如《井络》《韩碑》等,将反对藩镇和批判朝政结合起来,具有一定的思想深度。

　　李商隐还常借助咏史诗的形式曲折表达政治见解,如《隋宫》:

　　　　紫泉宫殿锁烟霞,欲取芜城作帝家。玉玺不缘归日角,锦帆应是到天涯。于今腐草无萤火,终古垂杨有暮鸦。地下若逢陈后主,岂宜重问《后庭花》?

借隋炀帝的荒淫灭国委婉讽谏唐代帝王,《北齐》"小怜玉体横陈夜,已报周师入晋阳"、《马嵬》"此日六军同驻马,当时七夕笑牵牛"等都属此类。其他如《贾生》讽刺不识贤才,《瑶池》讽刺帝王求仙炼丹,都是借古讽今的杰作。

李商隐更多的作品用感伤的调子写自己的漂泊沦落之感,如《宿骆氏亭寄怀崔雍崔衮》和《夜雨寄北》:

竹坞无尘水槛清,相思迢递隔重城。秋阴不散霜飞晚,留得枯荷听雨声。

君问归期未有期,巴山夜雨涨秋池。何当共剪西窗烛,却话巴山夜雨时。

诗抒发对朋友和妻子的思念,也表达了自己的身世飘零之感。李商隐的咏物诗也多以比兴手法寄寓诗人的身世之悲,如《流莺》:

流莺漂荡复参差,度陌临流不自持。巧啭岂能无本意,良辰未必有佳期。风朝露夜阴晴里,万户千门开闭时。曾苦伤春不忍听,凤城何处有花枝?

流莺的流离飘荡、无所依归,正是诗人飘零不遇的象征。

李商隐作品中最为杰出,也最为人传诵的是以无题为中心的爱情诗,这类诗是李商隐诗独特的艺术风格的代表。他的爱情诗感情深挚缠绵而又迷惘感伤,如《无题》两首:

昨夜星辰昨夜风,画楼西畔桂堂东。身无彩凤双飞翼,心有灵犀一点通。隔座送钩春酒暖,分曹射覆蜡灯红。嗟余听鼓应官去,走马兰台类转蓬。

相见时难别亦难,东风无力百花残。春蚕到死丝方尽,蜡炬成灰泪始干。晓镜但愁云鬓改,夜吟应觉月光寒。蓬山此去无多路,青鸟殷勤为探看。

前一首写心心相印的喜悦和转瞬分离的痛苦;后一首颔联写深情的

至死不渝，尾联写爱情的绵邈难期，情调都缠绵悱恻、凄凉感伤。李商隐笔下的爱情深挚纯净而又不易言说，代表了礼教束缚下士大夫爱情的典型特征，比起乐府民歌中那些大胆直率的爱情表达，自有一种婉转动人的艺术魅力。

李商隐的诗常具有幽微朦胧之美，他善于把内心的惆怅迷惘转化为凄美迷离的诗歌意境，最能代表李商隐诗这一特点的当属《锦瑟》：

> 锦瑟无端五十弦，一弦一柱思华年。庄生晓梦迷蝴蝶，望帝春心托杜鹃。沧海月明珠有泪，蓝田日暖玉生烟。此情可待成追忆，只是当时已惘然。

诗中庄生梦蝶、望帝啼鹃、月明珠泪、暖玉生烟等意象并没有逻辑上的必然联系，也不能构成完整的画面或事件，却都给人怅惘迷离之感，即使我们不能明确知晓诗意，也会被其中弥漫的哀婉之情感动，被其中缥缈空灵的意境吸引。

与这种幽微朦胧的意境相对应，李商隐常采取比兴、典故等手法迂回曲折地表情达意。他的咏物诗几乎都是借物抒情、比兴寄托之作，如《回中牡丹为雨所败二首》《流莺》，分别以雨中败落的牡丹和流离失所的黄莺象征自己，委婉表达身世零落的悲哀。而《锦瑟》中庄周梦蝶的典故蕴含着人生如梦之悲，望帝啼鹃的典故则蕴含着哀切的故国之思，这两个典故的运用给诗带来浓厚的感伤情绪，也抒发了诗人同样的悲哀。典故和比兴手法的使用使诗能够容纳更为丰富的内容，增加诗意的深度和广度。

李商隐诗歌的语言秾丽凄艳，融合了晚唐绮靡富艳的审美倾向和其个人幽微哀感的审美追求。他常用华丽的词彩、美丽的意象、哀婉的情调写自己的心境和感受，如《无题》诗中的"蜡照半笼金翡翠，香薰微度绣芙蓉""金蟾啮锁烧香入，玉虎牵丝汲井回""曾是寂寥金烬暗，断无消息石榴红"等句，都有镂金错彩、哀艳凄丽之感。

李商隐的诗,尤其是他的无题诗和咏物诗对后世影响很大,其比兴用典的艺术手法也被后人继承学习,宋初的"西昆体"诗人就是直接模仿李商隐而走向形式主义的。

晚唐时,诗人温庭筠与李商隐齐名,并称"温李"。他有一些吊古感怀之作,如《过陈琳墓》,借凭吊陈琳来感慨自己的身世。他描写羁旅行役的《商山早行》也是名作,尤其"鸡声茅店月,人迹板桥霜"一联,写清晨清冷寂寥的景色,极富韵味。温庭筠诗最主要的内容是闺阁生活、男女情爱和游宴享乐,如《春愁曲》《夜宴谣》等。这些作品色彩浓艳,辞藻华美,有较为浓烈的世俗甚至市井气息,是晚唐形式主义诗风的代表。这类作品于诗中不为上乘,但放在词中却很是当行。

温李代表着晚唐诗纤巧华艳的创作倾向,除此之外,晚唐诗坛还有其他一些创作倾向和诗人群体。以贾岛、姚合为代表的苦吟诗人在晚唐影响较大。其诗的题材内容都比较狭窄,但在艺术上殚精竭虑,苦苦探寻。相传贾岛在写"鸟宿池边树,僧推月下门"这一联时,反复苦思用"推"还是"敲",甚至因为过于专注冲撞了京兆尹韩愈的车驾,并因此留下了一个新的汉语词汇"推敲"。苦吟诗人因为专注炼字琢句,所以多创作音律、对偶有严格要求的近体诗。他们的诗思不是自然触发,而是刻意搜求的,诗中虽然会有精工的对句,如"独行潭底影,数息树边身"之类,但缺少意境浑融的完篇,整体风格也比较清苦奇僻。

晚唐国势的衰微、政治的昏暗使得一些诗人转向退隐避世,其中比较著名的是陆龟蒙和皮日休。他们创作了六百多首描写闲情逸致、山水风物的诗酒唱和之作,合编为《松陵唱和集》。但是这些隐逸之作缺少对社会的反思批判,也缺少对自然之美的沉潜体悟,因而缺少陶潜、王维作品中的那种力量和美感。

中唐盛行的讽谕诗在晚唐仍有余响,聂夷中的《咏田家》、杜荀鹤的《山中寡妇》、韦庄的《秦妇吟》从不同角度写时局动荡和民生疾苦,感情深沉真挚。但整体来看,晚唐伤时讽世之作成就不高,诗人们没有社会责任感和使命感,其作品缺乏深刻的思想和饱满的热情。

第八节　唐传奇

唐代,中国古典小说获得了长足的发展,出现了新的小说形式唐传奇。唐传奇的出现标志着中国古典小说的成熟。

唐传奇是一种流行于唐代的文言小说,作品大多以传记的形式和笔法写奇人异事,得名可能是因为晚唐裴铏创作的小说集《传奇》。唐传奇的发展经历了三个阶段:

初盛唐时期是传奇的发轫期,也是从志怪到传奇的过渡阶段。这一阶段的主要作品有王度的《古镜记》、无名氏的《补江总白猿传》和张鷟《游仙窟》等,但成就都不高。

中唐时期是传奇发展的兴盛期,唐传奇的大部分作品都是此时产生的,而且出现了许多名家名作。这既是小说自身发展演进的结果,也得益于其他文学形式所提供的丰富借鉴,如诗歌的抒情写意、散文的叙事状物等。

中唐传奇题材广泛,涉及爱情、历史、幻梦等多方面,其中爱情主题的作品,如李朝威《柳毅传》、白行简《李娃传》、元稹《莺莺传》、蒋防《霍小玉传》等,在唐传奇中艺术成就最高。

《柳毅传》写侠义书生柳毅邂逅落难的洞庭龙女,毅然为她千里传书求救。龙女被救后,龙君逼令柳毅娶其为妻,柳毅严词拒绝。柳毅的凛然之气赢得了龙君的敬佩和龙女的爱慕。几经波折后,柳毅终于与龙女结成美满姻缘。小说将神怪、侠义和爱情结合在一起,带有强烈的浪漫色彩。

《李娃传》写荥阳生赴京应试,与名妓李娃相恋,资财耗尽后,被鸨母逐出,流浪到丧葬店唱挽歌。其父荥阳公知道后,认为儿子有辱家门,将其鞭笞遗弃。荥阳生沦为乞丐,风雪之时为李娃所救。在李娃的照顾和鼓励下,荥阳生终于登第为官,李娃也被封为汧国夫人。小说塑造了李娃这样一个有情有义的妓女形象,看到几无人状的荥阳生时,李娃满怀痛悔,毅然与鸨母决裂,倾尽全力照顾扶持荥阳生。

荥阳生高中后,她自惭低微,提出分手。遇见荥阳公后,又促成了他们父子的和解。李娃虽然身份低贱,却温柔多情、明智练达,是唐传奇中最为光彩照人的形象。小说以李娃被封汧国夫人,夫妻美满的大团圆结尾,突破了门阀制度的束缚,具有反抗封建礼教的意义。但这样的大团圆结局,也为后世的小说戏曲提供了一种庸俗廉价的解决礼教与爱情矛盾的套路。

《莺莺传》与《李娃传》相反,写了莺莺被张生始乱终弃的爱情悲剧,小说细致地刻画了冲破封建礼教束缚、大胆争取爱情的叛逆女性莺莺,这个形象具有深刻的社会内涵,成为后世小说戏曲爱情故事女主人公的范本。但小说结尾为张生始乱终弃的卑劣行径辩护,甚至赞许他善于补过,反映了作者自己道德观的缺失。

《霍小玉传》也是爱情悲剧。霍小玉是身份低微的妓女,只求能与李益相爱八年,而后任他另娶高门,自己则甘愿出家为尼。然而,发誓要"死生以之"的李益很快背信弃约,另聘高门,甚至不肯再见相思成疾的霍小玉一面。霍小玉死后,冤魂化为厉鬼,使李益终身夫妻不和。小说满怀同情着力描写霍小玉对自身处境的清醒认识、对李益的痴情爱恋,把她塑造成一个温婉美丽、受尽凌辱的悲剧女性,以她的死强烈谴责李益之流的才子的卑鄙无耻。

中唐传奇中还有一些借梦幻讽刺社会的佳作,其中沈既济的《枕中记》和李朝威的《南柯太守传》最具代表性。

《枕中记》写热衷功名的卢生于邯郸旅舍偶遇道士吕翁,在吕翁给的一个青瓷枕上酣然入梦。梦中娶高门贵女、高中进士,甚至出将入相,享尽了荣华富贵。醒来才发现梦中一生的富贵还不到煮熟一顿黄粱饭的时间,于是大彻大悟。

《南柯太守传》写游侠淳于棼梦游槐安国,做了驸马,又任南柯太守,后来高居宰辅,位高权重。但公主死后,便遭谗失宠,最后被遣返故里。醒来后发现,梦中所游之处原来是屋旁槐树下的一个蚂蚁洞。从此深感人生虚幻无常,遁入道门,不问世事。这两篇作品借梦境表达了唐代士子对功名的热切渴望,又借梦境表明了功名富贵的虚幻无常,具有强烈的讽刺意义与警醒作用,"黄粱美梦""邯郸一梦""南柯一梦"等由此成为人们耳熟能详的典故。

晚唐时期是传奇创作的衰微期。这一时期的作品数量仍然不少,还出现了传奇专集,如袁郊的《甘泽谣》、皇甫枚的《三水小牍》、裴铏的《传奇》、薛用弱的《集异记》、李复言的《续玄怪录》等,但这些作品多搜奇志怪,思想和艺术成就都远不及中唐传奇。晚唐传奇出现了一些新的题材和内容,如豪侠除暴安良、快意恩仇。这类作品集中描写豪侠武功的出神入化、品格的卓然不群,展现出一种豪放不羁的生命情调,《红线》《聂隐娘》《昆仑奴》等都属此类。杜光庭的《虬髯客传》,更是晚唐豪侠小说中成就最大的一篇。小说中的"风尘三侠"极具英雄气概,李靖风流倜傥、红拂机智勇敢、虬髯客豪爽英伟,他们生逢乱世却能有对时势的清醒认识和对未来的明智抉择,展示出豪侠的才智和胆识。

唐传奇标志着中国古典小说的成熟,传奇作者"始有意为小说",而且更注重小说的审美价值和愉悦性情的功用。唐传奇的写作目的在于将奇异动人的故事传示与人,既博得读者的同情叹惋,又展露自己的文笔才华。这种创作目的使作者更加关注个性生命和个体情感,全方位地展示纷繁复杂的社会生活。

唐传奇在审美上刻意追"奇",努力虚构。那些以神怪、梦幻为题材的作品,如《邯郸记》《柳毅传》等所叙述的都是虚幻无稽之事,虚构想象成为其最基本的创作手法;那些以历史故事和人物为题材的作品,如《长恨歌传》《霍小玉传》等,作者也不拘泥于历史,而是根据创作的需要,虚构幻想,编撰真切感人的故事情节。艺术虚构的广泛运用也是中国古典小说成熟的一个重要标志。唐传奇有独特的体制形式、结构布局。创作者往往采用史书传记的表现方法,开篇即明确交代故事发生的时间、地点,故意给读者造成心理上的真实感觉,如《李娃传》开头描写长安里巷市坊,几乎可以与唐代的史书记载想参看。但这种布局不过是一个外在的框架,在故事展开过程中,创作者一方面大量使用虚构想象以求奇,另一方面致力于细节描写以求真,并将真实与虚幻完美融合,创造出文采斐然的作品,从而使小说的发展迈出了关键性的一步。

唐传奇的篇幅一般不长,最长的也不超过一万字,但优秀的唐传奇创作者却能在有限的空间里精心构思,以曲折委婉的故事引人入胜。如《李娃传》中,李娃和荥阳生的爱情经历了两情相悦、分手决裂、团圆复归的过程,情节跌宕起伏,充满戏剧性的变化。《柳毅传》的构思和情节也曲折离奇。在柳毅为龙女传书的使命已经完成,准备离开龙宫之际,突然插入钱塘君酒后逼婚一节,使得波澜再起。柳毅辞婚归家,看似故事结束,结果回家后连娶两任妻子都年青夭折,最后再娶卢氏,却发现这位卢氏正是龙女。情节安排曲折转换,既出人意料,又在情理之中。

唐传奇在人物刻画上也表现出非凡的成就,常借助精湛的细节描写来反映人物的心理,虽然三言两语,却生动传神。如莺莺初见张生时,"常服睟容,不加新饰,垂鬟接黛,双脸销红而已",表现出一个大家闺秀的端庄矜持。而李娃与郑生初次相会则"回眸凝睇";再会时整装易服而出,"明眸皓腕,举步艳冶",表现出娼家妓女的大胆直率、风情万种。两人虽同是妙龄女郎,但举止、情态判然不同。唐传奇还善于用对比、衬托等手法来表现人物的容貌。如《霍小玉传》写霍小玉之美,并没有具体描写她的容貌服饰,只写到"小玉自堂东阁子中而出,生即拜迎,但觉一室之中,若琼林玉树,互相照耀,转盼精彩射人",通过李益的感觉突显了霍小玉的光彩照人,笔致空灵飘逸,充分体现了中国古代的人物描写重神不重形的特点。

唐传奇小说对后世的文学创作产生了很大的影响,其中的很多故事成为后世小说戏曲的题材来源,如元代石君宝的杂剧《曲江池》取材于《李娃传》,王实甫的《西厢记》取材于《莺莺传》。唐传奇杰出的艺术成就,包括故事的曲折离奇、人物的鲜活生动、叙事的简洁明快等,也为后世小说创作继承和发展。

第九节 唐五代词

在唐诗繁盛发展的同时,一种新的诗歌形式——词开始在民间孕育萌生。词是一种配合燕乐而生的新的韵文样式。早在初盛唐,词就在民间开始流行。1900年在敦煌藏经洞发现的敦煌曲子词,体现了词早期的民间形态,总体风格朴拙可喜。词在民间产生之后,一些敏感的作家迅速接受了这一新生事物,开始进行词的创作。降及中唐,文人词作渐多,还产生了一些比较著名的文人词,如白居易的《忆江南》其一:

江南好,风景旧曾谙。日出江花红胜火,春来江水绿如蓝。能不忆江南?

作者以花之红艳和水天之碧蓝表现鲜艳夺目的江南美景,富有生机。

又如张志和的《渔父》五首其一:

西塞山前白鹭飞,桃花流水鳜鱼肥。青箬笠,绿蓑衣,斜风细雨不须归。

张志和这组词唱和者众多,甚至包括日本的嵯峨天皇君臣。晚唐五代时期,在相对安定繁荣的西蜀和南唐形成了两个词创作的中心。前者尊崇温庭筠,多以秾艳绵丽的辞藻写女性生活和情感,形成带有浓厚脂粉气的花间词风。后者的艺术趣味相应高雅一些,虽然也多写相思离别和花柳风情,但整体风格却显得清新流丽、情致缠绵,李煜是其典型代表。

一 温庭筠与花间词派

晚唐的温庭筠(约812—约866)是第一个大力作词的作家,他在词史上最大的贡献是完成了词体的定型。温词调有定句、字有定数、韵有定声,在形式上为词体确立了统一的规范。

温庭筠还为词建立了一种创作范式,以女性生活为题材、以柔情感伤为基调、以语言的香艳绮丽和意境的精致小巧为审美追求。如《菩萨蛮》:

  小山重迭金明灭,鬓云欲度香腮雪。懒起画娥眉,弄妆梳洗迟。 照花前后镜,花面交相映。新贴绣罗襦,双双金鹧鸪。

词铺写美人闺房的陈设和懒起梳妆的过程,并通过这种铺陈描写表现了女性的孤独无聊之感。这首词辞藻华丽、色彩秾丽,成为温庭筠秾艳香软风格的代表作。

在艺术表现上,温词常客观地描写精美器物,意象绵密,色彩秾艳,如"水精帘里颇黎枕,暖香惹梦鸳鸯锦。江上柳如烟,雁飞残月天"(《菩萨蛮》),短短24字中出现了水精帘、颇黎枕、鸳鸯锦等华美名物,又杂以大江、柳树、飞雁、残月等自然之景,意象繁富,场景多变,语言的装饰性和色彩感也比较强。这种香软秾丽的风格很符合晚唐五代的审美需求。

后蜀时期,赵崇祚选录以后蜀词人为主体的18位词人的作品编成《花间集》,后世遂命名这一词人群体为"花间词派"。《花间集》是最早的文人词总集,它首推温庭筠,表明了西蜀词人尊崇效法温庭筠词风的流派意向。《花间集》以文本范例的性质,奠定了"词为艳科"的基本格局,对词体发展影响极大。

花间词人中,西蜀词人韦庄艺术成就较高,与温庭筠齐名。韦庄词也有花间词共同的婉媚、轻艳特色,如"红楼别夜堪惆怅,香灯半卷流苏帐。残月出门时,美人和泪辞"(《菩萨蛮》其一),即是典型的花间风格。但韦词又在一定程度上突破了花间范式,有着疏朗的笔调、清丽的语言、直接的抒情,如《女冠子》:

  四月十七,正是去年今日,别君时。忍泪佯低面,含羞半敛眉。 不知魂已断,空有梦相随。除却天边月,没人知。

词以女子口吻回忆与情人的离别,纯用白描手法直接叙写,意象疏朗,语言清淡自然,感情抒发直切坦然,与温庭筠的风格很不相同。

韦庄曾经散乱,词中有一些抒发漂泊之感和乱离之痛的作品,如《菩萨蛮》:

> 人人尽说江南好,游人只合江南老。春水碧于天,画船听雨眠。　　垆边人似月,皓腕凝霜雪。未老莫还乡,还乡须断肠。

词从风物和人物两方面渲染江南的美好,结尾却以"还乡须断肠"的喟叹点出游子有家难归的深切悲哀,乍读似乎旷达明朗,细品却沉郁低回。

二　李煜与南唐词人

李煜(937—978)字重光,南唐后主。二十五岁继承南唐国主之位,975 年,宋军攻破金陵,李煜肉袒出降。第二年到汴京,被封为"违命侯"。978 年七夕,被宋太宗赐药毒死,卒年四十二岁。

古人曾有诗吊李煜曰:"作个词人真绝代,可怜薄命作君王。"李煜确实是个失败的亡国之君,却是位多才多艺的优秀词人。他的词今存三十余首,艺术成就非常之高。亡国之前的李煜,"生于深宫之中,长于妇人之手",词多写宫廷享乐和男女恋情。如《玉楼春》(晚妆初了明肌雪)写夜晚深宫的歌舞宴饮,《一斛珠》(晓妆初过)写女子的媚姿娇态,《菩萨蛮》(花明月暗笼轻雾)写深夜和情人幽会的女子。这些词虽然也有花间词的情调,却比花间词自然率真。南唐灭亡之后,亡国之君的身份、囚徒般的生活现状使李煜词的情感内容发生了巨大变化。他后期的词常写对故国江山的思念、对故人往事的追怀和对人生的感慨。如《虞美人》(春花秋月何时了):

> 春花秋月何时了,往事知多少。小楼昨夜又东风,故国不堪回首月明中。　　雕栏玉砌应犹在,只是朱颜改。问君能有几多愁,恰似一江春水向东流。

词中追忆故国往事，毫不掩饰地抒发亡国之悲和无常之感，感情沉痛，思致凄婉。王国维曾说"后主之词，真可谓以血书者也"，指的正是这类抒写个人悲恨的作品。

李煜所写的这些悲苦愁恨既是他个人独特的情感体验，又不仅仅是他个人的情感体验，而是人类普遍拥有的情感经历。亡国之后的李煜，在囚徒一样的屈辱生活中、在国破家亡的哀痛中开始感悟人生的苦难无常，他后期的词常糅入人世无常的悲哀，如"人生愁恨何能免""世事漫随流水，算来一梦浮生"等。李煜把自身国破家亡的惨痛遭遇泛化为一种深刻而又广泛的人世之悲，这使他的言情既深广阔大，又深挚沉痛。如《相见欢》：

    林花谢了春红，太匆匆。无奈朝来寒雨晚来风。 胭脂泪，相留醉，几时重。自是人生长恨水长东！

词的上片写暮春惜花，满地落红，加上摧残春花的凄风苦雨，营造出凄婉哀伤的意境。下片语义双关，由花及人，从怜惜落花转向追怀故人，追忆离别时佳人垂泪相留的情景，感叹重逢无期。词最后归结到人生苦恨的绵长不绝，把自己的情感扩展为一种普遍的人生体验。

王国维《人间词话》曾说："词至后主而眼界始大，感慨遂深，遂变伶工之词而为士大夫之词。"李煜所代表的境界开阔而又情致缠绵的南唐词风对宋词创作，尤其是宋初的令词创作产生了很大的影响，诚如明代胡应麟所言，后主乐府"为宋人一代开山"。

冯延巳（903—960）是南唐词人中成就较高的一位。他的词虽然也以抒写男女风情、相思离别为主，却消除了花间词的艳俗，如《谒金门》（风乍起）。更重要的是，冯延巳将士大夫共有的人生苦短、世事无常的悲哀注入词中，为词增添了新的思想意蕴，如《鹊踏枝》：

    谁道闲情抛掷久？每到春来，惆怅还依旧。日日花前长病酒，不辞镜里朱颜瘦。 河畔青芜堤上柳，为问新愁，何事年年有？独立小桥风满袖，平林新月人归后。

这首词中的"愁"已经不是离恨别愁,而是因时序推移而产生的孤独感、无常感。冯延巳的这类创作提升了词的思想境界,用娱宾遣兴的词来表达严肃的人生思考,对晏殊、欧阳修等北宋词人具有示范意义。

第五章　宋金文学

宋代文学继承唐五代而有所发展，宋诗有着独特的风格，和唐诗是诗歌史上双峰并峙的两大典范。宋代散文沿着唐代散文的道路而发展，最终的成就却超过了唐文。而词这一文体则在宋代大放异彩，成为宋代的"一代之文学"。

第一节　欧阳修与诗文革新运动

一　宋初诗文

在宋初的七十余年里，宋代文学沿着中唐以来的方向继续发展，虽然还未能形成自己独特的风格，但在承袭前人的同时也呈现出一些新气象，这启示着文学变革的即将到来，昭示着宋代文学的发展方向。

在北宋初年的诗坛上，白体、晚唐体、西昆体是比较著名的三大流派。白体诗人效法的是中唐诗人白居易，而且他们学习的主要是白居易那些流连光景、酬唱应答的闲适之作，风格清浅淡雅，李昉、徐铉是其代表。唯一能独树一帜、写出自己特色的白体诗人是王禹偁。王禹偁早年也有很多闲适的酬唱之作，谪居黄州时开始学习白居易的新乐府，创作讽谕诗来反映民生疾苦，如《畲田词》《感流亡》等。他还学习杜甫诗歌的艺术表现，超越了白体的浅俗直白，显得含蓄深沉,《村行》可为代表。

晚唐体诗人是模仿晚唐的贾岛、姚合的一群诗人,其中除了寇准之外,大多是隐士和僧人,如"九僧"和林逋等。他们继承贾岛、姚合的苦吟精神,苦心孤诣地在语言上翻奇出新,描绘清幽寂静的山林景色,表达枯寂淡漠的隐逸情趣。林逋是最为著名的晚唐体诗人,他的代表作《山园小梅》向来被认为是咏梅绝唱,为后人激赏。

西昆派是宋初诗坛影响最大的一个流派。西昆派诗人大多是馆阁文臣,因杨亿编其诗为《西昆酬唱集》而得名,杨亿、刘筠、钱惟演是其代表。他们的诗学习李商隐,多为近体诗,尤其是七律,对仗工稳,声律和谐,语言深婉绮丽,但题材狭窄,缺少深挚的情感,只是一味堆叠典故,雕饰辞藻,显得苍白贫乏。

北宋之文最初也沿袭了五代遗风,浮艳骈俪,李昉、徐铉以及西昆派作家之文大率此类。但与此同时,复古主义思潮也在发展,韩愈、柳宗元发起的古文运动经历了晚唐五代的落潮之后,在宋代得到了继承和发展。最早提出这一复古主张的是柳开。他尖锐批判晚唐五代以来追求形式的骈文,但他简单地把文当作明道的工具,忽视文的艺术性,作品成就不高,因而影响不大。宋初散文创作成就较高的是王禹偁。他也反对艳冶浮靡的文风,强调取法韩柳,重道而不轻文。他的《黄州新建小竹楼记》骈散结合,极富诗意;其《待漏院记》亦平实晓畅,是优秀的古文作品。

整体看来,宋初诗文还处在因循模拟的阶段,真正有宋一代文风之开创要等待欧阳修倡导的诗文革新运动。

二 欧阳修与诗文革新

欧阳修(1007—1072),字永叔,号醉翁,晚年又号六一居士,庐陵(今江西吉安)人。他幼年丧父,家境贫苦。二十四岁进士及第,出仕洛阳,结识了梅尧臣、尹洙等人,开始提倡文学变革。曾因支持范仲淹领导的"庆历新政",长期被贬谪在外。至和年间才被召回京师,后官至参知政事要职。六十五岁致仕,定居颍州,次年病逝。

欧阳修登上文坛和仕途的时候,封建社会的政治危机日渐加深,政治变革开始兴起。而政治改革需要与之相适应的实用的文学形式,于是在政治力量的推动之下,自上而下的诗文革新运动开始了。欧阳修博学多才,在文人群体中有着很强的号召力,而且有很高的政治声望,成为诗文革新运动的领袖。

欧阳修倡导的诗文革新是针对五代文风和宋初西昆体而言的。在散文方面,他继承韩愈的理论,既强调道对文的决定作用,又认为文具有独立的性质,而且提倡一种朴素流畅的文风,反对韩柳古文的险怪僻涩。在诗歌方面,针对西昆体的空洞无物,他提出了"诗穷而后工"的诗歌理论,要求诗歌重视生活。欧阳修的诗文主张为北宋的诗文革新建立了正确的指导思想,为宋代文学确立了基本风格。他自己的创作在当时也具有典范意义。

欧阳修的散文创作成就很高,他的政论文,如《与高司谏书》《朋党论》,是古文的实用功能和艺术价值有机结合的典范。他的记事抒情散文言之有物,细致逼真,如《泷冈阡表》《醉翁亭记》《秋声赋》等。他的文章叙事简括有法,议论迂徐有致,章法曲折变化,语言圆融轻快而又平易晓畅。他的诗歌也别具特色,内容上虽有反映社会现实的,如《食糟民》,但更多地抒写人生感慨,如《戏答元珍》:

春风疑不到天涯,二月山城未见花。残雪压枝犹有橘,冻雷惊笋欲抽芽。夜闻归雁生乡思,病入新年感物华。曾是洛阳花下客,野芳虽晚不须嗟!

欧阳修的诗虽吸收了韩愈的议论化、散文化特色,但风格清新自然,富有情韵。虽没有散文成就高,但对矫正西昆体的浮艳有很好的作用。

和欧阳修一同革新诗风的诗人还有并称"苏梅"的苏舜钦和梅尧臣。梅尧臣认为诗歌创作是"因事有所激,因物兴以通",并创作了一些反映民生疾苦的诗,如《汝坟贫女》等。他有意识地开拓前人未曾注意的题材,描写生活琐屑,如《食荠》,但也有内容怪诞庸陋的作品,如《扪虱得蚤》之类。其诗风格追求平淡,追求一种细致琢磨而返归于自然的境界,如《东溪》:

> 行到东溪看水时,坐临孤屿发船迟。野凫眠岸有闲意,老树着花无丑枝。短短蒲茸齐似剪,平平沙石净于筛。情虽不厌住不得,薄暮归来车马疲。

和梅尧臣相比,苏舜钦的诗则显得粗犷豪迈,意境开阔,如《庆州败》等。

继欧阳修之后,王安石、曾巩、苏洵、苏轼、苏辙活跃于文坛,进一步扩大了诗文革新的影响。他们和唐代的韩愈、柳宗元被后人合称为"唐宋八大家",中国古典散文的唐宋文传统真正形成。

三 王安石

王安石(1021—1086),字介甫,晚号半山,临川(今属江西)人。北宋著名的政治家,曾任宰相,主持变法。王安石的变法引起了保守势力的反对,导致了长达数十年的新旧党争。晚年罢相,退居江宁。在司马光全面废除新法后不久,忧愤而卒。

王安石一生以政治家自许,因此他的文学观点也以重道尊经为指导思想,特别强调文学的实用功能,要求文学"务必有补于世"。他的诗文也因此而具有浓厚的政治色彩,其散文大多是直接为其政治目的服务的,如《上仁宗皇帝言事书》《本朝百年无事札子》《答司马谏议书》等。这些文章观点鲜明,逻辑严密,具有极强的说服力。他的一些记叙文则显得寓意深远,游记名篇《游褒禅山记》可为一例。

王安石的诗具有充实的政治内容,如《河北民》等。但是他也把诗歌看作抒情述志的工具,偏重于抒写个人的情怀,传诵一时的《明妃曲二首》便是借咏史抒发怀才不遇的感慨:

> 明妃初出汉宫时,泪湿春风鬓脚垂。低徊顾影无颜色,尚得

君王不自持。归来却怪丹青手,入眼平生几曾有?意态由来画不成,当时枉杀毛延寿。一去心知更不归,可怜着尽汉宫衣。寄声欲问塞南事,只有年年鸿雁飞。家人万里传消息:好在毡城莫相忆。君不见咫尺长门闭阿娇,人生失意无南北!(《明妃曲二首》其一)

除了这一类政治性较强的作品外,王安石还有许多抒情之作,尤其是晚年罢相闲居之后,创作了很多写景抒情的小诗。这些小诗新颖别致,流丽自然,艺术上更为成熟。如《书湖阴先生壁》其一:

茅檐长扫净无苔,花木成畦手自栽。一水护田将绿绕,两山排闼送青来。

又如《泊船瓜州》:

京口瓜州一水间,钟山只隔数重山。春风又绿江南岸,明月何时照我还。

宋人对王安石的推崇也主要是因为他晚年的这些小诗。

第二节 柳永与北宋前期词

一 北宋前期词人

词这一新兴文学体裁,经过晚唐五代以来的发展,在题材和语言风格上形成了比较突出的特色。北宋前期的词也同诗文一样沿袭着五代余风,形式上以小令为主,题材上多相思爱恋、别绪离愁,风格上则以婉约绮丽为宗。晏殊、欧阳修是其代表。

晏殊(991—1055),字同叔,临川(今属江西)人。他少年得志,十四岁就因有神童之名被赐同进士出身,后来官至枢密使、同中书门下平章事。晏殊不仅是位太平宰相,还是一代文坛宗师,很多著名文人都出自他的门下。他的一生优裕安适,词也多是流连诗酒、歌舞升平之作,酒、花、歌等都是晏殊词中最常见的意象。但晏殊词又时常在雍容和缓中透露出寂寞衰迟之感。这一方面受了晚唐五代以来传统词风的影响,另一方面是因为多情易感的个性使他常怀对生命的忧思。人生苦短的愁思、青春易逝的悲哀、聚散离合的感伤因此成为晏殊词中最常见的情感内容,如"一向年光有限身,等闲离别易消魂,酒筵歌席莫辞频"(《浣溪沙》);"一场愁梦酒醒时,斜阳却照深深院"(《踏莎行》);"绿杨芳草长亭路,年少抛人容易去。楼头残梦五更钟,花底离愁三月雨"(《玉楼春》)等。

  晏殊的词作题材比较狭窄,情感也比较单一,但在语言技巧和艺术表现上却很有独到之处。他擅长在小令有限的空间内涵蕴深广的意境,语言也一洗花间词的秾艳绮靡,而变得清丽宛转、温润淡雅。如《浣溪沙》:

    一曲新词酒一杯,去年天气旧亭台。夕阳西下几时回?无可奈何花落去,似曾相识燕归来。小园香径独徘徊。

词借夕阳、落花、归燕等常见之景,表达年光流逝、故人离散、无奈感伤的常见之情。从题材内容来看并不新奇,高明之处在于用短短的42字表现了如此丰富的内容,艺术表现力不可谓不卓越。

  晏幾道是晏殊的幼子,年辈虽晚,却与其父承袭"花间"传统,固守着小令的阵地。他的词多写男女悲欢离合,但是因为家道的沦落、际遇的坎坷,词中多了几分磊落疏狂之气,情感也比较深沉真挚,如《临江仙》:

    梦后楼台高锁,酒醒帘幕低垂,去年春恨却来时。落花人独立,微雨燕双飞。　　记得小蘋初见,两重心字罗衣,琵琶弦上说相思。当时明月在,曾照彩云归。

词写别后相思,哀伤感人。

作为诗文革新运动的领袖,欧阳修的诗文虽表现出庄重严肃的儒家面目,词却放旷大胆得多。他的词大多描写男女爱情,如《蝶恋花》:

> 庭院深深深几许,杨柳堆烟,帘幕无重数。玉勒雕鞍游冶处,楼高不见章台路。　雨横风狂三月暮,门掩黄昏,无计留春住。泪眼问花花不语,乱红飞过秋千去。

欧阳修一生宦海沉浮,几经波折,不时在词中抒写自己的人生体验,表达对仕宦生涯的厌倦和对闲适旷逸生活的向往。如著名的《朝中措·平山堂》词:

> 平山栏槛倚晴空。山色有无中。手中堂前垂柳,别来几度春风。　文章太守,挥毫万字,一饮千钟。行乐真须年少,尊前看取衰翁。

这类词虽然不多,但是对突破宋词题材的狭隘却很有意义。而且这些词语言的清疏峻洁对洗刷五代以来的靡丽词风也起了很大作用。

此外,范仲淹、王安石的词数量虽不多,但对开拓词的意境却意义重大,如范仲淹的《渔家傲》:

> 塞下秋来风景异,衡阳雁去无留意。四面边声连角起。千嶂里,长烟落日孤城闭。　浊酒一杯家万里,燕然未勒归无计。羌管悠悠霜满地。人不寐,将军白发征夫泪。

题材上承唐人边塞诗,风格沉郁苍凉,对后来豪放词的发展有一定的影响。再如王安石的《桂枝香·金陵怀古》:

> 登临送目,正故国晚秋,天气初肃。千里澄江似练,翠峰如

簇。归帆去棹残阳里,背西风、酒旗斜矗。彩舟云淡,星河鹭起,画图难足。　　念往昔、繁华竞逐,叹门外楼头,悲恨相续。千古凭高,对景漫评荣辱。六朝旧事随流水,但寒烟、衰草凝绿。至今商女,时时犹唱,后庭遗曲。

其中深沉的历史感和现实感,也标志着词风正向诗风靠拢。

二　柳永词风的新变

上述诸人的词虽也各有新变,但是宋词直到柳永手中才发生重大的变化。柳永(987?—1053?),字耆卿,原名三变,崇安(今属福建)人。柳永年轻时是个不拘礼法的浪子,一直混迹市井之间。这种带有颓废和叛逆色彩的生活方式为很多正统文人所不齿,他的科考也一再受挫,曾作《鹤冲天》(黄金榜上)疏泄怀才不遇的牢骚,因而考进士时被仁宗黜退,并批曰"且去填词"。柳永仕途无路,干脆自称"奉旨填词柳三变",浪迹于汴京、苏杭等地。晚年才改名,考中进士,做过屯田员外郎等小官。最终落魄而死,传说"死之日,家无余财,群妓合金葬之"。柳永和其他文人迥然不同的生活方式和价值取向,决定了他的词无论题材内容,还是艺术形式都别出一格。

柳永是北宋第一个专力写词的作家,也是第一个大量创作慢词的词人。在他的《乐章集》的二百多首词中,慢词便有120多首。慢词比起小令,体制长大,能够涵容更为丰富的内容,表现力也大为增强。柳永对慢词的大力创作,改变了唐五代以来小令一统词坛的格局,使慢词与小令平分秋色,齐头并进。柳永还是宋代词坛创用词调最多的词人,他所用的133种词调,除《清平乐》《西江月》等少数外,大多数都是首次使用或自己创制的。

除了形式体制的贡献之外,柳永的词在题材和风格上也独树一帜,有着比较明显的市民化倾向。作为一个浪子文人,柳永长期混迹于妓馆歌楼,结交舞女歌妓,他的很多作品都描写了世俗女性大胆泼辣的爱情意识,以同情体贴的心态表现下层妓女的不幸和她们对正常生活的向往,如《定风波》(自春来)写青春女子独守空闺的苦闷、与心上人厮守的生活愿望,情感的表达坦诚率真。《迷仙引》"万里丹霄,何妨携手同归去。永弃却、烟花伴侣。免教人见妾,朝云暮雨",写烟花女子生活的悲哀和她们对真正爱情的渴望。

市井的繁华风情也是柳永词的重要内容,如写汴京的《迎新春》《倾杯乐》,写苏州的《瑞鹧鸪》等。这方面的代表作,首推《望海潮》:

> 东南形胜,三吴都会,钱塘自古繁华。烟柳画桥,风帘翠幕,参差十万人家。云树绕堤沙,怒涛卷霜雪,天堑无涯。市列珠玑,户盈罗绮,竞豪奢。　重湖叠巘清嘉,有三秋桂子,十里荷花。羌管弄晴,菱歌泛夜,嬉嬉钓叟莲娃。千骑拥高牙,乘醉听箫鼓,吟赏烟霞。异日图将好景,归去凤池夸。

其中所写杭州的繁荣景象和湖光山色,甚至引起了金主完颜亮"投鞭渡江之志"。柳永对都市生活的描写也透露出一种市井平民的人生意识和审美情趣。

柳永词中还有许多抒发羁旅行役的苦闷心酸的作品,如著名的《八声甘州》:

> 对潇潇暮雨洒江天,一番洗清秋。渐霜风凄紧,关河冷落,残照当楼。是处红衰翠减,苒苒物华休。惟有长江水,无语东流。　不忍登高临远,望故乡渺邈,归思难收。叹年来踪迹,何事苦淹留?想佳人、妆楼颙望,误几回、天际识归舟?争知我,倚阑干处,正恁凝愁!

这首词写羁旅途中的登高念远,在开阔的江天背景下展开情感抒发,扩大了词的境界。潇潇暮雨、茫茫江天也带出苍凉凄清之感,为整首词奠定了悲苦的基调。柳永这一类词的情调与传统的士大夫文学比较接近,向来最受人称道。

柳永词在艺术表现上也自成一家,他的作品以赋体铺陈见长,如

《雨霖铃》：

> 寒蝉凄切，对长亭晚，骤雨初歇。都门帐饮无绪，留恋处，兰舟催发。执手相看泪眼，竟无语凝噎。念去去，千里烟波，暮霭沉沉楚天阔。　多情自古伤离别，更那堪、冷落清秋节！今宵酒醒何处？杨柳岸、晓风残月。此去经年，应是良辰好景虚设。便纵有、千种风情，更与何人说？

词中从别时之景、别时之情开始，写到别后之景、别后之情，最后收束回来，叹息从此天各一方、孤单寂寞。词中既写景、叙事，又兼之抒情，回环往复，重重叠叠地渲染气氛，把离别之情写得缠绵悱恻、深挚感人。

柳永对词的语言也进行了大胆革新，他一方面大量化用前人诗词中的语汇和意象，另一方面又吸收大量口语入词，形成一种雅俗共赏的语言风格。如《八声甘州》中"想佳人、妆楼颙望，误几回、天际识归舟"二句直接引用了谢朓《之宣城郡出新林浦向板桥》诗中原句，又化用了温庭筠《梦江南》词意，"争知""正恁"之类，则是口语入词的例子。

柳永对词风的革新对后世词人影响极大，苏轼、秦观、黄庭坚、周邦彦等无不受惠于他。

第三节　苏轼

苏轼是宋代文学成就最高的作家，他把欧阳修倡导的诗文革新运动发扬光大，在词的创作上也取得了非凡的成就，由此，宋代的诗、文、词都达到了高峰。

一　苏轼生平

苏轼（1037—1101），字子瞻，号东坡，眉山（今属四川）人，出身清寒的文士家庭。其父苏洵是著名的古文家,其母也知书达理,曾为其讲述《后汉书》。苏轼学识渊博,才智超群。嘉祐二年(1061),二十二岁的苏轼和弟弟苏辙同科进士及第。当时文坛盟主欧阳修对其非常赏识,赞说:"他日文章必独步天下。"嘉祐六年,苏轼在欧阳修的推荐下,参加了制科的直言极谏科考试,成绩优异,授大理寺评事签书凤翔府节度判官厅公事,开始了他一生坎坷多难的仕宦生涯。苏轼有极强的社会责任感,奋厉有用世之志。他希望改革时弊,但是对政治改革取比较温和的态度。王安石变法,他反对骤然突变,认为"慎重则必成,轻发则多败";司马光全部废除新法,他也反对,认为应该"校量利害,参用所长"。因此先后受到新旧两党的排斥打击,不得已自请外放,长期在地方任职。苏轼一生历尽坎坷,甚至曾因"乌台诗案"被捕入狱,晚年更被贬至岭南和海南,直到元符三年(1100),才遇赦北归,次年到达常州时病卒。苏轼是一个智者,他能够洞悉政治斗争的险恶卑琐,能够预见自己坚持理想必然带来的悲剧命运。苏轼更是一个勇者,他并没有因此退缩,而是勇敢地执着于自己的理想和追求,并以老庄哲学和禅宗佛理来蔑视丑恶、超越困厄。他出任地方官时勤于政事,政绩卓著,甚至被贬到儋州时仍达观地说:"他年谁作舆地志,海南万里真吾乡"。这种既积极入世、刚正不阿,又超越世俗、超然物外的精神正是苏轼人格魅力之所在。这种精神也贯穿其诗、文、词创作的始终。

二 苏轼之文

苏轼的文多姿多彩。他的政论文,如《上神宗皇帝书》《教战守策》,从儒家的政治理想出发,广征博引,文笔恣肆雄放,颇有战国纵横家之风。他的史论文内容上虽无特别可取之处,但是善于翻新出奇,如《范增论》认为范增是义帝臣子,依理当为义帝诛杀项羽;《留侯论》则认为刘邦胜在能忍,而项羽败在不能忍。其文随机生发,新颖别致,文笔既自然流畅又波澜起伏,成为士子们参加科考的范本。

苏轼的书札、杂记、序跋、小赋等则更能代表苏轼文的成就。他的这类文将叙事、抒情、议论三种功能结合得水乳交融，看似信手拈来、漫不经心，实际却意脉连贯、自然飘逸。如《文与可画筼筜谷偃竹记》，既述文与可画竹的情形，借以表达"画竹必先得成竹于胸中"的文艺见解；又回忆自己与文与可亲密无间的交往，表现了他坦率风趣的性格。文章仅短短六七百字，却有诗、有赋、有书札；有叙事，有议论，似乎漫无边际，却以一条线索贯穿到底，那就是苏轼自己对文与可深沉的悼念之情。再如他的《记承天寺夜游》：

>　　元丰六年十月十二日，夜，解衣欲睡，月色入户，欣然起行。念无与为乐者，遂至承天寺，寻张怀民。怀民亦未寝，相与步于中庭。庭下如积水空明，水中藻荇交横，盖竹、柏影也。何夜无月？何处无竹柏？但少闲人如吾两人者耳。

全文仅 84 字，写贬谪中的心情和承天寺夜景，意境超然，韵味隽永。苏轼的辞赋成就也极高，他的《前赤壁赋》沿袭赋中惯用的主客问答形式，借渺茫浩远的江山风物，抒发超然物外的人生理想。全文骈散并用，情景交融，优美如诗。

三　苏轼之诗

苏轼一生坎坷沉浮，奔走四方，对社会和人生都有着清醒的认识、深刻的体悟，而这些也都贯穿其诗作之中。苏轼诗中有一些反映民生疾苦、关怀国家命运、揭露官吏横暴的作品，如《吴中田妇叹》哀叹官府的横征暴敛给百姓带来的苦难；《获鬼章二十韵》告诫边将慎勿骄矜贪功。而《荔支叹》更尖锐讽刺官吏的媚上取宠、宫廷的穷奢极欲：

>　　十里一置飞尘灰，五里一堠兵火催。颠坑仆谷相枕藉，知是荔支龙眼来。飞车跨山鹘横海，风枝露叶如新采。宫中美人一破颜，惊尘溅血流千载。永元荔支来交州，天宝岁贡取之涪。至今欲食林甫肉，无人举觞酹伯游。我愿天公怜赤子，莫生尤物为

疮痏。雨顺风调百谷登，民不饥寒为上瑞。君不见武夷溪边粟粒芽，前丁后蔡相笼加。争新买宠各出意，今年斗品充官茶。吾君所乏岂此物？致养口体何陋耶！洛阳相君忠孝家，可怜亦进姚黄花！

但是苏轼诗中数量最大也最为人称道的还是他借日常生活和自然景物抒发人生感悟的作品。如《定惠院海棠》写一株名贵的西蜀海棠流落到黄州瘴气蒸腾、杂草丛生的土山上的经历，其实是以海棠自比，写自己因"乌台诗案"被贬黄州的不幸际遇和幽独心情。苏轼一生坎坷沉浮，对世事人生有着清醒的认识、深刻的体悟，诗中常有"人似秋鸿来有信，事如春梦了无痕"一类的无常之感，如《和子由渑池怀旧》：

人生到处知何似？应似飞鸿踏雪泥。泥上偶然留指爪，鸿飞那复计东西？老僧已死成新塔，坏壁无由见旧题。往日崎岖还记否？路长人困蹇驴嘶。

诗以雪泥鸿爪为喻，写人生的短暂无常。但是苏轼诗中也不乏"日啖荔支三百颗，不辞长作岭南人"一类的乐观旷达。苏轼后期的人生思考中越发表现出旷达乐观、宠辱不惊的坦荡胸怀。如《六月二十日夜渡海》：

参横斗转欲三更，苦雨终风也解晴。云散月明谁点缀？天容海色本澄清。空余鲁叟乘桴意，粗识轩辕奏乐声。九死南荒吾不恨，兹游奇绝冠平生。

这是苏轼从海南遇赦北归，渡海内迁时所作。此时苏轼已经是六十四的老人，在贬所待了六年。但他没有愁苦消沉，仍然用"九死南荒吾不恨，兹游奇绝冠平生"的句子表现出对苦难的傲视和对痛苦的超越。

苏轼诗歌的艺术技巧卓越超群，他的诗也有宋诗"以议论为诗"的特点，但是苏轼非常重视诗的形象性，其诗中的哲理多是通过比喻，用生动鲜明的意象含蓄地表达出来，而不是依靠逻辑推导、议论分析得来。如《和子由渑池怀旧》用"雪泥鸿爪"比喻人生的漂泊无定和短暂无常；《题西林壁》以看山为喻，揭示囿于其中而不能超越其上是无法认清事物的真实本质的。这些诗既有深厚的内涵，又不乏诗歌意趣，是名副其实的理趣诗。

新颖生动的比喻在苏轼的其他诗中也比较常见，如《百步洪》连用七喻描摹奔水："有如兔走鹰隼落，骏马下注千丈坡。断弦离柱箭脱手，飞电过隙珠翻荷"，可谓穷形尽相。苏轼最著名的比喻大概就是《饮湖上初晴后雨》中的"欲把西湖比西子，淡妆浓抹总相宜"，以美人比美景，巧妙贴切。这个比喻甚至为西湖赢得了西子湖的别名，可见其影响之大。

苏轼作诗还妙于联想和用典，如《寄吴德仁兼简陈季常》中"忽闻河东狮子吼，拄杖落手心茫然"之化用佛典，《李思训画长江绝岛图》中"舟中贾客莫漫狂，小姑前年嫁彭郎"之融入民间故事，莫不浑然天成。

苏轼的诗各体兼长，语言或平淡自然，或神采飞动，都别开生面。虽偶尔有议论化、散文化的倾向，但是仍能代表宋代诗歌的最高成就。

四　苏轼之词

苏轼的词有着更大的艺术创作性，他以出众的才力、开阔的襟怀开拓了词的题材、意境、风格与表现手法，最终突破了词为"艳科"的传统格局，使词成为一种与诗文并肩的文学形式，从根本上改变了词史的发展方向。

苏轼对词体的改革首先是开拓了词的题材。他把田园山水、怀古悼亡、游览射猎、闲居躬耕等在诗中出现的内容都移入词中，以词的形式来言志抒怀。如《江城子·密州出猎》：

> 老夫聊发少年狂，左牵黄，右擎苍，锦帽貂裘，千骑卷平冈。为报倾城随太守，亲射虎，看孙郎。　　酒酣胸胆尚开张，鬓微霜，又何妨！持节云中，何日遣冯唐。会挽雕弓如满月，西北望，

射天狼。

借射猎表达卫国立功的壮志。又如《浣溪沙·徐州石潭谢雨道上作》写农村风物人情,《沁园春》(孤馆灯青)写自己少年时的意气风发和中年时的旷达超然,这些都是苏轼的新创。

苏轼甚至还用词来表达他对人生的哲理思考,如《西江月·平山堂》之"休言万事转头空,未转头时皆梦",《临江仙·送王缄》之"此身如传舍,何处是吾乡",《临江仙·送钱穆父》之"人生如逆旅,我亦是行人"。这些词与他表达人生感悟的诗同出一辙。

苏轼不仅在题材上有所开拓,在风格境界上也与众不同。最能代表他这方面成就的是他最著名的两首词作:

明月几时有?把酒问青天。不知天上宫阙,今夕是何年。我欲乘风归去,又恐琼楼玉宇,高处不胜寒。起舞弄清影,何似在人间! 转朱阁,低绮户,照无眠。不应有恨,何事长向别时圆?人有悲欢离合,月有阴晴圆缺,此事古难全。但愿人长久,千里共婵娟。(《水调歌头》)

大江东去,浪淘尽、千古风流人物。故垒西边,人道是、三国周郎赤壁。乱石穿空,惊涛拍岸,卷起千堆雪。江山如画,一时多少豪杰! 遥想公瑾当年,小乔初嫁了,雄姿英发。羽扇纶巾,谈笑间、樯橹灰飞烟灭。故国神游,多情应笑我,早生华发。人生如梦,一樽还酹江月。(《念奴娇·赤壁怀古》)

这两首词在题材上一为怀人,一为怀古,都是前人习用的,但是苏轼却在其中写出了不一样的意境和风格。《水调歌头》的上阕名为咏月,实为抒怀。"我欲乘风归去"表达了作者超脱尘俗的愿望,而"高处不胜寒"既是作者坎坷沉浮之后的感悟,也是人世普遍的哲理。下阕则以月亮永恒的阴晴圆缺对照人生短暂的离合悲欢,借以表达放宽胸怀、随缘自适的人生态度。词中充满了哲理意蕴,呈现出一种飘逸高旷的风格，这是以前的词未曾有过的。《念奴娇·赤壁怀古》也借自然山水和历史故事的对照表达了"人生如梦"的短暂虚幻之感，更重要的是词中呈现出一种豪放雄壮、高旷苍凉的风格，和《江城子·密州出猎》等作品一起开创了豪放词风，对后世影响深远。

与题材、意境的开拓相适应，苏轼的词在语言上也有着"以诗为词"的特点。他把诗文的句法和当时的口语都熔铸在词中，形成了一种独特的语言风格，如《水龙吟·次韵章质夫杨花词》的首句"似花还似非花，也无人惜从教坠"，末句"细看来，不是杨花，点点是离人泪"，都有着散文化、口语化的倾向。苏轼有时甚至突破音乐格律对词体的束缚，为词的语言表现争取更大的自由。他还善于运用典故、化用前人诗句，借以引发联想、扩充语言内涵。如《江神子·密州出猎》用孙权射虎的典故来展开具体的射猎描写，用冯唐故事写自身际遇，言语简练而含意深远，表达力极强。

虽然苏轼现存的362首词中，大多数承袭了传统的婉约之风，但是其词中的这些新气象对词风的转变起了关键的作用。苏轼的词体解放精神为南渡词人和辛派词人所继承，形成了与婉约词平分秋色的豪放词，其影响一直波及到清代陈维崧等人。

苏轼非凡的文学成就和人格魅力在当时就吸引了很多青年作家围绕在他周围，其中成就较高的有合称"苏门四学士"的黄庭坚、张耒、晁错之、秦观。这四人又与陈师道和李廌合称为"苏门六君子"。后世文人更争相从其作品中汲取营养，陆游、辛弃疾、元好问、袁宏道等，或学其诗，或学其词，或学其文。在宋以后的作家中，苏轼所受到的喜爱是无与伦比的。

第四节　黄庭坚与江西诗派

一　黄庭坚和江西诗派

黄庭坚（1045—1105），字鲁直，自号山谷道人，又号涪翁，分宁

(今江西修水)人。"苏门四学士"之一,又与苏轼并称"苏黄",与苏轼彼此推重,相知甚深,但文学主张却不相同。

黄庭坚对杜甫尤为推崇,通过学习杜甫逐渐形成了其个人的诗歌风格,并提出了一整套的"诗法"。他论诗首先主张以丰富的学识作为写诗的基础。他说"词意高胜,要从学问中来尔",由此提出了著名的"点铁成金"论。他说:"自作语最难,老杜作诗,退之作文,无一字无来处。盖后人读书少,故谓韩、杜自作此语耳。故之能为文章者,真能陶冶万物,虽取古人之陈言入于翰墨,如灵丹一粒,点铁成金也。"所谓的"点铁成金",就是赋予前人的陈言以新的意蕴,"以腐朽为神奇""以俗为雅,以故为新"。这是宋代诗歌试图在唐诗之外另辟蹊径、摆脱困窘的一种策略。为了能出奇出新,黄庭坚在材料选择上尽力避免烂熟,而是从佛经、语录、小说里寻找冷僻的典故。如果是人们熟悉的典故,则尽量用得出人意料。如《寄题荣州祖元大师此君轩》中的"程婴杵臼立孤难,伯夷叔齐采薇瘦",以古代的忠臣义士来比喻高风亮节的竹子,《次韵刘景文登邺王台见思》中"公诗如美色,未嫁已倾城",用倾国倾城的佳人来比喻好诗,都很新颖精警。黄庭坚论诗还提倡造拗句、押险韵、作硬语,放弃传统诗论讲究声律和谐、词采鲜明的艺术手法,有意造成一种不平衡不和谐的效果。黄庭坚"点铁成金"的主张加重了宋诗"以才学为诗"的倾向。而他刻意求新求异的写作方法和生新瘦硬的风格,也给宋诗带来了一种新的变化。

黄庭坚的诗作实践着他的诗歌理论,但是他的优秀作品却是在一定程度上摆脱了刻意求奇的习气时创作的,如《寄黄几复》:

> 我居北海君南海,寄雁传书谢不能。桃李春风一杯酒,江湖夜雨十年灯。持家但有四立壁,治病不蕲三折肱。想见读书头已白,隔溪猿哭瘴溪藤。

又如《雨中登岳阳楼望君山二首》之一:

> 投荒万死鬓毛斑,生入瞿塘滟滪关。未到江南先一笑,岳阳

楼上对君山。

虽然仍用典,仍保持了劲峭的风格,但意境清新,语言流畅,并不晦涩生硬。

与黄庭坚大致同时的陈师道在诗的创作上受黄庭坚影响极深。他也极力主张学习杜甫,尤其是杜诗的立格、命意、用字等。他以苦吟著称,作品简洁精练,质朴无华,如《示三子》:

去远即相忘,归近不可忍。儿女已在眼,眉目略不省。喜极不得语,泪尽方一哂。了知不是梦,忽忽心未稳。

造语遣词都很有工力,但字面上已显得平淡浑朴。

黄庭坚和陈师道的诗歌理论和创作在当时产生了很大的影响,在他们周围聚集了一些诗人,一个以黄、陈为首的诗歌流派形成了。北宋末年,吕本中作《江西诗社宗派图》,把这个诗歌流派取名为"江西诗派"。由于黄庭坚的深远影响,这个流派一直延续到南宋,吕本中、曾幾、陈与义等也被看作诗派中人。到了宋末,方回"一祖三宗"之说,以杜甫为江西诗派之祖,以黄庭坚、陈师道、陈与义为诗派之宗。

二 陈与义和南渡诗人

南渡初期,江西诗派的影响还弥漫一时。但在时代巨变的冲击下,许多江西诗派的诗人反映时事的感愤之作,情绪大多直率而强烈;在艺术表现上也开始改变以黄庭坚为代表的那种过于艰深拗硬的毛病,诗风开始有所转变。吕本中、曾幾和陈与义堪称代表。

吕本中在诗歌创作方面成就不高,但他的诗学观点颇值得注意。他早年以黄庭坚为典范,后来提出了"活法"之说,主张摆脱既有的法则而自有所得。他的观点是南宋以后诗风转变的先兆之一。

曾幾受吕本中的影响很深,一些近体诗写得轻快清新、饶有情趣,开杨万里"诚斋体"先路。如《三衢道中》:

>　　梅子黄时日日晴,小溪泛尽却山行。绿阴不减来时路,添得黄鹂四五声。

其《寓居吴兴》则是著名的爱国诗篇:

>　　相对真成泣楚囚,遂无末策到神州。但知绕树如飞鹊,不解营巢似拙鸠。江北江南犹断绝,秋风秋雨敢淹留?低回又作荆州梦,落日孤云始欲愁。

陈与义是南宋初最出色的诗人,也是江西诗派后期的代表。他也推崇杜甫,创作了很多流连光景之作,如《襄邑道中》:

>　　飞花两岸照船红,百里榆堤半日风。卧着满天云不动,不知云与我俱东。

南渡之后,山河破碎的形势和颠沛流离的经历使他更深刻地认识了杜诗的意义,不再仅仅学习其艺术表现,也学习其爱国精神,创作了一些沉郁悲壮的爱国诗篇,给江西诗派笼罩的诗坛带来了新鲜的气息。如《伤春》:

>　　庙堂无策可平戎,坐使甘泉照夕烽。初怪上都闻战马,岂知穷海看飞龙。孤臣霜发三千丈,每岁烟花一万重。稍喜长沙向延阁,疲兵敢犯犬羊锋。

诗写建炎三年(1129)临安失守、宋高宗逃亡海上之事,并赞颂敢于抗金的向子諲,从思想情感到句法声调,都很像杜甫的《诸将》,这在当时是很难能可贵的。

第五节　北宋后期词

北宋后期的词坛,有两大创作群体。一是秦观等苏门文人;二是以周邦彦为首的大晟词人。他们代表着词不同的发展方向。

一　秦观

秦观(1049—1100),字太虚,后改字少游,高邮(今属江苏)人。他是最为出色的苏门词人,也被认为是北宋词坛上当行本色的词家。秦观少有壮志,却际遇坎坷。三十七岁才中进士,四十三岁才谋得秘书省正字一职。但很快便被卷入党争,流放在外。最后放还途中于藤州(今广西藤县)病逝。

作为"苏门四学士"之一,秦观在词的创作上却很少受苏轼的影响。他的词内容上多是相思离别之情和人生失意之感,题材并不广泛。而且秦观生性柔弱,情感细致,内心总是一片悲愁。这些反映到词中,便形成一种哀怨凄婉的情调,王国维在《人间词话》中说他的词"最为凄婉",如《踏莎行·郴州旅舍》:

雾失楼台,月迷津渡,桃源望断无寻处。可堪孤馆闭春寒,杜鹃声里斜阳暮。　驿寄梅花,鱼传尺素,砌成此恨无重数。郴江幸自绕郴山,为谁流下潇湘去?

词人选取了一些带有悲伤情调的意象,如"津渡""杜鹃声""斜阳"等,借身边景写胸中情,抒发被流放的悲苦感伤以及对自己命运的无可奈何。

秦观词在感情抒发上是曲折深婉的,常把悲苦失意之感糅合在离情别恨之中,有些词更用被遗弃的女子的声口诉说自己的不平,正如周济所说"将身世之感打并入艳情",如"绿荷多少夕阳中,知为阿谁凝恨背西风""夕阳流水,红满泪痕中"之类。这种写法借鉴了以儿女之情写君臣之事的传统比兴手法。秦观也写过一些单纯的恋情词,如著名的《鹊桥仙》:

纤云弄巧,飞星传恨,银汉迢迢暗度。金风玉露一相逢,便胜却人间无数。　柔情似水,佳期如梦,忍顾鹊桥归路?两情

> 若是久长时,又岂在朝朝暮暮!

借牛郎织女的传说写人间执着深沉的爱情,新颖别致。

秦观词的意象纤巧轻柔,语言锤炼而不失本色,意境深婉蕴藉,如《浣溪沙》(漠漠轻寒上小楼)、《满庭芳》(山抹微云)都很有代表性。秦观词凄婉感伤的情调很容易引起封建时代怀才不遇的士子的共鸣,词的艺术成就也很高,因此向来被认为是婉约词的代表,后来的周邦彦、李清照甚至清代的纳兰性德等都受其影响。

此外,贺铸也是北宋后期比较著名的词人,他的词兼有表达儿女柔情与英雄豪气之作。写儿女之情的小词缠绵工丽,与秦观、晏幾道相类,如《青玉案》:

> 凌波不过横塘路,但目送、芳尘去。锦瑟华年谁与度?月桥花院,琐窗朱户,只有春知处。　碧云冉冉蘅皋暮,彩笔新题断肠句。试问闲愁都几许?一川烟草,满城风絮,梅子黄时雨。

词中连用夸写闲愁,化抽象的感情为具体的形象,构思奇妙,堪称绝唱,一时和者众多,贺铸也因此得到"贺梅子"的雅号。他还有一些词,如《六州歌头》(少年侠气),写自己保家卫国的壮志和请缨无路的愤懑不平,表现出英雄豪侠的精神个性和悲壮情怀,对南宋的爱国词人影响很大,张孝祥、辛弃疾等都有续作。

二　周邦彦

北宋末年,宋徽宗设置大晟府,选任一批词人来审订音乐,这些词人就是所谓的大晟词人,周邦彦是其中最有影响的一个。

周邦彦(1056—1121),字美成,号清真居士,钱塘(今浙江杭州)人。早年因向神宗献《汴京赋》歌颂新法,而大获赏识。旧党执政时,周邦彦被贬出京城;新党重新掌权后,他回到朝廷,官至提举大晟府。晚年由于不愿与蔡京奸党合作,被贬出朝廷。周邦彦所在的北宋后期,士大夫忙着享受战乱前最后的承平,而精通艺术、善于享乐的宋徽宗更助长了这种气氛。周邦彦的作品正是这种环境的产物，内容比较单薄，艺术技巧高超。

周邦彦的一生并不顺遂，也曾屡遭贬谪，因此羁旅行役中的孤独失意成为其《清真词》最重要的主题，如《满庭芳·夏日溧水无想山作》："年年。如社燕，飘流瀚海，来寄修椽。且莫思身外，长近尊前。憔悴江南倦客，不堪听、急管繁弦。歌筵畔，先安簟枕，容我醉时眠。"甚至他的咏物词也常糅合了宦海沉浮之感、羁旅飘零之悲。如著名的《兰陵王·柳》：

> 柳阴直，烟里丝丝弄碧。隋堤上，曾见几番，拂水飘绵送行色。登临望故国。谁识京华倦客。长亭路，年去岁来，应折柔条过千尺。　　闲寻旧踪迹。又酒趁哀弦，灯照离席。梨花榆火催寒食。愁一箭风快，半篙波暖，回头迢递便数驿。望人在天北。　　凄恻。恨堆积。渐别浦萦回，津堠岑寂。斜阳冉冉春无极。念月榭携手，露桥闻笛。沉思前事，似梦里，泪暗滴。

词借柳咏写离情，寄寓"京华倦客"漂泊无着的悲哀。

周邦彦的词在章法、句法、炼字和音律等方面都非常讲究。在章法上，他擅长铺陈，擅长运用回忆、想象、联想等手法回环往复地进行描摹。《兰陵王·柳》的层次安排便极富匠心。第一阕借眼前之柳写自己的漂泊之情；第二阕写目前送别情景，并借想象写朋友离去、彼此相望的情景；第三阕写别后凄凉景色和对往日温馨友情的追思，最后用"泪暗滴"的现实收束。这种今昔回环、情景交融的手法，张弛有致，曲折变化。

周邦彦还非常注重语言的锤炼。他喜欢用代词，比如"凉蟾"代月，"凉吹"代风。又喜欢用古代辞赋家的手法来炼字，如"梅风地溽，虹雨苔滋"之类。周邦彦还擅长化用前人诗句入词，如最典型的是《西河·金陵怀古》：

> 佳丽地。南朝盛事谁记。山围故国绕清江，髻鬟对起。怒

涛寂寞打孤城,风樯遥度天际。　　断崖树,犹倒倚。莫愁艇子曾系。空余旧迹郁苍苍,雾沉半垒。夜深月过女墙来,伤心东望淮水。　　酒旗戏鼓甚处市。想依稀、王谢邻里。燕子不知何世。入寻常、巷陌人家,相对如说兴亡,斜阳里。

全词檃栝了刘禹锡《金陵五题》的《石头城》《乌衣巷》和古乐府《莫愁乐》,但完整流贯,浑化无迹。

周邦彦还极端重视词的声律,他作词不仅讲究平仄,还严守四声,使词读起来抑扬变化而又和谐婉转,非常富有音乐美,能够同乐曲更完美地配合。他还创制了《拜新月慢》《瑞龙吟》《隔浦莲近拍》等不少新调,对词律的发展有很大贡献。

周邦彦在艺术形式、技巧方面都堪称北宋词的集大成者,王国维曾把他比作"词中老杜"。他对词格律和艺术手法的注重,深刻影响了南宋的姜夔、张炎、吴文英等人。

第六节　李清照与南渡之际词人

两宋之际,靖康之难的巨大冲击使得词的题材和风格出现了重大变化。国破家亡的悲恸、收复河山的渴望成为词的重要内容。词体抒情言志的功能进一步扩展,词的时代感和现实感也得到加强。李清照和张元幹、张孝祥是这一时期的代表作家。

一　李清照

李清照(1084—约1151),号易安居士,济南(今属山东)人。李清照的前半生,生活美满幸福。她出身仕宦家庭,十八岁时与情投意合的赵明诚成婚。婚后,夫妇俩诗词酬唱、共赏金石,生活得美满和谐。尽管其间经历了一些变故,但大体上是安宁富足的。靖康之难后,李清照的生活再不复闲适恬静。她随丈夫避难江南,次年赵明诚去世。接着金兵南下,李清照在杭州、越州、金华一带辗转飘零,在孤苦困窘中度过了晚年。

李清照前后期生活的变化对她的创作影响很大。她前期的词大多是写自己的闺阁生活和离别相思之情。如下面两首《如梦令》：

> 尝记溪亭日暮,沉醉不知归路。兴尽欲回舟,误入藕花深处。争渡,争渡,惊起一滩鸥鹭。

> 昨夜雨疏风骤,浓睡不消残酒。试问卷帘人,却道海棠依旧。知否,知否,应是绿肥红瘦。

前者写无忧无虑的戏游,后者写惜春的闲愁。再如著名的《醉花阴》：

> 薄雾浓云愁永昼,瑞脑消金兽。佳节又重阳,玉枕纱厨,半夜凉初透。　东篱把酒黄昏后,有暗香盈袖。莫道不消魂,帘卷西风,人比黄花瘦。

词中委婉含蓄地表达了对丈夫的思念和闺阁中的寂寞。

南渡后,国家的危难和个人的困苦使李清照的心境和词境都发生了变化,离乱中的孤苦悲愁成为其词作的主调。如《永遇乐》：

> 落日熔金,暮云合璧,人在何处?染柳烟浓,吹梅笛怨,春意知几许?元宵佳节,融和天气,次第岂无风雨?来相召,香车宝马,谢他酒朋诗侣。　中州盛日,闺门多暇,记得偏重三五。铺翠冠儿,捻金雪柳,簇带争济楚。如今憔悴,风鬟雾鬓,怕见夜间出去,不如向帘儿底下,听人笑语。

词中追忆中州盛日元宵佳节的繁华热闹,对照如今的孤寂萧条,表现了女词人孤老飘零的哀恸和故园沦陷的悲伤。又如《声声慢》：

> 寻寻觅觅,冷冷清清,凄凄惨惨戚戚。乍暖还寒时候,最难将息。三杯两盏淡酒,怎敌他、晚来风急。雁过也,正伤心,却是

旧时相识。　　满地黄花堆积,憔悴损,如今有谁堪摘?守着窗儿,独自怎生得黑!梧桐更兼细雨,到黄昏、点点滴滴。这次第,怎一个愁字了得!

这词中的愁,再不是闺中的闲愁,而是国破家亡的悲哀、孤苦无依的凄凉,这感情是沉痛甚至绝望的。

李清照是中国文学史上艺术成就最高的女性作家,被认为是婉约词之宗。她以女性的身份来抒写女性的情感,在两宋词坛卓然一家。她的词善于捕捉日常生活中的细小事物来表达自己的情感,如《永遇乐》中用"不如向帘儿底下,听人笑语",写自己在人语欢腾时的感伤悲凉;《声声慢》用"守着窗儿,独自怎生得黑"写枯坐无聊的寂寞孤独。这些细节的选择表现出李清照对女性内心的深刻把握,比起其他词家男子作闺音之词更真切自然。

李清照词的语言造诣也很高。她的语言精心锤炼而又浅近自然,像"宠柳娇花""绿肥红瘦""人比黄花瘦"等语句,皆新奇可喜。而《声声慢》开头连用十四个叠字尤其独特,"凄凄惨惨戚戚"六个词意相近的叠字,更把词人"寻寻觅觅"之后,却"冷冷清清"一无所得的茫然凄苦摹写得淋漓尽致。李清照还经常吸收口语入词,如《声声慢》的"这次第,怎一个愁字了得",《临江仙》的"试灯无意思,踏雪没心情"。这使词的语言在典雅的文人趣味外,又加入了活泼灵动的生活气息。

李清照尚有少数诗文传世,其《金石录后序》借《金石录》成书的过程回忆自己婚后三十多年的忧患得失,是一篇优美动人的散文。其《夏日绝句》:"生当作人杰,死亦为鬼雄。至今思项羽,不肯过江东",则凛然有英雄气。

二　张元幹与爱国词人

靖康之难后,一些词人开始在词中抒写中原沦陷的悲痛、收复中原的壮志,并以此互相激励。张元幹就是这样一位词人。

张元幹(1091—1161?),字仲宗,号芦川居士,长乐(今福建闽侯)人。南渡之前,生活比较疏狂放荡,词风也比较轻艳绮靡。靖康之难时,他投笔从戎,词风也开始转向慷慨悲凉。胡铨上书请斩秦桧,结果被贬至新州。张元幹不顾触怒权奸,作《贺新郎·送胡邦衡待制赴新州》以送之:

> 梦绕神州路。怅秋风、连营画角,故宫离黍。底事昆仑倾砥柱。九地黄流乱注。聚万落、千村狐兔。天意从来高难问,况人情,老易悲难诉。更南浦,送君去。　　凉生岸柳催残暑。耿斜河、疏星淡月,断云微度。万里江山知何处。回首以床夜雨。雁不到,书成谁与。目尽青天怀今古。肯儿曹、恩怨相尔汝。举大白,听《金缕》。

词突破了送别词的旧格调,把朋友之情放在了民族危亡的大背景中,把对故国沦陷和生灵涂炭的哀恸、对朝廷苟安的愤慨、对朋友的牵念和劝勉糅合在一起,因此显得雄壮开阔,慷慨悲凉。这种新的情调,一扫南渡以前词浮艳轻靡的格调,开创出新的时代之音。

号称"南宋四名臣"的李纲、赵鼎、李光、胡铨和抗金英雄岳飞也创作了一些类似的作品。其中岳飞的《满江红》更是千古传诵的名篇:

> 怒发冲冠,凭栏处、潇潇雨歇。抬望眼、仰天长啸,壮怀激烈。三十功名尘与土,八千里路云和月。莫等闲、白了少年头,空悲切。　　靖康耻,犹未雪。臣子恨,何时灭。驾长车、踏破贺兰山缺。壮志饥餐胡虏肉,笑谈渴饮匈奴血。待从头、收拾旧山河,朝天阙。

朱敦儒也是南渡之际较有影响的词人,南渡初年作过一些苍凉激越的悲歌,如《相见欢》:

> 金陵城上西楼,倚清秋,万里夕阳垂地大江流。　　中原

乱,簪缨散,几时收？试倩悲风吹泪过扬州。

朱敦儒晚年隐居嘉兴,创作了一些歌唱隐逸生活的词,词风旷达,《好事近》(渔父词)是其代表。

稍后于张元幹等人的张孝祥是南宋前期爱国词人里影响较大的一位。张孝祥(1132—1170),字安国,号于湖居士,乌江(今安徽和县)人。他作词以苏轼为典范,一些感怀时事的作品比较出色。如《六州歌头》：

> 长淮望断,关塞莽然平。征尘暗,霜风劲,悄边声。黯销凝！追想当年事,殆天数,非人力,洙泗上,弦歌地,亦膻腥。隔水毡乡,落日牛羊下,区脱纵横。看名王宵猎,骑火一川明,笳鼓悲鸣,遣人惊。　念腰间箭,匣中剑,空埃蠹,竟何成。时易失,心徒壮,岁将零。渺神京！干羽方怀远,静烽燧,且休兵。冠盖使,纷驰骛,若为情。闻道中原遗老,常南望、翠葆霓旌。使行人到此,忠愤气填膺,有泪如倾。

词中通过关塞苍茫的景色、金将的横行猖獗,写到自己的报国无门和中原父老的殷切期待,淋漓痛快,笔饱墨酣,读之令人起舞。相传张孝祥在建康留守席上赋此词,抗金将领张浚听后,为之罢席。其慷慨感人可见一斑。

张孝祥的词上承苏轼,下启辛弃疾,是南渡词人与辛派词人之间的过渡。

第七节　陆游与中兴诗人

宋金南北对峙格局形成之后,诗坛上出现了一批风格各异、成就卓越的诗人,他们以新的风貌取代了江西诗派在诗坛上的统治地位,这些诗人中,陆游、杨万里、范成大、尤袤最为著名,被合称为"中兴四大诗人"。

一　陆游

陆游(1125—1210),字务观,中年自号放翁,越州山阴(今浙江绍兴)人。他出生第二年便遭逢靖康之难,跟随父亲在"万死避胡兵"的颠沛流离中度过了童年。父亲陆宰是具有爱国思想的士大夫,时代、社会与家庭氛围,使陆游很早就具有了忧国忧民的思想。陆游二十九岁赴临安参加科考,却因他名列于秦桧孙秦埙之前而被黜落。直到秦桧死后,他才得到起用。隆兴和议签订后,陆游因力主抗金被罢黜归乡,直到五年后,四十六岁的陆游才被起用为夔州通判。乾道八年,陆游应四川宣抚使王炎之请,到南郑襄理军务,这是陆游一生唯一的一次身临前线,但很快就被调回成都担任闲职。陆游在川陕一共九年,亲自体验了紧张豪宕的战场气氛,也经历了请缨无路、壮志难酬的苦闷。在这期间他领悟到"诗家三昧",诗歌创作获得了前所未有的成就,陆游也因此把自己的诗集题名为《剑南诗稿》。陆游东归之后,先后在福建、江西等地做官。六十五岁时再次因坚持抗金被罢黜。此后二十年,大部分时间闲居故乡山阴。嘉定二年(1210),八十五岁的陆游抱恨辞世,临终留下一首《示儿诗》:

死去元知万事空,但悲不见九州同。王师北定中原日,家祭无忘告乃翁。

陆游一生创作甚丰,作品有《渭南文集》《剑南诗稿》。他的文学成就首先体现在诗歌方面,其诗今存九千余首,是整个宋代留存作品最多的一位诗人。他的诗题材广泛,突出地表现了一种激烈而深沉的民族情感,如《金错刀行》:

黄金错刀白玉装,夜穿窗扉出光芒。丈夫五十功未立,提刀独立顾八荒。京华结交尽奇士,意气相期共生死。千年史册耻无名,一片丹心报天子。尔来从军天汉滨,南山晓雪玉嶙峋。呜呼!楚虽三户能亡秦,岂有堂堂中国空无人。

写杀敌卫国的壮志雄心和南宋军民不甘屈服的气概。又如《关山月》：

> 和戎诏下十五年，将军不战空临边。朱门沉沉按歌舞，厩马肥死弓断弦。戍楼刁斗催落月，三十从军今白发。笛里谁知壮士心，沙头空照征人骨。中原干戈古亦闻，岂有逆胡传子孙？遗民忍死望恢复，几处今宵垂泪痕！

诗中谴责朝廷苟且偷生、贪图享乐的无耻行径，倾诉了爱国将士和沦陷区人民的满腔悲愤。再如《书愤》：

> 早岁那知世事艰，中原北望气如山。楼船夜雪瓜洲渡，铁马秋风大散关。塞上长城空自许，镜中衰鬓已先斑。《出师》一表真名世，千载谁堪伯仲间？

写自己请缨无路、壮志难酬的愤懑不平。

陆游还有很多描写自然风物和日常生活的诗，如《游山西村》：

> 莫笑农家腊酒浑，丰年留客足鸡豚。山重水复疑无路，柳暗花明又一村。箫鼓追随春社近，衣冠简朴古风存。从今若许闲乘月，拄杖无时夜叩门。

描写秀丽的农村景致和淳朴的民风。又如《临安春雨初霁》：

> 世味年来薄似纱，谁令骑马客京华？小楼一夜听春雨，深巷明朝卖杏花。矮纸斜行闲作草，晴窗细乳戏分茶。素衣莫起风尘叹，犹及清明可到家。

写书斋中的闲适生活和游子思乡之情。这些诗表现了对平凡日常生活的热爱，体现了陆游人格精神的另一方面。

陆游的诗歌虽然与江西诗派有着密切的渊源关系，却能超越其窠臼，广泛学习古人，屈原、杜甫的爱国忧世之心，李白、岑参等的艺术风格,从不同角度给予他影响,使其终能在当时的诗坛独树一帜。

陆游在当时有"小李白"之称,他的诗富于浪漫主义的色彩。陆游诗中有着丰富而瑰丽的想象,如《醉歌》《江楼吹笛饮酒大醉作》糅合了众多的神话,发挥奇幻的想象,造成一种开阔宏伟的气势。他还时常借助梦境来实现在现实中无法实现的理想,如《五月十一日夜且半梦从大驾亲征尽复汉唐旧地……》,在梦中陆游看着雄兵百万收复失地,使得"冈峦极目汉山川,文书初用淳熙年",甚至"凉州女儿满高楼,梳头已学京都样"。但现实毕竟是残酷的,所以陆游诗虽有飘逸奔放似李白者,但更多沉郁苍凉似杜甫者,如前引《书愤》即是。

陆游诗的语言平易晓畅,精练自然。他也用运典故,化用前人诗句,但是能在锤炼之后,显得自然圆熟、雅致简朴。陆游诗无体不备,擅长近体,其七律尤以对仗工整而著称,前引《书愤》《临安夜雨初霁》可为代表。

陆游的词和散文也有一定的成就,其词中有不少抒写爱国情怀的作品,如《诉衷情》:

> 当年万里觅封侯,匹马戍梁州。关河梦断何处,尘暗旧貂裘。　胡未灭,鬓先秋,泪空流。此生谁料,心在天山,身老沧州。

词中充满了壮志难酬的悲愤,与其爱国诗篇相辉映。他的文师法曾巩,前人推尊为南宋宗匠。其用日记体写成的《入蜀记》中颇多优美的游记小品。

二　杨万里和范成大

杨万里(1127—1206),字廷秀,号诚斋,吉水(今属江西)人。他早年作诗学习江西诗派,不再从故纸堆中寻找诗的材料,转而从自然景物中发现诗材。他主张师法自然,认为"学诗须透脱,信手自孤高",领悟到应该摆脱前人的藩篱而自成一家,并最终形成了独具特色的"诚斋体"。

杨万里心仪王孟韦柳一派的山水田园诗，作品也以描写自然景物的为最多。他善于通过观照山水景物、日常生活来领悟其中所涵蕴的深刻哲理，他的作品既充满了自然生机，又富有理趣。如《过松源晨炊漆公店》和《晓出净慈寺送林子方》：

> 莫言下岭便无难，赚得行人错喜欢。正入万山圈子里，一山放出一山拦。

> 毕竟西湖六月中，风光不与四时同。接天莲叶无穷碧，映日荷花别样红。

这些小诗得力于杨万里理学家的素养。

诚斋体在语言上是活泼自然、充满谐趣的。杨万里经常通过丰富新颖的想象，用拟人的手法来突出自然景物的特征，如"最是杨花欺客子，向人一一作西飞"写杨花，"拜杀芦花不肯休"写狂风，都形神毕肖而又俏皮有趣。他还大量采用口语入诗，甚至连"手忙脚乱"之类的俗语也被纳入诗中，使诗歌像日常对话那样活泼。像《重九后二日同徐克章登万花川谷月下传觞》中的"举杯将月一口吞，举头见月犹在天。老夫大笑问客道：月是一团还两团"，不加修饰，平易浅近。

杨万里也有一些忧国忧民的作品，如《初入淮河绝句》四首其一和其四：

> 船离洪泽岸头沙，人到淮河意不佳。何必桑乾方是远，中流以北即天涯。

> 中原父老莫空谈，逢着王人诉不堪。却是归鸿不能语，一年一度到江南。

写山河破碎之悲和人们渴望统一之情，诗风沉郁，感人至深。

范成大(1126—1193),字致能,号石湖居士,吴郡(今江苏吴县)人。虽然深受江西诗派的影响,同时也比较广泛地汲取了中晚唐诗歌的风格与技巧,突破了江西诗派的局限。他承袭白居易、王建的新乐府传统,写了很多记事名篇的作品,《后催租行》可为代表。

范成大最有价值的诗篇是使金纪行诗和田园诗。1170年,范成大奉命使金时创作了七十二首绝句,描写了中原山河破碎的景象、中原遗民悲惨的生活。他还创作了一些借咏怀史事来借古讽今、批评朝政的作品。如《州桥》:

州桥南北是天街,父老年年等驾回。忍泪失声问使者,几时真有六军来?

一个"真"字写出了中原父老的几番希望、几番失望,这无疑是对南宋朝廷的讽刺。

范成大晚年退居石湖后,创作了两组田园诗《四时田园杂兴》六十首和《腊月村田乐府》,描绘了江南农村生活的广阔画面。范成大田园诗的可贵之处在于把田园诗和悯农诗的传统结合起来,比较完整地反映了乡村生活的面貌。陶渊明、王维一派的田园诗人笔下的田园是作为污浊官场的对立面出现的,那里只有清新秀丽的田园风光、安宁祥和的村居生活;而中唐以来的悯农诗里则只有农村生活的辛劳和贫苦。范成大的田园诗将二者合而为一,全面描写了农村生活,如《四时田园杂兴》六十首其二十五、其三十一、其三十五:

梅子金黄杏子肥,麦花雪白菜花稀。日长篱落无人过,惟有蜻蜓蛱蝶飞。

昼出耘田夜绩麻,村庄儿女各当家。童孙未解供耕织,也傍桑阴学种瓜。

采菱辛苦废犁锄,血指流丹鬼质枯。无力买田聊种水,近来湖面亦收租。

尤袤也是中兴四大诗人之一，但作品流传不多，成就也不高。

第八节　辛弃疾与辛派词人

爱国词人辛弃疾在12世纪下半叶登上词坛，继承发展了苏轼开创的豪放词风，增强了词作的艺术表现力，最终确立了词与诗分庭抗礼的文学地位。

一　辛弃疾生平

辛弃疾（1140—1207），字幼安，号稼轩，历城（今山东济南）人。他出生在沦陷已久的北方，青少年时代就立下了恢复中原、报国雪耻的壮志。绍兴三十一年（1161），济南人耿京聚众数十万反抗金朝的暴虐统治，二十二岁的辛弃疾也聚集了二千人的队伍，投奔耿京，并担任掌书记。次年，辛弃疾奉命南下与南宋朝廷联络。在他完成使命返回山东途中，获悉耿京被叛徒张安国所杀，义军溃散。辛弃疾随即率领部下五十多人驰骑直闯屯兵五万的敌军大营，缚张安国于马上，又号召了上万兵士反戈，随即长驱渡江，归附南宋。辛弃疾智略超群，曾先后进献《美芹十论》《九议》等，指陈用兵之道，谋划复国中兴的大计。辛弃疾还是优秀的将才，曾在湖南创建雄镇一方的飞虎军。然而，南宋王朝在隆兴元年（1163）符离之役失败后，一战丧胆，甘心向金朝俯首称臣，纳贡求和。力主抗金的辛弃疾英雄无用武之地，还不断遭受当权者的排挤打击，四十二岁时更被弹劾罢职，闲居上饶近二十年。直到六十四岁时，朝廷准备北伐，辛弃疾怀着热望再度出山，但并未得到重用，两年后回到铅山故居，在韩侂胄北伐失败的第二年含恨而逝。

辛弃疾是一个雄才大略的将才，也是一个出色的天才词人。然而残酷的现实使他最终未能以收复中原的英雄身份彪炳史册，却以杰出词人的身份流芳千古。

二　辛弃疾之词

辛弃疾的词是英雄的词,他的词里贯穿着激扬蹈厉而又矢志不渝的爱国情怀。他用词写"整顿乾坤"的豪情壮志和慷慨豪迈的英雄气概,如"道男儿到死心如铁。看试手,补天裂"(《贺新郎·同父见和再用韵答之》),又如"要挽银河仙浪,西北洗胡沙";写紧张激昂的战斗生活,如"醉里挑灯看剑,梦回吹角连营。八百里分麾下炙,五十弦翻塞外声。沙场秋点兵"(《破阵子·为陈同甫赋壮词以寄之》);写对沦陷敌手的北方的怀念,如"郁孤台下清江水,中间多少行人泪。西北望长安,可怜无数山"(《菩萨蛮·书西江造口壁》);写对苟且偷安的朝臣的愤恨,如"渡江天马南来,几人真是经纶手。长安父老,新亭风景,可怜依旧。夷甫诸人,神州沉陆,几曾回首"(《水龙吟·甲辰岁寿韩南涧尚书》);更写自己请缨无路、报国无门的苦闷忧愤,这类作品常以登临江山、咏怀古迹的方式呈现,如《水龙吟·登建康赏心亭》:

楚天千里清秋,水随天去秋无际。遥岑远目,献愁供恨,玉簪螺髻。落日楼头,断鸿声里,江南游子。把吴钩看了,栏杆拍遍,无人会,登临意。　休说鲈鱼堪脍,尽西风,季鹰归未?求田问舍,怕应羞见,刘郎才气。可惜流年,忧愁风雨,树犹如此!倩何人唤取,红巾翠袖,揾英雄泪?

辛弃疾闲居期间还作过不少描写乡村风光、田园生活的词,如《清平乐·村居》和《西江月·夜行黄沙道中》:

茅檐低小,溪上青青草。醉里吴音相媚好,白发谁家翁媪?大儿锄豆溪东,中儿正织鸡笼,最喜小儿无赖,溪头卧剥莲蓬。

明月别枝惊鹊,清风半夜鸣蝉。稻花香里说丰年。听取蛙声一片。　七八个星天外,两三点雨山前。旧时茅店社林边,路转溪桥忽见。

前者写农家生活的安宁欢乐,后者写乡村田园的清新秀丽,表现了金戈铁马的爱国英雄的世俗情感。

以天下为己任的爱国情怀和悲剧时代里报国无门的忧愤,使得辛弃疾的词呈现出悲壮苍凉、沉郁顿挫的风格,如"将军百战身名裂。向河梁、回头万里,故人长绝。易水萧萧西风冷,满座衣冠似雪。正壮士、悲歌未彻"(《贺新郎·别茂嘉十二弟》),"夜半狂歌悲风起,听铮铮、阵马檐间铁。南共北,正分裂"(《贺新郎·用前韵送杜叔高》),都慷慨悲壮。

辛弃疾词的表现形式和手法丰富多样,他善于用典隶事,广泛地引用经史、诸子、前人诗句和历史典故,融入自己的词里,且大多浑成自然、别有妙趣。如著名的《永遇乐·京口北固亭怀古》:

千古江山,英雄无觅,孙仲谋处。舞榭歌台,风流总被,雨打风吹去。斜阳草树,寻常巷陌,人道寄奴曾住。想当年,金戈铁马,气吞万里如虎。 元嘉草草,封狼居胥,赢得仓皇北顾。四十三年,望中犹记,烽火扬州路。可堪回首,佛狸祠下,一片神鸦社鼓。凭谁问:廉颇老矣,尚能饭否?

这首词上阕追怀前代的英雄,写自己抗金的壮志;下阕先借元嘉旧事,警戒当政者切勿轻举妄动,再借佛狸祠下的神鸦社鼓表现人们的苟安太平,最后用廉颇典故写自己空有才干却得不到朝廷的重用。词人恰切地运用典故,大大增强了词的表现力。

辛弃疾还善用比兴手法,如著名的《摸鱼儿》:

更能消、几番风雨。匆匆春又归去。惜春长恨花开早,何况落红无数。春且住。见说道、天涯芳草迷归路。怨春不语。算只有殷勤,画檐蛛网,尽日惹飞絮。 长门事,准拟佳期又误。蛾眉曾有人妒。千金纵买相如赋,脉脉此情谁诉。君莫舞。君不见,玉环飞燕皆尘土。闲愁最苦。休去倚危楼,斜阳正在,烟柳断肠处。

用陈皇后失宠幽居长门的故事写自己的怀才不遇,用"蛾眉曾有人妒"写自己遭群奸小人的排挤妒忌。这种手法继承了《离骚》香草美人的传统,也受了婉约词的影响。

辛弃疾词的语言也丰富多彩,他以文为词,不仅吸收大量的经史、诸子、韩柳文和口语入词,还吸收古文的句法,并将古文辞赋中常用的议论、对话等手法移入词中。"不知云者为雨,雨者云乎"这种夹杂虚词的散文句式,以及《沁园春·将止酒戒酒杯使勿近》别出心裁的人与酒杯对话形式,都是辛弃疾"以文为词"的表现。

辛弃疾是南宋词坛上作品最多、成就最高的词人,他独创出"稼轩体",确立了豪放一派,影响十分深远。

三 辛派词人

与辛弃疾大致同时的陈亮、刘过等人,以及比他稍后的刘克庄、刘辰翁等人,词风都受他影响,形成了一个声势浩大的爱国豪放词派,这些词人被统称为辛派词人。他们都喜欢用词来抒发爱国之情,共同把词推向了散文化、议论化的道路。其语言也比较粗犷恣肆。

陈亮(1143—1194),字同甫,号龙川,是著名的政论家,也是辛弃疾的好友。他的词多直抒胸臆,语言斩截痛快,风格雄放恣肆。如《水调歌头·送章德茂大卿使虏》。但他的有些词过分外露,缺乏内敛而少余蕴。

刘过(1154—1206),字改之,号龙洲道人,是一个终生流浪江湖的布衣、游士。他的词学习辛弃疾,其悼念岳飞的《六州歌头》(题岳鄂王庙)激昂慷慨,神似稼轩。而《沁园春》(斗酒彘肩)通篇用三个古人的诗句组合成对话,更是有意效法辛弃疾。

刘克庄(1187—1269),字潜夫,自号后村居士,莆田(今属福建)人,是辛派后进中成就最大的词人。他的词较多地涉及了人民的疾苦和国家的危难,风格与辛弃疾相仿,但有时语言锤炼不足,失于粗疏。《贺新郎》(北望神州路)、(国脉微如缕)是其代表。

刘辰翁(1232—1287)是宋末遗民词人里风格比较接近辛弃疾的一位,但是他的词里只有一派愁苦之音,而缺少辛弃疾的豪壮之气,《柳梢青·春感》很能代表他的风格。

第九节　南宋后期文学

一　南宋后期之词

南宋后期的词坛上,辛派词人慷慨悲凉的爱国词风逐渐衰落,落拓情怀、相思离别、自然山水之类的传统题材和典丽清雅、绵密隐晦的艺术风格代之而起。姜夔正是这一转变的开始。

姜夔(1155—1209),字尧章,号白石道人,鄱阳(今属江西)人,姜夔早岁孤贫,一生功名不遂,过着浪迹江湖、寄食官宦的食客生活。他精通书画、雅擅音乐,又能诗善文,是一个难得的艺术全才,很受上层士大夫的赏识,先后依附过范成大、张鉴等。但是姜夔也是一个耿介清高的雅士,他清贫自守,以文艺创作自娱,著有《白石词》。虽终生布衣,却也声名卓著。

姜夔可以说是南宋词过渡时期的代表词人。他的词虽不像辛派词人那样激昂慷慨,但也有一些词抒写着感时伤事的悲凉感伤,如著名的《扬州慢》:

> 淮左名都,竹西佳处,解鞍少驻初程。过春风十里,尽荠麦青青。自胡马窥江去后,废池乔木,犹厌言兵。渐黄昏,清角吹寒,都在空城。　　杜郎俊赏,算而今、重到须惊。纵豆蔻词工,青楼梦好,难赋深清。二十四桥仍在,波心荡、冷月无声。念桥边红药,年年知为谁生。

上阕写扬州战后的荒凉和人们对战争的恐惧,下阕以扬州昔日的繁华作反衬,表现了他对国事的忧患。不过《白石词》中的大部分都是借纪游咏物慨叹身世飘零、爱情失意的作品。

姜夔虽在题材上没有什么开拓,但在词的艺术表现上却继承周邦彦且精益求精。姜夔作词极为讲究锤炼字句,他借鉴江西诗派清劲瘦硬的笔法来改造传统词平熟软媚的语言基调,创造出一种清刚挺拔的语言风格。如《扬州慢》用"波心荡、冷月无声"写荒城的冷落衰凉,《暗香》用"千树压、西湖寒碧"写雪后梅花的幽姿,《踏莎行》用"淮南皓月冷千山"写相思之情,都表现出清峻峭拔的特点,而"寒""碧""冷"等字眼的频繁运用更突出了这一特点。

姜夔词的意象也比较疏淡,他好以月、梅、雪等淡雅的意象入词,造成一种空灵的意境。且其意象的安排并不密集,而是善于糅合典故、铺陈敷衍,借典故所包涵的深意引发人的联想深思,形成含蓄蕴藉、寄托遥深的特色,如著名的咏梅词《暗香》:

> 旧时月色,算几番照我,梅边吹笛。唤起玉人,不管清寒与攀摘。何逊而今渐老,都忘却、春风词笔。但怪得、竹外疏花,香冷入瑶席。　　江国,正寂寂。叹寄与路遥,夜雪初积,翠尊易泣。红萼无言耿相忆。长记曾携手处,千树压、西湖寒碧。又片片、吹尽也,几时见得。

词中"唤起"二句化用贺铸《浣溪沙》"玉人和月摘梅花";"何逊"二句用何逊作《咏早梅诗》《咏春风诗》的故事;"叹寄与"则用陆凯《赠范晔诗》"折梅逢驿使,寄与陇头人"的典故;又因为典故的使用安排了梅、雪、月、笛等几个有着深层关联的意象,使得整首词似咏梅也似怀人,词意朦胧模糊。

姜夔还精通音乐,自制曲较多,大都先作词后谱曲。这比起传统的依调填词要自由得多,可以不受格律限制,舒卷自如地抒发情感。

姜夔在艺术上的追求,使其词呈现出一种清空淳雅的意趣,对南宋后期词家,如史达祖、高观国等有着极大的影响。

吴文英(1207？—1269？)，字君特，号梦窗，四明(今浙江宁波)人，以布衣终老，长期做着贾似道、吴潜、史宅之等显贵的门客，因此词大多是应酬唱和、伤时怀旧、咏物写景之作，专在艺术技巧上争奇斗胜。

　　吴文英的词"密丽"，张炎说"如七宝楼台，眩人眼目，碎拆下来，不成片段"。他的词意象比较密集，意象的色彩比较秾丽明艳，而意脉断续跳跃，显得有些晦涩。如《渡江云三犯·西湖清明》中"旧堤分燕尾，桂棹轻鸥，宝勒倚残云"十四字便写了六种意象，且"桂棹""宝勒"显得富丽华美。其词在章法结构上跳跃变幻，有时甚至不受理性和逻辑的约束，缺乏必要的过渡与照应，情思脉络隐约闪烁，这强化了词境的模糊性、多义性，也增加了读者理解的难度。他的自度曲、词史上最长的词调《莺啼序》便典型地体现出这种结构特色。吴文英词的语言也很独特，有着强烈的色彩感、装饰性和象征性，如写池水的"腻涨红波"，写牡丹的"妖红斜紫"。这和意象的繁密、章法的变幻一起，形成了吴文英词密丽深幽的风格，前人评价曰："词家之有文英，亦如诗家之有李商隐"，正是针对这种风格而言的。

　　南宋末年的王沂孙、张炎等人在宋亡前本都是贵介公子，游赏湖山、吟咏风物是他们主要的生活内容。宋亡后，作为遗民，多通过咏物，以曲折委婉的方式、比兴象征的手法表达深沉的亡国痛楚。这也是南宋遗民词最突出的特点。

　　张炎(1248—？)，字叔夏，号玉田，又号乐笑翁，临安(今浙江杭州)人。所作词常在写景中带有深沉的亡国之痛和身世之感，情调哀怨凄凉。他的词话著作《词源》对后世的词学影响更大。

　　王沂孙(生卒年不详)，字圣与，号碧山，会稽(今浙江绍兴)人。他的词经常把故国之思与世事无常的沧桑感融合在一起，同时又渗透了个人在历史巨变中无可奈何的凄凉感。在写作手法上，善于隶事用典，象征拟人，比吴文英、张炎等更加隐晦、含蓄，如《眉妩·新月》《齐天乐·蝉》等。

二　南宋后期之诗

南宋后期诗坛的主要代表是"永嘉四灵"和江湖诗人以及文天祥等爱国诗人。

"永嘉四灵"是指生长于浙江永嘉的四位诗人：徐照（？—1271，字灵晖）、徐玑（1162—1214，字灵渊）、赵师秀（1170—1219，字灵秀）、翁卷（生卒年不详，字灵舒）。这四人都出于叶适门下，字中又都带有一个"灵"字，所以叶适把他们合称为"四灵"，曾编选《四灵诗选》。"四灵"都是命运落拓的贫寒之士，却在庄禅以及理学中找到了自我平衡的方式，寄情山林田园，在其中化解自身的愁苦。他们作诗标榜晚唐的贾岛、姚合。作品以五律为主，内容上多描写清邃幽静的景色，表现凄情落寞的心境和自然淡泊的高逸情怀。艺术上精雕细琢，苦心锤炼，追求清新刻露的语言风格。由于过分注重炼字琢句，虽偶尔有较精警的句子，但全篇意境却不够完整。赵师秀的《约客》和翁卷的《乡村四月》是其中比较优秀的作品：

> 黄梅时节家家雨，青草池塘处处蛙。有约不来过夜半，闲敲棋子落灯花。

> 绿遍山原白满川，子规声里雨如烟。乡村四月闲人少，才了蚕桑又插田。

"四灵"的诗歌成就并不高，但其对山林田园的描写对于失意潦倒的文人具有抚慰的作用，而其艺术追求也在一定程度上有助于纠正江西诗派的以学问为诗，因此在当时产生了较大的影响。

南宋后期出现了很多功名不遂、流转江湖、靠献诗卖文维持生计的诗人。南宋杭州书商陈起陆续刊刻了其中一些人的诗集，总称为《江湖集》。诗集的刊刻与流传扩大了这些诗人的影响，无形中形成了一个虽然组织松散，但诗风比较接近的诗歌流派，后人称之为"江湖派"。因《江湖集》中的某些作品议论朝政，激怒了丞相史弥远，酿成"江湖诗祸",陈起因此得罪,《江湖集》被禁毁。

江湖诗人成员复杂,大致可分为两类:一类对于国事政治不甚关心,只专心于艺术追求,前辈的姜夔是其代表。另一类接触的生活面很广,好以高谈阔论博取时名,如戴复古和刘克庄。

姜夔诗初学黄庭坚,后来改学晚唐陆龟蒙,一些小诗清妙新巧、饶有韵味,如《除夜自石湖归苕溪》之一:

> 细草穿沙雪半销,吴宫烟冷水迢迢。梅花竹里无人见,一夜吹香过石桥。

后期的江湖诗人大多热衷于交游结社、互相标榜,以诗作为干谒应酬的工具,内容多是歌功颂德或叹穷嗟卑,空洞无聊。只有戴复古与刘克庄较为特出。

戴复古(1187—1269)作诗一度受晚唐贾岛的影响,但更多地继承了杜甫、陆游的传统,指斥朝政,指斥时弊,如其《织妇叹》《庚子荐饥》《江阴浮远堂》等。

江湖诗人中成就最大、官位最高的是刘克庄(1167—1248),他喜欢提携后进,一时主盟诗坛。他的诗早年受"四灵"影响,后来转而学习陆游,关心国事。其乐府体的《苦寒行》《军中乐》等都是针砭时弊之作,如《军中乐》:

> 行营面面设刁斗,帐门深深万人守。将军贵重不据鞍,夜夜发兵防隘口。自言虏畏不敢犯,射麋捕鹿来行酒。更阑酒醒山月落,彩缣百段支女乐。谁知营中血战人,无钱得合金疮药!

揭露深刻,继承了唐代新乐府和陆游的传统。他的登临、怀古、咏物等诗也都借古讽今、托物寓意,表达对时事的忧虑,是南宋后期陆游最好的继承者。但他的诗很多草率而成,未免粗滥生硬。

宋元易代之际,诗坛上出现了一批爱国诗人。他们或是抗元的民族英雄,如文天祥;或是隐居守节的遗民,如谢翱等。

文天祥(1236—1283)早年的诗歌近乎江湖派,比较平庸。后来投身抗元斗争,主要学习杜甫,诗歌内容充实丰富,情感深沉厚重,语言也沉着凝练。如《过零丁洋》:

> 辛苦遭逢起一经,干戈寥落四周星。山河破碎风飘絮,身世浮沉雨打萍。惶恐滩头说惶恐,零丁洋里叹零丁。人生自古谁无死,留取丹心照汗青。

悲怆激奋,大义凛然,最后两句更是激励了无数后代仁人志士舍生取义。他的《正气歌》表露了自己在古人浩然正气的鼓舞下威武不屈的凛然气节。

谢翱(1249—1295)是宋末著名的遗民诗人,创作过很多纪念文天祥的诗文,如《西台哭所思》等,沉痛悲怆,深挚感人。

汪元量是一位比较特别的诗人,他本是宫廷乐师,南宋亡后随六宫到燕京,后来出家为道士。他的《醉歌》《湖州歌》和《越州歌》以七绝联章的形式,真实地记录了南宋覆亡、六宫北迁的悲惨情状,被称为"宋亡之诗史"。

第十节　辽金文学

一　辽之文学

辽的文学作品保存下来的很少,属于纯文学范畴的作品更少之又少。比较优秀的有辽道宗皇后萧观音的《回心院词》和天祚帝文妃萧瑟瑟的《咏史》。辽代文学散佚严重,后世辑录的辽代佚文总集,以陈述的《全辽文》最为详备。

二　元好问与金之文学

金初的作家很多都是由宋辽入金的,其中词人吴激、蔡松年最为著名,他们的词当时号称"吴蔡体"。金世宗、章宗时,文学比较发达,此期的主要作家有蔡珪、王庭筠、党怀英、周昂等文学侍从之臣,他们被元好问称为"国朝文派"。金末王若虚的《滹南诗话》是重要的诗论著作。金末的元好问是元代最杰出的诗人。

元好问(1190—1257),字裕之,号遗山。他生活在金元易代之际,历经丧乱。金亡后,回到故乡从事著述,编成《中州集》和《壬辰杂编》,前者是金代诗歌的总集,后者是元代修金史的重要依据。

元好问诗今存一千四百多首,是金代留存作品最多的诗人,也是成就最突出的诗人。他写于金亡前后的纪乱诗风格雄浑悲壮,尤为出色。如《癸巳五月三日北渡三首》其三:

> 白骨纵横似乱麻,几年桑梓变龙沙。只知河朔生灵尽,破屋疏烟却数家。

又如《岐阳三首》其二:

> 百二关河草不横,十年戎马暗秦京。岐阳西望无来信,陇水东流闻哭声。野蔓有情萦战骨,残阳何意照空城。从谁细向苍苍问,争遣蚩尤作五兵?

这些诗真实记录了战争造成的生灵涂炭,抒发了自己的亡国之痛,沉挚悲凉而骨力苍劲。

元好问的《论诗绝句三十首》全面地评论了自建安以来的重要诗人及诗派,表明了他自己的文学主张。他推崇自然淳朴和雄放刚健的风格,反对雕琢缛丽,也反对浮华柔靡。值得注意的是,他的论诗绝句自身也是优美的诗歌作品,例如:

> 邺下风流在晋多,壮怀犹见缺壶歌。风云若恨张华少,温李新声奈尔何!

> 慷慨歌谣绝不传,穹庐一曲本天然。中州万古英雄气,也到

阴山敕勒川。

《论诗绝句三十首》在古代文学批评史上占有重要的地位,堪称历代论诗诗中最具有艺术性的作品之一。

元好问也是金代最杰出的词人,他作词取法苏轼和辛弃疾,风格雄浑苍莽,《木兰花慢·游三台》是其代表。而《摸鱼儿·雁丘词》则摧刚为柔、幽婉深挚。

金代文学的另一重要成就是《西厢记诸宫调》。诸宫调是一种兼具说、唱而以唱为主的曲艺形式,用多种宫调的曲子联成套曲来演唱各种长篇故事。它产生于宋,盛行于金和南宋,元代逐渐衰亡。金代董解元的《西厢记诸宫调》是今存唯一完整且代表了当时说唱文学水平的宋金时期诸宫调。《西厢记诸宫调》是根据唐传奇《莺莺传》改编的,它改变了原作的主题,以张生和莺莺的最终团圆代替了张生抛弃莺莺的结局;并将张生改写成一个有情有义、忠于爱情的青年;将莺莺改写成一个大胆追求爱情、反抗封建礼教的女子;把红娘写成了一个很活跃的重要人物;把莺莺的母亲塑造成封建礼教的代表。对青年男女冲破封建礼教的束缚、追求自由爱情的歌颂成为了《西厢记诸宫调》的主题,结构宏伟、情节曲折,语言生动活泼,在艺术上取得了很大的成就,是王实甫《西厢记》之前描写莺莺和张生爱情最优秀的作品。

第六章　元代文学

元代是一个比较独特的时代，传统的诗文成就不高，新兴的杂剧和散曲则大放异彩。一度衰落的南戏在元末重新兴盛起来，而话本小说则代表着小说发展的新阶段。

第一节　关汉卿

杂剧是元代文学样式中最为重要的一种，它是在宋杂剧、金院本和诸宫调的影响下，融合各种表演艺术形式而成的一种完整的戏剧形式。元杂剧最重要的奠基人是关汉卿。

关汉卿（约1220—1300），号己斋叟，大都人，生活在金元易代之时。关汉卿曾经做过太医院尹，是个下层的小官吏。关汉卿是一个封建时代的知识分子，熟读儒家经典，深受儒家思想影响。但他的一生又落拓不羁，混迹勾栏瓦舍，是一个倜傥不羁的风流浪子。因而他的作品既贴近下层的百姓，同情和赞颂社会中弱小的受压迫者的反抗；同时却又不失厚人伦、正风俗的儒学旨趣。关汉卿创作的剧本现存18种，大致可分为三类：一是公案剧，如《窦娥冤》《蝴蝶梦》等；二是爱情风月剧，如《诈妮子》《救风尘》《拜月亭》等；三是历史剧，如《单刀会》《西蜀梦》等。

关汉卿是一位勇于以杂剧创作来干预生活、积极入世的作家，他借助杂剧来剖析社会、剖析人生，表现他对社会的观察与思考。《窦娥冤》就集中体现了他这一创作思想。主人公窦娥幼年时被卖给蔡家当童养媳,年纪轻轻就守了寡,尽心尽力地侍候着守寡的婆婆。婆婆蔡氏去收高利贷时被赛卢医谋害,危难之际意外地被张驴儿父子救出。张氏父子想将蔡氏婆媳占为己有,窦娥坚决不从。张驴儿怀恨在心,想毒死蔡氏,霸占窦娥。结果阴差阳错,其父误喝有毒的羊汤,中毒身亡。张驴儿威逼不成,便嫁祸于窦娥。贪官桃杌是非不分,胡乱判案。窦娥为保婆婆免遭毒打,屈招认罪,被判处死刑。最后,由考中进士、出任两淮提刑肃政廉访使的父亲窦天章为其平反昭雪。

窦娥是一个贞节、孝顺,恪守道德准则的无辜女子,却因为流氓的淫威、官吏的昏庸,被以违反道德的罪名处以极刑。她的遭遇揭示出善良的百姓被推向深渊的悲剧过程,揭示出社会的黑暗不公。正是这黑暗不公,激起了这个弱女子的悲愤和反抗。受刑之前,她发下三桩誓愿。剧本最后写三桩誓愿一一应验,并依靠清官的力量昭雪沉冤。这种"善有善报,恶有恶报"的结局迎合了普通观众的心理需求,抚慰了他们在黑暗现实的压迫下充满痛苦的心灵,却冲淡了原本异常强烈的悲剧色彩,削弱了其震撼人心的悲剧力量。

关汉卿的公案剧注重揭露社会的黑暗、人间的罪恶,他的爱情喜剧则更注重描写卑微的小人物对自己命运的抗争,《救风尘》可为代表。剧本写妓女宋引章为富商周舍所骗,嫁过去后备受凌辱,不得已向同行姐姐赵盼儿求救。赵盼儿得信后,马上筹划搭救落难姊妹。她利用周舍好色的弱点,设下圈套,用妓院里的风月手段赚得周舍的休妻文书,救出了落难的宋引章。剧中的赵盼儿虽是个卑微的妓女,却机智果敢、颇有侠气。她见多识广、洞悉人情世故,早就看透了周舍的嘴脸,再三忠告宋引章。当宋引章求救时,重情重义的赵盼儿挺身而出,机智地与周舍巧妙周旋,终于救出了陷于绝境的姐妹。《望江亭》中的谭记儿也巧设圈套,智斗陷害自己丈夫的杨衙内,依靠自己的力量保护了自己的幸福。关汉卿借着这些弱小女子的故事歌颂了弱小者的力量和智慧,歌颂了平凡者的不平凡。

关汉卿的历史剧多描绘历史上英雄人物的不幸遭遇，充满了浓厚的悲剧感。《单刀会》是其最优秀的历史剧。剧本通过关羽这样一个豪迈无畏的英雄形象，写出了作者对历史上的英雄人物的崇敬。更重要的是，关汉卿借关羽之口传达了一种正统的历史观和深沉的历史沧桑感，使得剧本虽非悲剧，却表现出悲壮之美。第四折关羽渡江时所唱【新水令】和【驻马听】更是脍炙人口：

【新水令】大江东去浪千叠，引着这数十人驾着这小舟一叶。又不比九重龙凤阙，可正是千丈虎狼穴。大丈夫心别，我觑这单刀会似赛村社。

【驻马听】水涌山叠，年少周郎何处也？不觉的灰飞烟灭。可怜黄盖转伤嗟，破曹的樯橹一时绝，鏖兵的江水犹然热——好教我情惨切！（云）这也不是江水，（唱）二十年流不尽的英雄血！

这两支曲子有藐视群雄的豪情，有回顾历史的嗟叹，苍凉悲壮，感人至深。清代杨恩寿记载这一段的演出情形说"声情激越，不减东坡'酹江月'。当场高唱，几欲裂铁笛而碎唾壶"。《单刀会》苍凉悲劲之风由此可见一斑。

关汉卿是一位熟悉剧场、演员与观众的戏剧家，他甚至曾经"躬践排场，面傅粉墨"，参加实际演出。因此，他的杂剧创作具有鲜明的剧场性，非常适合舞台演出。首先，矛盾集中，主干突出。如《窦娥冤》中，窦娥从被卖到守寡的心酸经历都只是由蔡婆的交代一提而过，把笔墨集中在能表现窦娥性格的与张驴儿、太守的冲突上，尤其是"法场受刑"安排了整整一折，把窦娥的满腔悲愤酣畅淋漓地宣泄出来。其次，善于设置悬念。如《蝴蝶梦》中包公听了王氏的诉说之后，悄悄用偷马贼代王三而死。当观众都认为王三难逃一死时，他却突然被放出，剧情奇峰陡转，整出戏由大悲转为大喜。再次，语言本色质朴，真正做到了"人习其方言，事肖其本色"。《救风尘》中赵盼儿对周舍指责她违背咒誓时回答："遍花街请到娼家女，那一个不对着明香宝烛,那一个不指着皇天后土,那一个不赌着鬼戮神诛,若信这咒盟言,早死的绝门户。"非常符合她妓女的身份和泼辣的性格。

关汉卿的杂剧成就极高。王国维在《宋元戏曲史·元剧之文章》中曾评论说:"关汉卿一空倚傍,自铸伟词,而其言曲尽人情,字字本色,故当为元人第一。"关汉卿的杂剧创作推动了元杂剧的成熟,也为北杂剧创作树立了典范。

第二节　王实甫与《西厢记》

在关汉卿创作活跃的同时,元代剧坛上活跃着另外一位天才剧作家,这就是让"士林中等辈伏低"的王实甫。关汉卿以本色质朴的作品关怀社会民生,而王实甫则以清词丽句描写了青年男女深挚动人的爱情。

王实甫,名德信,大都人,生卒年与生平事迹俱不详,大约也是一个混迹于瓦舍勾栏的风流落拓的文人。其杂剧今存《西厢记》《丽春堂》《破窑记》及《贩茶船》《芙蓉亭》各一折。

《西厢记》是以《西厢记诸宫调》为基础改编而成的,剧本描写了相国之女崔莺莺和书生张君瑞的爱情故事。莺莺与寡母扶灵回乡途中受阻,寄居普救寺。正逢张生进京赶考路过此处,二人一见钟情。孙飞虎兵围普救寺,要抢莺莺为妻。老夫人允诺,凡有退兵之计者便将莺莺许配与他。张生挺身而出,请朋友杜将军解围。事后,老夫人却以莺莺已经许配郑恒为由悔婚。张生忧愁成疾,红娘奉莺莺之命前去探望,带回张生的书信。莺莺假意斥责,却骗红娘送信约张生夜会。张生来后,莺莺却又反悔。后来在红娘的催促下,莺莺与张生书房相会。老夫人发觉了二人的私情,拷问红娘,红娘趁机说服老夫人同意了二人的婚事。在老夫人的坚持下,张生进京赶考,与莺莺在十里长亭分别。张生状元及第后,衣锦还乡,戳破了郑恒的谎言,与莺莺有情人终成眷属。《西厢记》反映了青年男女对自由美满爱情的渴望,歌颂了他们为了追求自由爱情与封建家长进行的斗争,表达了

"愿天下有情的都成了眷属"的美好愿望,对封建礼教和封建婚姻制度造成有力的冲击。

《西厢记》可谓是元杂剧中影响最大的一部作品,这在很大程度上取决于剧本在艺术上的卓越成就。

首先,《西厢记》对矛盾冲突的设置堪称典范。全剧以莺莺、张生、红娘与老夫人的矛盾,也就是礼教卫道士和礼教叛逆者之间的矛盾为基本矛盾,以三人之间的性格冲突为次要矛盾,形成了一主一辅两条相互制约、起伏交错的线索,借矛盾来推动情节发展,刻画人物。莺莺和张生在普救寺相遇并彼此相慕,却苦于礼教束缚而无计可施。适逢孙飞虎兵围普救寺,张生在老夫人许婚的条件下飞书解围。崔张本以为姻缘已定,老夫人却突然赖婚,眼见得好梦成空。封建势力与年青一代的矛盾激化,剧本便出现了第一个戏剧高潮。《赖婚》一折以后,矛盾发生了转移。莺莺、张生不甘心任由封建家长摆布,便在红娘的帮助下私订终身。在这个过程中,崔、张与红娘三人之间,又出现了性格的冲突。莺莺性格深沉内向,内心热烈多情,表面矜持谨慎,而张生则轻狂外露,无所顾忌,二人之间必定会发生冲突。莺莺与红娘之间也存在冲突,莺莺一方面需要红娘帮助她追求爱情,另一方面却对红娘戒备提防。《赖简》一折淋漓尽致地展现了他们之间的性格冲突,也使剧本出现了第二个高潮。此后,矛盾再次转移。老夫人发现了崔张之间的私情,"拷红"一场中三人与老夫人之间正面冲突,年轻人的爱情占据了上风,故事再次出现高潮。《西厢记》的戏剧情节,就是这样环绕着两条相互缠绕的线索跌宕开阖,引人入胜。

其次,《西厢记》的人物塑造也成就非凡,其中张生、莺莺、红娘的刻画更是出色。张生是一个痴情风魔的才子。如对莺莺一见钟情后,张生又见到红娘时便迫不及待地向红娘自报家门:"小生姓张,名珙,本贯西洛人也,年方二十三岁,正月十七日子时建生,并不曾娶妻。"红娘反问:"谁问你来?"张生竟不搭腔,单刀直入地又问:"敢问小姐常出来么?"这一段精彩的对话栩栩如生地写出了张生的痴迷冒失。莺莺来书相约时,他度日如年地盼天黑,不断抱怨日行太迟。这些近乎鲁莽可笑的行为正可以看出张生的痴情。王实甫不仅写出了张生的痴情与风魔，也写出了张生的才华和软弱。他善诗善琴，可是面对老夫人的赖婚、莺莺的赖简束手无策，只能忧愁生病。红娘所说的"风魔的翰林""银样蜡枪头"，很好地概括了张生的性格特征。《西厢记》中的张生是封建社会多情软弱的才子的代表，此后文学史上爱情故事中的书生形象，大多沿袭了张生的性格特征。

莺莺是一个充满矛盾的大家闺秀。她满怀着青春的苦闷，渴望美好的爱情。遇到了风流俊雅的张生后，心生爱慕，便大胆地去和他月下联吟。但是她所受的教育、处境决定了她的矜持甚至狡狯。老夫人赖婚后，张生重病，莺莺背着母亲派红娘前去探看。看到张生的情诗，她心里又惊又喜，但她头脑中的道德观又使她不能面对。于是她勃然变色，严词斥责红娘，还声称要拿简帖儿"告过夫人，打下你个小贱人下截来"。当红娘要去向老夫人告发张生时，她又急忙阻止，并装腔作势要红娘传信责备张生，其实传去的却是约张生私会的情诗。等到张生到后花园赴约时，她却忽然变卦，正儿八经地把张生数落一番。这种种表现，展示出她内心的矛盾，既深爱张生，又有许多顾忌。

红娘也是《西厢记》中最重要的人物之一。老夫人让她服侍莺莺，本是为了"行监坐守"，但她却成为崔张爱情的知音和促成者。她为两人传书递简，推动着他们的爱情。在崔张的私情暴露之后，也正是红娘一方面指责老夫人背信赖婚，一方面利用老夫人怕出丑的心理，摆出维护封建纲常和家庭利益的样子，以冠冕堂皇的教条压住老夫人，一下子击中要害，使其不得不接受了崔张的感情。"拷红"一场突出表现了红娘的机智爽快、正直热心。红娘这一可爱的形象给人们留下了深刻的印象，而且在后来的舞台演出中也取得了远较莺莺重要的地位。

最后，《西厢记》的语言优美传神。前人评曰："王实甫之词，如花间美人。铺叙委婉，深得骚人之趣，极有佳句，若玉环之出浴华清，绿珠之采莲洛浦。"《长亭送别》最能体现这一语言特色，如：

【正宫·端正好】碧云天,黄花地,西风紧。北雁南飞。晓来谁染霜林醉?总是离人泪。

　　【滚绣球】恨相见得迟,怨归去得疾。柳丝长玉骢难系,恨不得倩疏林挂住斜晖。马儿迍迍的行,车儿快快的随,却告了相思回避,破题儿又早别离。听得道一声"去也",松了金钏;遥望见十里长亭,减了玉肌。此恨谁知?

《红楼梦》里林黛玉称赞它"词句警人,余香满口",确实如此。

　　《西厢记》的语言还具有非常鲜明的个性化特点,其中的唱词因人物身份、地位、性格的不同而呈现出不同的风格。如同为男性角色,才子张生的语言显得文雅,少爷郑恒的语言则比较鄙俗;同为女性角色,小姐莺莺的语言婉媚精雅,而丫环红娘的语言则显得生动泼辣。王实甫以其超卓的语言能力成为元杂剧文采派的典范。

第三节　白朴和马致远

　　白朴(1226—1306),字仁甫,一字太素,号兰谷。出身于金国显宦之家,幼经丧乱,颠沛流离。长大后,无意仕途,流连山水。作品今存仅杂剧《梧桐雨》和《墙头马上》、词集《天籁集》。

　　《梧桐雨》一剧描写了杨玉环、李隆基的爱情生活和政治遭遇,借唐明皇之口抒发了世事无常的沧桑悲凉之感。剧本有着浓郁的抒情性,整本戏如同一首抒情长诗,不以情节引人,却以情感动人。白朴把白居易《长恨歌》"春风桃李花开日,秋雨梧桐叶落时"一句中出现的梧桐意象大加发挥,以梧桐为中心来结撰全剧,利用中国文学传统中梧桐意象自身所包蕴的忧郁色彩,搅动沉淀在人们意识中的凄怨感受,增加抒情的伤感。《梧桐雨》的曲词自然朴实,却又缠绵悱恻,细腻传情。如第四折最后一支曲子【黄钟煞】,大量化用古典诗词的意境、意象,把唐明皇在秋夜梧桐雨中的孤独凄凉写得淋漓尽致。

　　白朴的《梧桐雨》带有沉重的离乱悲哀,《墙头马上》却是一部轻松的爱情喜剧。剧本描绘了李千金大胆地追求爱情,勇敢地向封建家长挑战的故事。李千金一上场就毫不掩饰对爱情和婚姻的渴望,在墙头上和裴少俊邂逅后,甚至随他离家私奔。李千金在裴家后院躲藏七年,生了一男一女,终于被裴尚书发现,并被休回娘家。当裴少俊考中状元,裴尚书知道了她是官宦之女,前去向她赔礼道歉,要求她认亲重聚时,她坚决不肯,并且对裴氏父子毫不留情地谴责,只是后来看到一双啼哭的儿女才不禁心软。《墙头马上》表现出一种轻松爽朗的喜剧风格,故事用了爱情剧从一见钟情、私订终身到最后得官团圆的俗套,但又别开生面。李千金对爱情大胆的追求,对礼教的鄙弃,都表现出市井女子的性格特征。

马致远(1250?—1321?),号东篱,大都人。少年时追求功名,未能得志。晚年退隐田园,过着"酒中仙、尘外客、林间友"的生活。作品今存《汉宫秋》《荐福碑》《岳阳楼》《青衫泪》《陈抟高卧》《任风子》等。

《汉宫秋》是马致远杂剧中最著名的一种,剧本敷演历史上的昭君出塞故事,写毛延寿求贿不遂,在画像时丑化昭君,事败后逃往匈奴,引兵来攻,强索昭君。元帝为强大的匈奴所迫,只得让昭君出塞和亲。昭君行至汉匈交界处的黑江投江自杀。汉宫里,汉元帝苦苦追忆昭君,梦醒时只听孤雁哀鸣,整部戏在浓郁的悲剧氛围中结束。《汉宫秋》抒写了家国衰败之痛,表达了乱世中落寞悲凉的人生感受。《汉宫秋》艺术成就较高,其中第三折写离情别绪、第四折写刻骨相思,都十分感人。如:

【梅花酒】他、他、他伤心辞汉主,我、我、我携手上河梁。他部从入穷荒,我銮舆返咸阳。返咸阳,过宫墙;过宫墙,绕回廊;绕回廊,近椒房;近椒房,月昏黄;月昏黄,夜生凉;夜生凉,泣寒蛩;泣寒蛩,绿纱窗;绿纱窗,不思量。

【尧民歌】呀呀的飞过蓼花汀,孤雁儿不离了凤凰城。画檐间铁马响丁丁,宝殿中御榻冷清清。寒也波更,萧萧落叶声,烛暗长门静。

受元代盛行的全真教影响,马致远还创作了很多神仙道化剧,如《岳阳楼》《陈抟高卧》借吕洞宾、陈抟等人之口,感慨功名的虚幻、人生的短暂,表达了厌倦争名逐利、想要避世隐居的思想。这些作品虽然受了当时流行的全真教的影响,但同时体现了传统士大夫对生命、对人生的哲理思考。

第四节　元代其他杂剧作家

一　元代前期杂剧作家

元代前期杂剧作家中比较著名的还有纪君祥、康进之、高文秀、杨显之(生卒年均不详)和石君宝(1191—1276)等。

纪君祥的《赵氏孤儿》是一部历史剧,剧本写春秋时晋国武将屠岸贾擅权,将大臣赵盾满门抄斩,赵盾子赵朔之妻在幽禁中生下赵氏孤儿,被赵朔门客程婴救出宫。然后围绕屠岸贾的搜孤与程婴等的救孤,展开了忠臣义士和权奸的斗争。《赵氏孤儿》具有浓郁的悲剧色彩,而其悲剧正在于,程婴、韩厥、公孙杵臼等为了保护孤儿,自觉承担了悲剧的命运,韩厥自刎,公孙杵臼被杀,而程婴则牺牲了自己的孩子。王国维认为它"即列之于世界大悲剧中,亦无愧色也",也正是因为这一原因。

康进之与高文秀都是山东作家,又都擅写水浒戏。康进之的《李逵负荆》、高文秀的《双献功》堪称元代水浒戏的双璧,二者都以李逵为主要角色,塑造了一个粗豪莽撞的农民英雄形象。

杨显之、石君宝都擅长描写妇女在婚姻生活中的不幸。杨显之的《潇湘雨》写崔通考中状元之后,停妻另娶,甚至谋害前妻的故事。石君宝的《秋胡戏妻》写梅英在丈夫秋胡当兵去后,贞节自守,历尽艰辛。十年后,秋胡得官归来,在桑园调戏一女子,后来发现竟然是妻子梅英。他的《曲江池》演妓女李亚仙与书生郑元和的爱情故事,也是比较优秀的作品。

二　元代后期杂剧作家

元代后期,杂剧创作活动的中心逐渐由大都转移到杭州,杂剧创作也开始衰退,郑光祖是这一时期最重要的作家。

郑光祖(生卒年不详),字德辉,平阳襄陵人。剧作今存《倩女离魂》《王粲登楼》《㑇梅香》等八种。《倩女离魂》是郑光祖的代表作,剧本写王文举与张倩女是"指腹为婚"的未婚夫妻,但倩女之母嫌文举功名未就,不许二人成婚。文举上京应试后,倩女思念成疾,灵魂离开躯体,追随文举赴京而去。文举状元及第,携倩女归家,离魂与病卧的躯体重合为一,一家欢宴成亲。剧中倩女灵魂与躯体的分离,正好表现了封建时代闺阁女子的困境:灵魂上渴望冲破礼教观念,追求自由美好的爱情,现实中却在礼教的禁锢下百般无奈。剧本有着浓郁的抒情气息,曲辞细腻精美却不显雕琢,第二折倩女灵魂月下追文举的描写尤其缠绵婉转、优雅典丽。如:

【调笑令】向沙堤款踏,莎草带霜滑;掠湿湘裙翡翠纱,抵多少苍苔露冷凌波袜。看江上晚来堪画,玩冰壶潋滟天上下,似一片碧玉无瑕。

【秃厮儿】你觑远浦孤鹜落霞,枯藤老树昏鸦。听长笛一声何处发,歌欸乃,橹咿哑。

郑光祖的《㑇梅香》写裴度之女裴小蛮与白居易之弟白敏中的恋爱故事,处处模仿《西厢记》,成就却远远不及。他的《王粲登楼》是根据王粲《登楼赋》虚构而成的,情节结构并不高明,但剧中抒发的沉抑下僚、羁旅落拓之悲哀,却特别容易引起旧时代失意士人的共鸣。

此外,乔吉的《两世姻缘》、宫天挺的《范张鸡黍》、秦简夫的《东堂老》也是元代后期比较优秀的杂剧。

第五节　元代散曲与诗文

一　元代散曲

被称为一代之文学的元曲,包括了杂剧与散曲两种。散曲是在词之后形成的一种新的诗歌形式,因为可以配乐歌唱,故而元代人也称其为"乐府"。散曲包括套数和小令两种主要形式。小令,又称"叶儿",是独立的单支曲子。套数,又称"套曲""散套""大令",由同一宫调的若干支曲子联缀而成,首尾一韵,多有尾声。此外,还有一种带过曲,由两首或三首宫调相同、旋律亦能衔接的曲牌组成,是一种介于小令和套数之间的特殊体式。

散曲有着独特的格律要求。首先,散曲韵脚很密,几乎句句押韵,虽平仄通押,但不能转韵,因而显得节奏繁促。其次,句式更加灵活多变、伸缩自如。散曲的句式也如词一样长短不齐,但是可以根据内容的需要,突破曲牌的规定句数,加入衬字。如关汉卿《不伏老》套数【黄钟尾】"我是个蒸不烂煮不熟捶不扁炒不爆响珰珰一粒铜豌豆"中,正字只有"我是一粒铜豌豆"七个,其他全是衬字。衬字的加入,较好地解决了字数限制与表情达意之间的矛盾,而且使得语言更加口语化、通俗化,使散曲整体风格更加活泼生动。

元代散曲的创作可以分为前后两期。前期创作中心在北方,这时的作家大多经历过朝代的鼎革。传统信仰的缺失、士人地位的沦落、市井观念的影响,使得他们的作品中表现出一种反传统的叛逆精神,一种追求个性自由的生命意识。关汉卿即是这样一位代表,他自称为"普天下郎君领袖,盖世界浪子班头",著名套数〔南吕·一枝花〕《不伏老》便是他的"浪子"宣言。尤其【黄钟尾】一曲,更把一个他的风流放诞写得入木三分:

我是个蒸不烂煮不熟捶不扁炒不爆响珰珰一粒铜豌豆,恁子弟每谁教你钻入他锄不断斫不下解不开顿不脱慢腾腾千层锦套头。我玩的是梁园月,饮的是东京酒,赏的是洛阳花,攀的是章台柳。我也会围棋,会蹴踘,会打围,会插科,会歌舞,会吹弹,会咽作,会吟诗,会双陆。你便是落了我牙,歪了我口,瘸了我腿,折了我手,天赐与我这几般儿歹症候,尚兀自不肯休。则除是阎王亲自唤,神鬼自来勾,三魂归地府,七魄丧冥幽。天哪,那其间才不向烟花路儿上走。

关汉卿描写男女情爱的散曲很多,风格多大胆泼辣,富有生趣,如《一半儿·题情》《大德歌·夏》等。

白朴、马致远则代表着同样的历史环境、相似的个人际遇中的另外一种选择。他们没有从市民社会里吸取元气,而是在全真教思想中寻求抚慰,避世归隐成为他们人身的归宿。他们的散曲也多叹世归隐之作,如白朴的〔双调·沉醉东风〕《渔父》:

黄芦岸白蘋渡口,绿杨堤红蓼滩头。虽无刎劲交,却有忘机友,点秋江白鹭沙鸥。傲煞人间万户侯,不识字烟波钓叟。

马致远著名的套数〔双调·夜行船〕《秋思》尾声【离亭宴煞】:

蛩吟罢一觉才宁贴,鸡鸣时万事无休歇,争名利何年是彻?看密匝匝蚁排兵,乱纷纷蜂酿蜜,争攘攘蝇争血。裴公绿野堂,陶令白莲社。爱秋来那些:和露摘黄花,带霜烹紫蟹,煮酒烧红叶。想人生有限杯,浑几个重阳节。人问我顽童记者:便北海探吾来,道东篱醉了也。

这套曲子把元散曲中经常出现的叹世、怀古、恬退题材做了一次集中的抒发,所表达的对人生和历史的思考、对人生归宿的探索带有更多的传统文人气息。马致远的散曲把透辟的哲理思考、超逸旷达的胸怀、深厚的情感、深沉的意境融为一体,语言亦俗亦雅,本色而又清俊,被视为元散曲豪放派的代表作家。他写羁旅之感的小令《天净沙·秋思》也是脍炙人口的佳作：

> 枯藤老树昏鸦，小桥流水人家，古道西风瘦马。夕阳西下，断肠人在天涯。

卢挚(1242—1314)、姚燧(1238—1313)是元代前期作家中地位较高者，其作品中传统的士大夫思想情趣也要多些，题材上多咏史怀古、闲居逸乐，风格上则比较工丽典雅。这也是元代后期散曲创作的主要倾向。

元代后期，散曲创作中心南移，江南的明山秀水、繁华城市消去了前期散曲中的幻灭和愤激情绪。这时的散曲越来越接近于传统的诗词，题材无所不包，而且越来越讲究韵律的严谨、对仗的工整、语言的雅丽，有比较浓的形式化倾向。并称"曲中李杜"的张可久和乔吉是其代表。后期比较重要的作家还有张养浩、睢景臣等。前者的〔中吕·山坡羊〕《潼关怀古》，后者的套数〔般涉调·哨遍〕《高祖还乡》都是散曲中的佳作。

二　元代诗文

元代前期诗文作家是由北方作家和南方作家两个不同的创作群体构成的。北方群体的作家大多是金国遗民，诗歌受元好问影响较深，风格比较沉郁雄浑，著名理学家刘因是其代表。而南方作家群体则多是南宋遗民，如邓牧、戴表元等，诗歌承袭江湖派遗风，比较清婉深秀。

到了元代中期，随着社会的逐渐稳定和北人的进一步汉化，诗人们开始取法唐人，典雅精工、歌咏承平的盛世之音成为诗坛的主流，有"元诗四大家"之称的虞集、杨载、范梈、揭傒斯是其代表，虞集(1272—1348)更是当时大都最负盛名的文人。

元代后期诗风，大多学晚唐之缛丽秾艳，著名的回族诗人萨都剌(约1272—1355)可为代表。杨维桢(1296—1370)是元代末年的诗坛领袖,他的诗风格独具,号称"铁崖体",形式上多自由奔放的古乐府,好驰骋幻想,运用奇辞,受李贺影响尤深。王冕(1287—1359)的诗歌在元代后期诗歌中写实倾向较重,一些反映社会现实的作品较为出色。

第六节 宋元南戏

南戏是宋代产生的一种新的戏曲样式,最早出现于浙江温州(旧名永嘉),称为"温州杂剧""永嘉杂剧"。因用南曲演唱,后人为区别于北曲杂剧,称为"南曲戏文",简称"南戏"。

早期南戏多出于书会才人之手,题材上以婚姻爱情、家庭伦理为主,有着浓郁的民间气息。其中南宋戏文《赵贞女》《王魁》都是谴责男子富贵易妻的作品,它们的出现有着独特的时代背景。宋朝发达的科举制为文人,尤其是中下层文人提供了一举高中、飞黄腾达的机会。高中之后,贫寒时结下的婚姻已经不能和他们此时的身份相匹配,很多人另攀豪门,抛弃发妻,导致一幕幕家庭和道德的悲剧,《赵贞女》《王魁》便是这一现象的产物。《永乐大典戏文三种》中的《张协状元》也是一本负心剧,只是剧本最后,贫女幸免于死,被宰相王德用收养,并和用刀劈她的张协夫妻团圆。但这样一种调和矛盾的结局反倒更使人感觉悲哀。此外,《戏文三种》中的《宦门子弟错立身》写豪门子弟延寿马和戏曲演员王金榜之间的坚贞爱情,《小孙屠》则是表现家庭伦理的公案戏。

代表南戏艺术最高成就的剧目是高明的《琵琶记》。高明(1307?—1359),字则庆,号菜根道人,浙江瑞安人。他的《琵琶记》写蔡伯喈新婚不久,便被父亲逼迫进京赶考。他得中状元后,得到牛丞相的青睐,执意招他为婿。蔡伯喈辞婚,丞相不允;上表辞官,朝廷又不从。无奈之下,入赘牛府,淹留京师。蔡伯喈进京之后,家乡陈留遭遇灾荒,其妻赵五娘虽勉力支撑,但公婆还是先后死于饥饿。赵五娘怀抱琵琶,一路弹唱乞讨,进京寻夫。最后在牛小姐的帮助下,夫妻团圆。

元末,由于科考长期停开,文人失去仕进之路,地位比起宋代低落了很多。婚变负心的故事因此减少,落拓的文人不再是戏曲作品谴责的对象,很多戏曲转而歌颂士子对爱情的忠贞。高明的《琵琶记》就是在这样时代背景下创作的,作品虽改编自《赵贞女》,其目的却不是为了谴责蔡伯喈的负心,而是想借"全忠全孝"的蔡伯喈来宣扬封建伦理道德。但是作品中所写的蔡伯喈为了尽忠朝廷而导致父母饿死的悲剧、恪守伦理纲常的知识分子在婚姻家庭和仕途前程之间的进退两难,却更深刻地揭示出封建时代两大基本的伦理观念"忠"与"孝"的矛盾。

《琵琶记》被后人视为"词曲之祖",对后世的戏曲创作影响深远。这首先是由于《琵琶记》对正统伦理道德的倡扬,对戏曲教化作用的重视,提高了南戏的地位和价值。其次在于《琵琶记》高超的艺术成就使它成为后世戏曲创作的范本。《琵琶记》在形式采用了双线结构,一条写蔡伯喈离家赴考后的蟾宫折桂、洞房花烛、中秋赏月,一条写赵五娘在家中的自食糟糠、刨土筑坟、乞讨进京,并且让两条线索交叉进行,让不同的生活场景互相对比,更加深了作品的悲剧气氛。《琵琶记》的语言也极为出色,曲辞与人物、环境相得益彰,如写赵五娘食糠时,曲辞本色而凄怆;写蔡伯喈荷池弹琴赏月,曲辞则高华典雅。《琵琶记》的成就使它成为后世效法的典范,尤其明初的很多作品,无论主题立意、故事情节还是语言结构,都直接模仿《琵琶记》。

元代著名的南戏还有号称四大南戏的《荆钗记》《白兔记》《拜月亭》《杀狗记》。《荆钗记》写书生王十朋和钱玉莲历尽磨难、终成眷属的故事;《白兔记》写刘知远由一个流浪汉变成皇帝的"发迹变泰"历史以及他和李三娘悲欢离合的故事;《拜月亭》歌颂两对青年男女蒋世隆和王瑞兰、陀满兴福和蒋瑞莲在战乱时代的坚贞爱情;《杀狗记》写兄弟之情和家庭伦理。这些都是在民间很受欢迎的题材。四大南戏中《拜月亭》艺术成就尤高,可与《琵琶记》相媲美。

第七节　宋元话本

宋元时期,随着城市经济的繁荣、瓦舍勾栏的设立,口传故事的民间艺术"说话"愈加发达。当时的"说话"分为四家,即小说、说经、讲史、合生。其中以小说和讲史两家最为重要,影响也最大。小说,又名"银字儿",以讲烟粉、灵怪、传奇、公案等故事为主;讲史,则说前代兴废争战之事。随着"说话"艺术兴盛,出现了许多以口传故事为蓝本的文字记录本,以及受说话体式影响而衍生的故事文本,后世统称为"话本"。

现存的宋元小说话本包括《京本通俗小说》全部、《清平山堂话本》大部,以及明代"三言"的小部分,大约四十余篇。小说话本大多包括入话、正话、结尾几个部分。入话,又名"得胜头回",位于正文之前,一般是几首诗词或小故事,目的是为了安抚早到听众、等候迟来者,同时也用来引导听众领会"话意"。正话,是话本的主体。话本结尾常用诗句总结全篇,劝诫听众。小说话本的题材以爱情婚姻和公案两类为最多。描写爱情婚姻的小说话本往往突出市井女性对爱情生活的大胆追求,如《碾玉观音》中璩秀秀对崔宁的爱恋、《闹樊楼多情周胜仙》中周胜仙对范二郎的追求。公案故事则多写官吏的昏庸腐败以及由此造成的冤案,《错斩崔宁》就写了崔宁和陈二姐被卷入因十五贯钱引起的谋杀案中,被昏官屈打成招,含冤而死。

宋元讲史话本又称"平话",今存的讲史话本有《新编五代史平话》《大宋宣和遗事》和《全相平话五种》(包括《武王伐纣平话》《七国春秋平话后集》《秦并六国平话》《前汉书平话续集》及《三国志平话》)。这些讲史话本大多是根据史书敷衍而成的,受正史的影响较大,本身成就并不高。但是它们对《三国演义》《水浒传》《封神演义》《东周列国志》等小说的产生却有着很大的影响。

另外,今存的宋元说经话本《大唐三藏取经诗话》叙述唐僧与白衣秀才猴行者历经艰险西行取经的故事,对小说《西游记》的创作有重要意义。

第七章　明代文学

朱元璋建立明政权之后,为了巩固政权,采取了加强专制统治和钳制文人思想的政策。八股取士使得文人孜孜以求仕进,出现了八股文繁荣和复古倾向浓厚、传统诗文相对落后的局面。但是,由于商业的发展、资本主义萌芽的滋生,以及后来王学左派的兴起,明代文学也出现了新局面,这就是小说和戏曲创作的空前繁荣。

第一节　明代诗歌和散文

一　文人诗歌和散文

明代统治者为了钳制文人的思想和网罗人才,大力实行八股取士,大兴科举。八股以代古圣人立言的形式,将文人的思想限制在程朱理学的范围内,禁锢了文人的思想自由。这引起一些文人的不满,他们为了跳脱八股的圈子,走上了模拟复古的道路。

在复古的大风气下,无论是"茶陵派""前七子""后七子",还是"唐宋派",复古的思想都是一致的,只是他们复古的对象略有不同而已。

明初,诗文创作中值得肯定的是刘基(1311—1375)、宋濂(1310—1381)和高启(1334—1376)。

刘基和宋濂虽兼作诗文,但更以文名世。刘基的《买柑者言》、宋濂的《秦士录》《王冕传》《送东阳马生序》等都为后世选家所重。

刘基、宋濂和高启三人中，以高启的诗歌成就最高。高启，字季迪，自号青丘子，长洲（今江苏苏州）人。朱元璋招修《元史》，为翰林院国史编修，后坚辞户部侍郎，朱元璋认为他不肯为己用，乃借苏州刺史魏观改修府治案，腰斩于南京。

高启的诗歌亦擅长模拟，但高明之处在于他借拟古而振起元末纤秾柔丽之风。高启的诗歌创作中，最能体现他风格特征的是近体的绝句、律诗和七言长篇的歌行。近体清新俊逸：

关外垂杨早换秋，行人落日旆悠悠。陇山高处愁西望，只有黄河入海流。（《凉州词》）

新烟着柳禁垣斜，杏酪分香俗共夸。白下有山皆绕郭，清明无客不思家。卞侯墓上迷芳草，卢女门前映落花。喜得故人同待诏，拟沽春酒醉京华。（《清明呈馆中诸公》）

七言歌行风格雄健，气势奔放，大似李白：

大江来从万山中，山势尽与江流东。钟山如龙独西上，欲破巨浪乘东风。江山相雄不相让，形胜争夺天下壮……我怀郁塞何由开？酒酣走上城南台。坐觉苍茫万古意，远自荒烟落日之中来……（《登雨花台望大江》）

在明代复古模拟之风盛行的局面中，"茶陵派"的李东阳（1147—1516）标榜反对永乐、弘治间的"三杨"（杨士奇、杨荣、杨溥）的"台阁体"，但并未脱"台阁体"的窠臼。

八股文的出现，使文学完全成了掠取功名的工具，失去了创作的意义，引起了文人的反感，于是出现了前后"七子"的复古倡议。"前七子"是指弘治、正德间的李梦阳、何景明、徐祯卿、边贡、王廷相、康海和王九思，以李梦阳（1472—1529）、何景明（1483—1521）为首。

"后七子"是指万历间的李攀龙、王世贞、谢榛、宗臣、梁有誉、徐中行和吴国伦,以李攀龙(1514—1570)、王世贞(1526—1590)为首。他们都反对"台阁体"、八股文,提倡"文必秦汉,诗必盛唐",企图以此恢复古典诗文的传统,但他们主张的复古之法实则落入了新的八股套路,对所谓秦汉之文、盛唐之诗到了循规蹈矩、不越雷池一步的地步。例如李梦阳的《艳歌行》:

晨日出扶桑,照我结绮窗。绮窗不时开,日光但徘徊。(一解)

通阡对广陌,柳树夹楼垂。上有织素女,叹息为谁思?(二解)

步出郭东门,望见陌上柳。叶叶自相当,枝枝自相纠。(三解)

稍微熟悉汉魏乐府的读者不难知道其模仿之所自,简直到了剽窃抄袭的地步。

他们的所谓创作也就成了假古董,成了束缚人思想的新的形式主义。当然,前后"七子"的创作中也有一些较好的作品。如李梦阳的《秋望》(黄河水绕汉宫墙)、何景明的《岁晏行》(旧岁已晏新岁逼)、王世贞的《击鹿行》(匕首不肯避君鹿)诗均清新可读,有较充实的内容;宗臣的《报刘一丈书》描摹谄谀者的丑态,生动形象,更为历代选家所重。

与"前七子"几乎同时的哲学家王守仁(1472—1528),也是明代著名散文家。其文能自抒胸臆,风格雅健流畅,像《瘗旅文》《象祠记》《尊经阁记》等都堪称名文。

前后"七子"的模拟复古之风,相继受到许多作家的反对,正式起来反对拟古主义而提倡文章应该学习唐宋古文的作家群体是以王慎中、唐顺之、茅坤、归有光等人为代表的"唐宋派"。其中归有光的成就最高。

归有光(1506—1571),明代散文家。字西甫,昆山(今属江苏)人。嘉靖进士,官南京太仆寺丞。他反对"文必秦汉",斥王世贞等为

"妄庸巨子"。所作散文朴素简洁，叙事畅达，感情真挚，名文有《项脊轩志》《先妣事略》《寒花葬志》等。黄宗羲云："余读归震川文之为女妇者，一往深情，每以一二细事见之，使人欲涕。盖古今事无巨细，惟其可歌可泣之精神，长留天壤。"(《张节母叶孺人墓志铭》)正确地指出了归氏妇女传记文的叙事方法和感人之处。如《寒花葬志》：

  婢，魏孺人媵也。嘉靖丁酉五月四日死，葬虚丘。事我而不卒，命也夫！
  婢初媵时，年十岁，垂双鬟，曳深绿布裳。一日天寒，爇火煮荸荠熟，婢削之盈瓯。予入自外，取食之；婢持去，不与。魏孺人笑之。孺人每令婢倚几旁饭，即饭，目眶冉冉动。孺人又指予以为笑，回思是时，奄忽便已十年。吁，可悲也已！

寥寥几笔，而神采生动如画。

  嘉靖、万历年间，思想家李贽提出"童心说"，提倡真性灵、真感情，反对虚伪浮夸之文，影响了湖北公安袁宗道、宏道、中道兄弟的"公安派"以及晚明小品文的产生。袁宏道是公安三袁的中坚，他在《叙小修诗》中提出"独抒性灵，不拘格套"的口号。正是在纯任性灵的主张下，形成了晚明小品的创作潮流。其中著名的作家有徐渭、汤显祖、屠隆、"三袁"、钟惺、谭元春、张岱等人。他们的小品文大多依循"童心说"和"性灵说"的旨趣，体裁多为序跋、尺牍、游记，无不为任情适性之作。著名的如徐渭《豁然堂记》、汤显祖《牡丹亭题词》、袁宏道《满井游记》、张岱《西湖七月半》《湖心亭看雪》等。如《湖心亭看雪》：

  崇祯五年十二月，余往西湖。大雪三日，湖中人鸟声俱绝。
  是日，更定矣，余拿一小舟，拥毳衣炉火，独往湖心亭看雪。雾凇沆砀，天与云与山与水，上下一白。湖上影子，惟长堤一痕，湖心亭一点，与余舟一芥，舟中人两三粒而已。
  到亭上，有两人铺毡对坐，一童子烧酒，炉正沸。见余大喜，曰:"湖中焉得更有此人?"拉余同饮。余强饮三大白而别。问其姓氏,是金陵人,客此。

及下船,舟子喃喃曰:"莫说相公痴,更有痴似相公者。"

宛有写意山水画的意境。

明末,另有游记散文作家徐宏祖(1586—1641),字振之,别号霞客,江苏江阴人。平生不慕仕进,特爱游历,足迹遍及江、浙、皖、赣、闽、粤、滇、黔,著有《徐霞客游记》,文笔清峻,模写真切。

明末复社文人中,张溥以文著称,《五人墓碑记》最为著名。陈子龙、夏完淳等爱国诗人,也写出了一些血泪凝成的爱国诗文。

二 散曲和民歌

明代的散曲继承元末散曲的遗趣,成了文人案头文学,已经没有多少表现的余地。明初散曲家有汪元亨、汤舜民、贾仲明等人,其作品写闲适生活,艺术上也规矩元代散曲,没有太多创造精神。中叶以后的康海、王九思、李开先、陈铎、王磐、唐寅、冯惟敏、梁辰鱼等都有散曲名篇。

康海(1475—1540)和王九思(1468—1551)都是"前七子"中的人物,诗文成就不高,但戏曲和散曲都较有名。如康海的《燕儿落带得胜令》:

数年前也放狂,这几日全无况。闲中件件思,暗里般般量。真个是不精不细丑行藏,怪不得没头没脑受灾殃,从今后,花底朝朝醉,人间世世忘,刚方岌落了膺和滂,荒唐周全了籍和康。

又如王九思的《沉醉东风·赠隐者》:

竹杖子难随驷马,草庵儿独住烟霞。《康衢》《击壤》歌,今古渔樵话,指功名风扫残花。恨杀韩、彭做作差,因此上妆聋卖哑。

这些作品只是抒发仕途中的牢骚,标榜自我,内容上未见高明,但音节豪健,牢骚中有愤懑,毕竟不是无病呻吟。王磐(约1470—1530),更是以散曲著称。正德年间,宦官当道,往来河下,时常吹喇叭以征丁役,骚扰民间,磐作小令《朝天子·咏喇叭》以讽:

> 喇叭,唢呐,曲儿小,腔儿大。官船来往乱如麻,全仗着你抬身价。军听了军愁,民听了民怕。那里去辨甚么真共假?眼见得吹翻了这家,吹伤了那家,只吹的水净鹅飞罢。

已见出语言爽利流畅、尖新泼辣中杂以幽默游戏之风。王磐被王冀德《曲律》许为北曲之冠,只是其作品流传较少。

嘉靖前后,是明代散曲最兴盛的时期。曲家中,冯惟敏成就最著,梁辰鱼则是南词的代表。

冯惟敏(1511—约1580),字汝行,号海浮,山东临朐人,官至保定府通判。冯惟敏是明代最著名的散曲家,成就可比元代名家。他的《海浮山堂词稿》收套数近50套,小令约170首。他的散曲题材较为广泛,除了写景、应酬之作外,还有不少作品叹民生艰苦,讽刺社会现实黑暗。如《胡十八·刈麦有感》:

> 穿和吃不索愁,愁的是遭官棒,五月半间便开仓。里正哥过堂,花户每比粮。卖田宅,无买的;典儿女,陪不上。

再如《玉江引·阅世》:

> 我恋青春,青春不恋我。我怕苍髯,苍髯没处躲。富贵待如何?风流犹自可。有酒当喝,逢花插一朵。有曲当歌,知音合一伙。家私虽然不甚多,权且糊涂过。平安路上行,稳便场中坐,再不惹名缰和利锁。

可见冯惟敏的散曲语言活泼自然,不事雕琢。

梁辰鱼（约 1521—约 1594），明代戏曲家、散曲家。字伯龙，号少白、仇池外史，江苏昆山人。因失意于功名而寄情于声色。他以昆山腔作散曲，散曲集《江东白苎》有较大影响，朱彝尊《静志居诗话》称其《江东白苎》"妙绝时人"。梁氏散曲声律精严，文辞工丽，有诗词化的倾向。像《醉太平》：

> 东风见曲曲回廊暮霭收，凝妆映几簇禁烟新柳，春昼，翠羽稠。任满院扬花不自由，空相叩，芳容阻隔，似无还有。

其词语精艳工致可见一斑。其时俚俗的曲风已被文人厌倦，所以又回归诗词的工丽之中。只是散曲至此，已经无可挽回地走向衰落了。

明代文学中有一个特殊的现象，就是民歌相对较为兴盛，而且受到一些正统文人推崇、提倡。像李贽、袁宏道、冯梦龙等都把民歌作为矫治正统诗文虚假的药方。冯梦龙就说民歌"借男女之真情，发名教之伪药"（《山歌序》）。据沈德符《万历野获编》记载，当时民歌由北向南流传，几乎遍及燕赵、两淮、江南，"举世传诵"。现在流传下来的明代民歌约有一千首，著名的民歌集有成化年间金台鲁氏刊行的《新编四季五更驻云飞》、冯梦龙编辑的《桂枝儿》《山歌》、醉月子选的《新镌雅俗同观桂枝儿》《新镌千家诗吴歌》等。其中以江南地区的民间歌谣为多。

明代民歌的流行与当时市民经济的繁荣有关，绝大多数是情歌，是"真情"与"色情"的混合，反映的是市民阶层的生活和审美趣味。如：

> 为冤家鬼病恹恹瘦，为冤家脸儿常带忧愁。相逢扯住乖亲手，牡丹花下死，做鬼也风流。就死在黄泉，在黄泉，乖，不放你的手。（《擘破玉》）

> 约郎约到月上时，那了月上子山头弗见渠。噫弗知奴处山低月上得早，噫弗知郎处山高月上得迟？（《山歌·月上》）

> 要分离,除非是天做了地;要分离,除非是东做了西;要分离,除非是官做了吏。你要分时分不得我,我要离时离不得你。就死在黄泉也,做不得分离鬼。(《桂枝儿·分离》)

> 泥人儿,好一似咱两个。捻一个你,塑一个我。看两下里如何?将他来揉和了重新做。重捻一个你,重塑一个我。我身上有你也,你身上有了我。(《桂枝儿·泥人》)

这些民歌感情真挚,对于情爱的追求十分大胆,敢于冲破礼教传统的束缚,这也是民歌共同的特点,在南北朝民歌中我们已见过这种直率的歌谣。

过分追求直率大胆导致了明代民歌的部分作品涉于色情,但即使是这类作品,在艺术上也有想象奇特诡谲之妙。如《山歌·被席》:

> 红绫子被出松江,细心白席在山塘。被盖子郎来郎盖子我,席衬子奴来奴衬子郎。

在语言形式上,明代民歌的特点是:首先,口语化程度很高,多为散句,且常用方言演唱,与今天的方言白话已没有多大区别;其次,比喻新颖,想象奇特,常运用日常生活中的眼前身边之事入诗,却能有出人意表的艺术效果。

值得指出的是,明代民歌的保存多得力于一些文人的收录和整理,这也就使得一些作品带上了文人的修饰色彩和他们的审美趣味。

第二节 明代戏曲

明代初年,文坛的主流仍在舞台,北曲虽已渐近尾声,但杂剧仍在舞台上受上层社会的重视,而在元代萌芽的南戏则逐渐兴盛,出现了明清传奇戏曲取代杂剧、占据剧坛的局面。

一　杂剧

明初的杂剧家较多，但其作品多承元代杂剧的余绪，思想内容和艺术形式都没有新的发展。朱有燉有擅名一时的《诚斋乐府》，著杂剧三十余种，内容不外才子美人、神仙道化、忠孝节义、风花雪月，只为作者逞才耀文，供观众读者消遣娱乐而已。朱有燉的贡献在于，由他开始，杂剧逐渐打破了元代的体例和形式，为明中叶以后"南杂剧"（即杂剧间用南曲而南曲化）的兴起奠定了基础。

明成化、隆庆年间（1465—1572），一些杂剧家继续明初作家的尝试，进一步吸收南戏的特点，进行了创造性的革新。这一时期值得一提的杂剧家是王九思、康海和稍后的徐渭。

王九思和康海都是"前七子"中的人物，诗文成就不高，但戏曲和散曲都较有名。王九思，字敬夫，号漾波，陕西鄠县（今户县）人。曾任翰林院检讨、吏部郎中。有杂剧《中山狼》和《杜甫游春》。前者只有一折，形式仍是杂剧。后者较有名，但缺少故事情节，戏剧性差，借杜甫游春抒发对政治黑暗的不满，有借古讽今的意思。

康海，字德涵，号对山，陕西武功人。弘治十五年（1502）状元，任翰林院编修。有杂剧《中山狼》，取材于马中锡的寓言《中山狼传》，批评世人没有原则的温情主义，在形式上是四折而无楔子，全剧结构谨严，情节集中，语言流畅，谨守着元杂剧的体制规矩。

康、王之后，杂剧的形式有很大变化，篇幅变得短小，曲调上也往往南北曲间用，形成了所谓"短剧"的杂剧和南杂剧。这一时期和之后出现了不少杂剧作家，但最有成就的当推徐渭。

徐渭（1470—1523），字伯虎，一字子畏，号六如居士、桃花庵主等，吴县（今江苏苏州）人。科场失意，生性不羁，是明代著名的画家、书法家和文学家。明代杂剧当以他的成就最高，《四声猿》最为著名。《四声猿》是一组剧，以一折、二折、五折的形式敷衍四个故事：《狂鼓吏渔阳三弄》（简称《狂鼓吏》，一折），写祢衡在阴间击鼓骂曹；《玉禅师翠乡一梦》（简称《玉禅师》，二折），写月明和尚度翠柳；《雌木兰替父从军》(简称《雌木兰》,二折),写木兰替父从军;《女状元辞凤得凰》(简称《女状元》,五折),写黄崇嘏中女状元。这四部剧合称《四声猿》,彻底打破了元杂剧的形式格套,借历史传说中的故事揭露当世的黑暗,表达了作者强烈的愤懑之情。

徐渭同时或之后的杂剧作家作品还有徐潮和他的《兰亭会》《赤壁游》,汪道昆和他的《远山戏》《洛水悲》,徐复祚和他的《一文钱》,王衡和他的《郁轮袍》《真傀儡》,叶宪祖和他的《骂座记》,孟称舜和他的《人面桃花》等。

不过,随着时代的变迁,杂剧毕竟衰落了,代之兴盛的戏剧形式是传奇。

二 传奇及其代表作《牡丹亭》

明代传奇是与昆腔一起兴盛起来的。昆腔亦称昆曲,起源于江苏昆山。昆腔之前的明代戏曲音乐,随着北曲的衰落,以余姚腔、海盐腔、弋阳腔为主。昆腔原为南曲的一种腔调,嘉靖年间,昆歌人魏良辅对之进行整理改造,吸收了海盐腔、弋阳腔的长处,使之更为流丽抑扬,婉转动人,遂迅速流行全国,明清两代流传不衰,而其他三腔随之衰落。随着昆腔的流行,以昆腔演唱的传奇剧本也盛行起来。首先以昆腔为曲的是梁辰鱼的《浣纱记》,随后又形成了重趣和重律的"临川""吴江"二派。"临川派"以汤显祖为代表,"吴江派"以沈璟为首。

梁辰鱼,生平已见前,他不仅善于散曲,且以戏曲著称。戏曲作品有杂剧《红线女》、传奇《浣纱记》,犹以后者著称。《浣纱记》取材于《吴越春秋》,通过范蠡和西施悲欢离合的爱情故事反映吴、越两国兴亡胜败的历史,歌颂了男女主人公的爱国主义和对爱情的忠贞。《浣纱记》的语言精研工丽,有骈俪化的倾向,结构也较松散。

同一时期的《鸣凤记》,作者或谓王世贞,或谓其门人,是一部表现当代时事的剧作,写嘉靖、隆庆年间夏言、杨继盛等大臣与权奸严嵩父子之间的政治斗争。剧本塑造了一批忠义朝臣的形象,也真实地揭露了当时政治现实的黑暗,有一定的现实意义,却同时歌颂了封建正统思想。作品在现实的描写中融入了浪漫主义的成分,缺点是人物较多,头绪纷繁,情节过于复杂,结构也较松散,语言骈俪化,排偶较多,有些人物形象不够鲜明。

昆曲到了万历年间达到鼎盛,"吴江派"的沈璟和"临川派"的汤显祖都活跃在这一时期。

沈璟(1513—1519),字伯英,号宁庵、词隐,吴江(今属江苏)人。历任吏部员外郎、光禄寺丞。沈璟是明代戏曲理论家、作家,"吴江派"的代表人物。其戏曲理论著作现存《南九宫十三调曲谱》,传奇著作合称《属玉堂传奇》,今存《红蕖记》《义侠记》等七种。他的传奇在内容上宣扬封建伦理,艺术上恪守音律,语言朴素,但平淡,不够生动。惟《红蕖记》写爱情故事,音律又为当时曲家徐复祚、王骥德等推赏,有较大影响。沈璟的主要贡献是对戏曲音乐理论的研究。他的曲论主张一是重视传奇曲调的音律;二是主张"本色"语言。他曾增订《南九宫十三调曲谱》,这在当时对昆腔的整理、推广无疑有积极的作用。但他主张"宁协律而调不工,读之不成句,而讴之始协,是曲中之工巧",在论曲的《二郎神》套曲里说:"名为乐府,须教合律依腔,宁使时人不鉴赏,无使人挠喉捩嗓",认为这样才是"词人当行,歌客守腔,大家细把音律讲"(见《博笑记》附《词隐先生论曲》)。这样削足适履,显然是太过分了。沈璟所主张的"本色"语言,就是要求在合律基础上的朴拙浅俗,这对当时过分重视文藻和语言的骈俪化有纠正偏颇的意义。

沈璟的理论主张当时有很大影响,形成"吴江"一派。这一派的剧作家还有顾大典、吕天成、卜世臣、叶宪祖、沈自晋等,其中沈自晋的《望湖亭》较有影响。

明代最杰出的戏剧作家和作品当然要推汤显祖和他的《牡丹亭》。汤显祖(1550—1616),字义仍,号海若、若士,别署清远道人,江西临川(今属抚州市)。万历十一年(1583)进士,曾任南京太常寺博士、礼部主事等官,以不附权贵免官。汤显祖作有传奇《紫箫记》《紫钗记》《还魂记》(即《牡丹亭》)、《南柯记》《邯郸记》五种。后四种因其所居玉茗堂,遂合称"玉茗堂四梦",又称"临川四梦"。汤显祖是受到李贽思想影响的作家,以真性灵写作,与"公安派"实为同调。他的传奇对当时封建社会的种种黑暗现象,特别是封建礼教进行了深刻的揭露和批判。

《紫箫记》取材唐代蒋防的传奇小说《霍小玉传》,写进士李益与霍小玉的爱情故事。《紫钗记》是对《紫箫记》的重写,大体上依《霍小玉传》故事,但改为李益并非负心,而是卢太尉阴谋离间李、霍的婚姻,阴谋败露后,李益夫妻和好如初。《紫钗记》虽然和《紫箫记》同出一源,但在思想内容上突出了对弱女子霍小玉的同情,批判了封建者的罪恶,在艺术上也比后者更富情味。林庚曾说:"《紫钗记》之所以比《紫箫记》独富情味,即在于黄衫客的穿插:整个故事借此线索乃趋于完成,而不落俗套……那黄衫客的出现真如一个梦意,所以剧中有'圆梦'一出,而这好梦也正由黄衫客从中带来。"(《中国文学简史》)

《牡丹亭》(即《还魂记》)是汤显祖最为杰出的作品,也最脍炙人口。剧中写南安太守杜宝之女杜丽娘美貌多才,一日乃偕丫鬟春香游园以排遣闲愁,春困中梦遇书生柳梦梅,两情相悦。梦醒后,丽娘思念成疾,病入膏肓。临死前,自画肖像,题词曰:"他年得旁蟾宫客,不是梅边是柳边。"遂死,葬于梅花庵。三年后,真有一个叫柳梦梅的书生在赶考途中投宿梅花庵,见丽娘自画像和题词,深为爱慕,丽娘感念而复生,遂相恋爱,但又因杜父反对而遭坎坷曲折。由于两人坚持,并且柳梦梅考中状元,有情人遂终成眷属。《牡丹亭》热烈歌颂了杜丽娘和柳梦梅二人反对封建礼教的精神和对爱情幸福的热烈追求。

《牡丹亭》是可以和《西厢记》齐名的杰作,沈德符《顾曲杂言》说:"《牡丹亭》梦一出,家传户诵,几令《西厢》减价。"在艺术上有很高的成就。

首先,《牡丹亭》是我国古典戏曲中现实主义和浪漫主义相结合的典范之作。作者运用大胆的想象和夸张,把戏剧事件的现实性和理想的非现实性结合得合情合理。现实生活中,人固可以死,但死后不会复生;梦中的事情是虚幻的,梦醒时一般也很难在现实中重现。但剧中的杜丽娘是情深之人,作者写她因"一往情深",所以"生者可以死,死可以生",梦中之情也因二人情深而在现实中重现,强调了情的巨大作用。这固然是作者的想象,但读者却觉得合情合理,这就成就了作品高度的积极的浪漫主义精神。

其次,《牡丹亭》塑造了鲜明丰满的人物形象,特别是杜丽娘的形象,使之成为古典戏剧文学里继《西厢记》的崔莺莺之后最美丽动人的女性形象。杜丽娘的动人之处,不仅是她让读者心倾神慕的外貌的美丽,更是存在于她心灵深处的对自由、幸福的爱情的执着追求。为了爱情,她可以超生死、度真幻、齐物我。《牡丹亭题词》说:"如丽娘者,乃可谓之有情人耳。情不知所起,一往而深。生者可以死,死者可以生。生而不可与死,死而不可复生者,皆非情之至也。"杜丽娘的形象若真若幻,若隐若现;杜、柳的爱情宿缘是一种至死无悔的情之所至的缘分,是任何力量都不可改变的。封建卫道者的腐儒欲借儒家理解的《关雎》来教化训导杜丽娘,但是禁闭爱情的训导却变成了爱情的启蒙。父母的管束更激起她对爱情的渴望,使她超越了生死的界限,冲垮了处女的堤防。她不仅在梦中与爱人相会,而且她的鬼魂也与所爱结成夫妻。男主角柳梦梅的形象虽然不如杜丽娘那样丰满,他庸俗的功名心减轻了这一形象的思想意义,但他对爱情的忠贞和孜孜不倦的追求,也给读者留下了深刻的印象。其他如杜宝的专横冷酷的封建家长形象、陈最良的迂腐虚伪的腐儒嘴脸无不鲜明生动,具有典型意义。

《牡丹亭》的语言艺术成就很高。它曲辞优美工丽,动人心弦,写景如画,画不空泛,写情深婉,情不轻佻,可以说无处不佳。《惊梦》一折尤为出色,现选录数曲以见一斑:

【步步娇】(旦)袅晴丝吹来闲庭院,摇漾春如线。停半晌,整花钿。没揣菱花,偷人半面,迤逗的彩云偏。(行介)步香闺怎便把全身现。

【醉扶归】(旦)你道翠生生出落的群衫儿茜,艳晶晶花簪八宝填,可知我常一生儿爱好是天然。恰三春好处无人见。不提防沉鱼落雁鸟惊喧,则怕的羞花闭月花愁颤。

(贴)早茶时了,请行。

(行介)你看:画廊金粉半零星,池馆苍苔一片青。踏花怕泥新绣袜,惜花痛煞小金铃。"(旦)不到园林,怎知春色如许!

【皂罗袍】原来姹紫嫣红开遍,似这般都付与断井颓垣。良辰美景奈何天,赏心乐事谁家院!恁般景致,我老爷和奶奶再不提起。(合)朝飞暮卷,云霞翠轩;雨丝风片,烟波画船——锦屏人忒看的这韶光贱!

(贴)是花都放了,那牡丹还早。

【好姐姐】(旦)遍青山啼红了杜鹃,荼蘼外烟丝醉软。春香呵,牡丹虽好,他春归怎占的先!(贴)成对儿莺燕呵,(合)闲凝眄,生生燕语明如剪,呖呖莺歌溜的圆。

(旦)去罢。(贴)这园子委是观之不足也。(旦)提他怎的!(行介)

【步步娇】不仅辞藻美艳,而且生动刻画了一个春情朦胧的少女娇羞掺半、顾影自怜的形象。【皂罗袍】则写出了她在春景引逗下对爱情的渴望和苦闷。

明中叶以后戏曲方面较为著名的作家及其作品有孙钟龄和他的《东郭记》《醉乡记》,周朝俊和他的《红梅记》,徐复祚和他的《红梨记》,高濂和他的《玉簪记》等。

明末的阮大铖(约1587—1646),字集之,号圆海,怀宁(今属安徽),万历末进士。因依附魏忠贤阉党,为士林不齿,后官至南明兵部尚书。所作传奇以《燕子笺》《春灯谜》最为著名,情节曲折,文辞工丽流动,有较高水平。

第三节　明代短篇小说

明中叶之后,由于市民生活的活跃,市民文学逐渐显现其活力,属于市民文学的长篇和短篇白话小说开始盛行起来。市民小说大致表现的内容可以分两个方面:一是《水浒传》《三国演义》《西游记》《金瓶梅》和《儒林外史》等长篇小说所描写的幻想的和现实的生活;一是以"三言""二拍"等话本和拟话本所表现的日常市井生活。

另外,明代短篇文言小说中,较为著名的是元末明初瞿佑的《剪灯新话》(继承了唐宋传奇小说的风范)、明末李昌祺的《剪灯余话》和邵景詹的《觅灯因话》(两者基本上是模仿《剪灯新话》)。这些作品虽然思想和艺术成就不高,但对清初蒲松龄的《聊斋志异》产生了影响,为蒲松龄的写作开辟了道路,提供了启示。

一 冯梦龙和"三言"

"话"是故事的意思,所谓话本,本指宋元间说话人演讲故事所用的底本,其作品包括小说和讲史两大类。其中的小说,一般称之为话本小说。明代中叶之后,由于市民阶层艺术兴趣的需要,一些文人、书商开始搜集宋元的小说话本,翻刻印行,这也引起了一些文人创作拟话本的兴趣。明代短篇白话小说就是在此基础上逐渐发展起来的,一时形成十分繁荣的局面。明代白话短篇小说的繁荣表现在两个方面:一是收录编辑宋元以来的话本;二是创作拟话本。最早的话本集大约是嘉靖年间钱塘(今杭州)人洪楩编辑刊印的《清平山堂话本》,原6集60篇,仅存27篇(其中5篇残缺)。稍后有《京本通俗小说》,今本7篇。但编辑、加工话本最著名的是明末的冯梦龙。而创作拟话本最著名的是明末的凌濛初。

冯梦龙(1574—1646),字犹龙,别署龙子犹,长洲(今苏州市吴中区)人。曾任寿宁知县,参加过抗击清兵的活动,后死于故乡。冯梦龙受到市民意识的影响,重视小说、戏曲和通俗文学。除辑有话本集"三言"外,还编辑收录了许多民歌时调,辑为《桂枝儿》《山歌》等。

"三言"是《喻世明言》(原名《古今小说》)、《警世通言》和《醒世恒言》三本短篇小说的合称,每种40篇,共120篇。其中较多的是话本,也有一些是明人的拟话本。这些作品内容复杂,但基本上反映的是

市民阶层和劳动者反封建的思想意识倾向,体现了时代的特征。归纳起来,大体有以下几方面的内容:

其一,描写爱情。最有代表性的是《杜十娘怒沉百宝箱》和《卖油郎独占花魁》。前者写"教坊名姬"杜十娘为追求爱情,献出了青春和生命,批判了封建家庭观念和金钱至上的思想。后者则写市民秦重以对花魁娘子的尊重、体贴、爱慕的诚挚之心,终于获得了圆满的爱情,体现了市民阶层的爱情观。其他如《蒋兴哥重会珍珠衫》《宋小官团圆破毡笠》《金玉奴棒打薄情郎》等都是有名的爱情故事。不过也有一些故事反映了腐朽的封建意识。

其二,揭露封建阶级内部的矛盾和斗争。著名的有《沈小霞相会出师表》《卢太学诗酒傲王侯》等。明代中叶之后,封建统治阶级日趋腐朽,内部矛盾也更趋尖锐,这是此类作品产生的现实土壤。

其三,歌颂忠诚友谊和侠义精神。如《施润泽滩阙遇友》《桂员外穷途忏悔》《吴保安弃家赎友》《俞伯牙摔琴哭知音》等。这类故事有的歌颂友谊,有的赞扬侠义,批判对友谊的背叛,其中有不少故事反映了工商业者的思想意识,具有时代的特征。

其四,反映地主阶级家庭、家族之间的矛盾。如《张廷秀逃生救父》《滕大尹鬼断家私》等。这种矛盾主要是表现在对家庭、家族财产的继承和抢夺上,反映了封建地主所有制的必然衰亡和资本主义财产关系的兴起。

"三言"思想内容之复杂、题材之广泛非上述几方面可以概括净尽。进步和落后的思想意识交织掺杂,使其思想内容呈现出错综复杂的局面。但从总的方面来说,"三言"反映了我国资本主义萌芽、封建主义没落时代的社会生活和意识形态,反映了当时广大市民阶层和其他劳动者的觉醒和对自由、平等的民主精神的追求,是我国市民意识觉醒时期产生的市民文学。

"三言"的艺术成就也十分值得重视:一方面继承了宋元话本的艺术特色,故事完整,情节曲折,语言朴素,人物形象鲜明;另一方面,由于其主要不是为了"说话"的演出,而主要是为了案头的阅读,所以又有自己的特点。首先,篇幅加长,结构更为复杂,叙事更加细致,情节更加曲折。其次,人物性格描写更加细致鲜明,往往通过对心理活动和环境的描写来刻画和烘托人物性格,如《卖油郎独占花魁》里对秦重的描写。再次,细节描写也更为突出。"三言"的许多故事常常通过人物的语言和动作的细节来表现人物性格。这在《杜十娘怒沉百宝箱》等故事里有十分精彩的表现。最后,"三言"的语言艺术也有自己的特点。它不仅有一般话本小说语言的通俗朴素,而且用了很多当时民间的俚语、谚语、成语,既体现了时代的特色,也使语言更形象生动,大大增强了表现力。当然,由于时代和作者、编者思想的局限性,"三言"在艺术上也有缺陷,如一些作品形象流于概念化、类型化,一些故事情节陈旧老套,少数作品充斥着因驰骋才情而与情节脱离的诗词。

二 凌濛初和"二拍"

拟话本是指模拟话本形式而创作的短篇小说,现在多指明代文人受宋元话本影响创作的白话短篇小说。著名的拟话本集是凌濛初的"二拍"。

凌濛初(1580—1644),字玄房,号初成,别号空观主人,浙江乌程(今湖州)人。崇祯初年以副贡生授上海县丞,后迁徐州通判。曾参加镇压李自成领导的农民起义的活动,被起义军所困,呕血而死。凌濛初在文学上的贡献主要是编撰了拟话本"二拍",另外还编有《南音三籁》,创作有杂剧《虬髯翁》《北红拂》等。

"二拍"是《初刻拍案惊奇》和《二刻拍案惊奇》的合称,刊于天启、崇祯年间,共收有小说78篇,明显是受"三言"影响而创作的拟话本作品。故事多非出自现实生活,而是出自作者的耳闻目睹或前人的笔记、野史,但都经过作者重新构思加工而成。由于作者对社会生活有一定的关注,所以"二拍"从不同角度对社会现实作了不同程度的反映。但是,由于作者的封建知识分子的正统思想和落后的世界观,这种反映有一定的消极倾向。例如一些篇章中充斥着色情描写、因果

报应论、宿命论和封建道德说教等。不过,像其他话本、拟话本小说一样,"二拍"的思想内容是复杂的,概括起来有以下几个方面:

一是描写男女爱情和婚姻的故事。这类故事中有不少低级趣味的描写,但也有较具进步意义的作品,如《李将军错认舅》《错调情贾母罝女》《宣徽院仕女秋千会》等,或歌颂了敢于打破"父母之命,媒妁之言"的女性,或谴责了负心的男子。

二是反映资本主义萌芽时期商人、高利贷者的自私和贪婪的故事。如《转运汉巧遇洞庭红》《卫朝奉狠心盘贵产》《迭居奇程客得助》等篇写的都是这方面的内容。《转运汉巧遇洞庭红》写海外贸易情况;《卫朝奉狠心盘贵产》写高利贷者卫朝奉的刻薄狠毒;《迭居奇程客得助》则写商人的囤积居奇,大做发财梦。这些作品是对当时资本主义萌芽时期商业资本家本质特征的反映,有较强的现实意义。

三是公案性质的故事。这类小说情节曲折,容易为市民阶层欢迎。封建官僚审案断狱往往不分青红皂白和是非曲直,常常严刑逼供,屈打成招,此类故事反映了封建法制的虚伪黑暗。但也有一些故事描写了对正义的伸张和对封建官吏、封建法制的揭露,有一定的积极意义。

"二拍"在艺术上有情节曲折、人物性格比较鲜明、感染力较强的特点,但是文人创作的痕迹非常明显,局部语言表现出矫饰的文人笔调。总的说来,"二拍"虽模拟"三言",但在艺术上已远逊"三言"。

"三言""二拍"之外的明代白话短篇小说集还有《石点头》《西湖二集》《醉醒石》等,但无论是在思想内容上,还是艺术文采上都比不上"三言""二拍"。

第四节 明代长篇小说

明代的长篇小说在我国文学史上有重要地位,完全可与唐诗、宋词、元曲并称。我国小说虽有较长的渊源,但多是短篇,只有到了明代,长篇小说才走向了繁荣且成熟的阶段。明代的长篇小说从内容上大体可分为：历史演义小说、英雄传奇小说、神魔小说和家庭生活小说四类，分别以《三国演义》《水浒传》《西游记》《金瓶梅》为代表。

一 《三国演义》

《三国演义》是《三国志通俗演义》的简称。它是我国文学史上第一部真正意义上的长篇小说，是以后历史演义小说的开山之作，也是与《水浒传》《西游记》《红楼梦》齐名并称的文学名著。

《三国演义》的作者是元末明初人罗贯中。关于罗贯中的生平材料很少，明初贾仲明《录鬼簿续编》谓："罗贯中，太原人，号湖海散人。与人寡合，乐府隐语极为清新，与余为忘年交，遭时多故，天各一方。至正甲辰(1364)复会。别来又六十余年，竟不知其所终。"根据这段记载，罗贯中，别号湖海散人，太原(今属山西)人，善乐府(当指散曲)，大约生于元末，死于明初，或推测为生于1320年左右，死于1400年左右。流寓四方，政治仕途不得志，遂致力于文学创作，作品除《三国演义》外，现存还有杂剧《赵太祖龙虎风云会》以及相传为他编写的小说《隋唐志传》《北宋三遂平妖传》等。罗贯中的名字还有名贯、字贯中之说；籍贯还有东原(今山东东平)说、钱塘(今浙江杭州)说和庐陵(今江西吉安)说。

《三国演义》是罗贯中在总结前人著述的基础上加工创作而成的。早在六朝时期，魏、蜀、吴三国的故事就已流传。晋人陈寿所撰《三国志》，后经刘宋史学家裴松之大量引用杂史作注，史料大为丰富。南朝时刘义庆作《世说新语》，刘孝标又为之作注，大量引用三国人物故事，三国故事遂大为流传。到唐代，三国故事的传说和讲史就已盛行，到北宋更是深入民间，并且以蜀汉为正统的贬魏尊汉观念深入人心。以三国故事为内容的杂剧、话本也盛行起来。元英宗至治年间(1321—1323)刊印的《全相三国志平话》，应是现存最早的三国故事话本。它讲述的三国故事情节丰富、人物众多、形象鲜明，为罗贯中的《三国演义》创作提供了坚实的基础。罗贯中也正是以其为蓝本，进行了加工、创作，写成了伟大的长篇小说《三国志通俗演义》。

三国时期,是一个农民起义和军阀混战的战乱时代。"铠甲生虮虱,万姓以死亡。白骨露于野,千里无鸡鸣。生民百遗一,念之断人肠"(曹操《蒿里行》),是那个时代广大人民处于水深火热之中的真实记录。由于三国故事深入人心,久为流传,所以每当动乱频仍的时代,三国故事就更为人们所喜爱,引起人们的联想。人们通过讲述三国故事,对照今古,以古喻今,以古讽今,寄托自己的感慨和理想。三国故事在流传中逐渐加进了人们的观点、立场。许多人物、事件、思想倾向,就是在流传之中逐渐丰富起来、逐渐定型的。这些都为《三国演义》的创作提供了思想借鉴。

《三国演义》讲述的故事起于东汉灵帝中平元年(184)的黄巾起义,迄于晋武帝太康元年(280)的三国归晋,大约一百年间的历史故事,涉及当时的政治和军事斗争以及一些人物的活动,揭示了当时的种种黑暗、腐朽的社会现实,暴露了封建统治阶级上层人物的虚伪、丑恶、残忍面目,谴责了统治阶级的罪恶,反映了战乱时代人民遭受的种种苦难,表现了他们反对战争、渴望统一的愿望,寄托了作者无限的同情和褒贬爱憎的态度。

《三国演义》的思想内容和思想倾向主要可以归纳为以下几点:

一是塑造了许多人物形象。对这些人物,作者有着鲜明的爱憎褒贬。首先,对一些反面人物,作者予以严正的谴责。例如第四回写权臣军阀董卓的残忍:他的军队到阳城地方,正遇上"男女皆集"的"村民社赛"的集会,"卓命军士围住,尽皆杀之。掠妇女财物,装载车上,悬头千余颗于车下,连轸还都……于城门下焚烧人头,以妇女财物分散众军。"这种情景与女诗人蔡琰《悲愤诗》的描写完全相同,真实反映了历史的真实,其态度中的谴责与同情是分明的。再联系到元末明初的战乱现实,作者以古讽今的创作态度也是鲜明的。再如写大奸臣曹操,一方面满口仁义,高喊扶持王室,拯救黎民,以天子为号召;另一方面却又胁迫汉帝,杀戮大臣,无君臣之礼,"但得城池,将城中百姓尽皆屠戮"(第十回),暴露了其虚伪、残忍、奸诈的嘴脸。其次,对正面人物,作者倾情倾力地给予热情的歌颂,最明显的是表现在对刘、关、张以及诸葛亮等人的描写上。"桃园三结义""三英战吕布""千里走单骑"等故事歌颂了他们团结、侠义和生死与共的精神。宽厚仁爱的刘备、侠肝义胆的关羽、鲁莽中见精细的张飞,无不栩栩如生。对诸葛亮,则歌颂其料事如神的智慧和谋略,如"草船借箭""蒋干中计""舌战群儒"等,无不把他描写成了神奇人物和忠贞的化身。对这些人物的褒贬爱憎,显现了作者"拥刘反曹"、以蜀汉为正统的观念。

二是生动地记述了广阔的战争场面和纵横捭阖的政治、外交斗争。诸葛亮、曹操乃至孙权,都可以说是卓越的军事家、政治家、外交家。《三国演义》正是通过他们的活动把三国三方之间各种错综复杂的斗争生动地表现了出来。例如赤壁之战前,三方之间有联合、有斗争,穿插着引诱、威胁,生动地表现了当时的政治、军事、外交的形势。对战争的描写也充满传奇性,生动地表现了战争场面的壮阔。《三国演义》不仅从正面描写战争宏阔的场面,而且表现了人心的向背、战略战术的得失,揭示了战争胜利和失败的必然性。如赤壁之战,首先,作者表现了战争双方的正义和非正义性质,因而揭示了人心所向;其次,描写了刘备和孙权在政治、外交和军事上的联合,因而揭示了刘备、孙权一方的战略决策的正确,而曹操在军事战术上却采取了一系列错误的决策。通过这些描写,战争胜败已昭然若揭。

三是其思想倾向以蜀汉为正统。全书虽然写三国之间的矛盾和斗争,却是以汉、魏为斗争的主线,并且把蜀汉作为正义与正统的代表,把曹魏刻画成篡汉夺权的奸险僭越的化身。这一观点主导着全书。但凡是蜀汉的代表人物多是正义的化身。宽厚爱人的刘备、忠贞不二的诸葛亮、仁义道德的关羽、鲁莽可爱的张飞,乃至赵云、黄忠,等等,无不有高尚的道德、忠贞的节操,均可为世人表率。而曹操则是全书最突出的反面人物,他奸诈、虚伪、凶残、贪婪。其他曹魏人物也无不打上曹操性格的烙印。总之,在作者笔下,大多数蜀汉人物都是高风亮节的正面人物,而几乎所有的曹魏人物都是奸险凶诈的反面人物。蜀汉为正统、曹魏是僭越的思想贯穿全书。作者的这种观点可能也寄托着对元代蒙古族统治中原的不满。《三国演义》的这种正统观影响了后世人们对历史人物的爱憎感情和评价,以致在一定程度上模糊了历史的真实。

当然,《三国演义》的思想内容和思想倾向存在某些缺点是必然的,因为全书是在民间流传的故事基础上加工创作而成的,作者不可能完全摆脱民间流传故事的内容和思想倾向。另外,作者的阶级出身、个人经历也会影响作品的内容和思想倾向。如对黄巾起义的否定和侮蔑,对曹操作为一个有所作为的政治家、军事家的否定,都无不打上了时代和阶级的烙印。不过,总的说来,作为历史演义小说,它的主要方面还是应该肯定的。

《三国演义》的艺术成就归纳起来有以下几点:

其一,它是浪漫主义和现实主义结合的作品。它虽然是小说,但基本上反映了汉末至魏晋之际的现实生活,符合历史真实,很多事件、人物为历史上所实有。而对一些事件、人物的具体描写既尊重历史,又不拘囿于历史真实,而是进行了浪漫主义的加工创造,如对诸葛亮的描写,其中不乏浪漫主义的创造,"草船借箭"中的诸葛亮料事如神,几乎成了神人。

其二,《三国演义》的战争描写在我国古代小说中是空前绝后的。它不仅描写出巨大宏伟的战争场面,而且描写出战争的前因后果,战争各方在政治、军事、外交、经济等方面的错综复杂的关系,暗示出战争胜败的必然性。无论是早期的官渡之战,还是后来的赤壁之战,无不场面宏伟壮阔,关系错综复杂,失败的一方也是在看似偶然中寓含着必然。

其三,《三国演义》塑造了许多人物形象,这些人物形象各具特色,具有典型性。奸诈的曹操、神奇的诸葛亮、仁义的关羽、鲁莽的张飞,无不给人留下深刻的印象,在读者中流传千古。

其四,《三国演义》的语言也自有特色,浅近文言与白话夹杂,既不影响读者的理解阅读,又有一点温文雅儒的特色。

但是,《三国演义》在艺术上也有缺陷,就是人物性格的定型性,缺少发展变化。似乎曹操生来奸诈，孔明生来聪明，其他人物大体也是如此。另外，有些人物被夸张到了适得其反的地步。正如鲁迅所说："如他要写曹操的奸，而结果倒好像是豪爽多智；要写孔明之智，而结果倒像狡猾。"其他如写刘备的宽厚仁爱，倒像是藏伪。这些都是作者未能恰当运用夸张手法的结果。

《三国演义》对后世小说，特别是对历史演义小说的影响巨大。明清两代这类讲史演义小说如雨后春笋般涌现。单是明代的就有余邵鱼的《列国志传》（后经冯梦龙改编为《新列国志》，再经清人蔡元放改为《东周列国志》）、冒题罗贯中之名的《残唐五代史演义传》、甄伟的《西汉通俗演义》、谢诏的《东汉通俗演义》、熊大木的《两宋志传》等。

二 《水浒传》

水浒的故事也是首先在民间流传的。宋徽宗宣和年间（1119—1125），宋江等人在山东郓城梁山泊一带起义。据史书记载："宣和三年二月，淮南盗宋江等犯淮阳军，遣将讨捕。又犯京东、江北，入楚海州界，命知州张叔夜招降之。"（《宋史·徽宗本纪》）又载："宋江起河朔，转略十郡。"（《宋史·张叔夜传》）史书的记载虽然简略，但宋江起义的事迹却在人民中广泛流传。经过人们的加工创造，情节更加曲折生动，人物形象越来越复杂鲜明，整个故事结构也越来越宏伟壮阔。宋末元初龚开的《宋江三十六人赞》最早记述了36人的姓名和绰号，其《序》说："宋江事见于街谈巷语。"可见水浒故事在当时民间的广泛流传和被人们所喜爱的程度。与此同时，水浒故事也成为说话、杂剧的重要题材内容。今天尚能知道的宋元话本目录中就有不少梁山水浒的名目，如"公案类石头孙立""朴刀类青面兽""杆杖类花和尚、武行者"之类。《宣和遗事》（又名《大宋宣和遗事》）就是这类讲史话本的提纲式作品。元杂剧中题涉水浒的有二十多种（现存六种）。这些无疑更加丰富了水浒故事的内容情节和人物形象。到了元末明初，经过作家的加工、润饰、丰富、扩展，完整的《水浒传》就水到渠成地出现了。

关于《水浒传》的作者,最早的明嘉靖刊本和万历己丑刊本都署名"施耐庵集撰,罗贯中编修",就是说最后把水浒故事加工成书的是施耐庵,罗贯中也参与了编修工作。现在一般都认为《水浒传》的作者是施耐庵。关于施耐庵,历史资料留存很少。现在经过文学史家的搜罗、整理,也只有下面大概的面目:施耐庵,元末明初人,有学者考证他约生于元成宗元贞二年(1296),死于明太祖洪武三年(1370)。据说名子安,原名耳,字耐庵。原籍钱塘(今浙江杭州),或谓祖籍苏州,后迁淮安,为江苏兴化人。三十五岁中进士。又传说他曾参加元末农民起义,恐不可信,但是他经历过农民大起义,却是无可置疑的。大约正是元末轰轰烈烈的农民起义,给了他整理加工以农民起义为内容的水浒故事的灵感,于是以《宣和遗事》等话本故事为蓝本编写创作了《水浒传》。

《水浒传》又名《忠义水浒传》,最早的明代嘉靖刻本和万历刻本均为一百回,应该最接近施耐庵的原作。后来又有万历间余象斗的百二十回本,增加了"征田虎"和"征王庆"的内容。天启、崇祯年间又出现了杨定见的百二十回本,对"征田虎"和"征王庆"的故事加以增饰。明末清初的金人瑞(金圣叹)腰斩招安及招安后事,删改成七十回本。新中国成立后,三种本子均有出版,唯把金本的"楔子"改为一回,作七十一回。

《水浒传》真实地记述了宋江领导的农民起义的整个过程,反映了封建社会中广大农民所受的剥削和压迫,揭露了封建社会统治者的荒淫、凶残、贪婪和无耻,揭示了官逼民反的事实。同时,它也揭示了农民起义的局限性、悲剧性和失败的必然性。关于其思想内容,我们可以具体归纳为以下几点:

其一,怀着热情和同情之心描写了宋江起义发生、发展、壮大和失败的整个过程。宋江起义在历史上实有其事,事情发生在宋徽宗宣和年间,《宋史》中就有"宣和三年二月,淮南盗宋江等犯淮阳军……又犯京东、江北,入楚海州界,命知州张叔夜招降之"的记载,只是记载很简略,没有具体的事件记述。但《水浒传》就是根据这简略的记载和民间流传的水浒故事，写成洋洋一百回的文字。从小到大、从星星之火到燎原之势，再到招安失败，生动记述了宋江起义的全过程。《水浒传》开始写的多是英雄们个人的反抗，逐渐发展到少数英雄的小群体结合，然后发展成为梁山泊英雄的大聚义，形成了攻城掠地的燎原之火，最后，由于领导者的软弱和思想的局限性以及统治者的利诱和分化瓦解，接受了招安，起义失败。作者在描写中对起义英雄充满了同情和赞颂，对统治者的荒淫、无耻、贪残、凶暴作了无情的揭露和嘲弄，揭示了他们表面张扬、内心虚弱的本质；同时也揭示了封建社会里阶级对立、阶级矛盾和阶级斗争这一本质现象。当然，小说也无可避免地、真实地反映了农民起义的阶级和思想的局限性，以及失败的必然性。

其二，揭露了统治阶级的荒淫无耻、贪残凶暴。《水浒传》写宋徽宗昏庸无能，荒淫无度。他为了自己享乐，一方面大肆搜刮民财，大兴苑囿宫室，另一方面任用贪官，荒芜国事。他不理政事，把国家大权交给蔡京、童贯、高俅、杨戬四大贪官。其中"浮浪破落户子弟"出身的高俅，作者更是把他作为贪官的典型来描写。他卖官鬻爵、残害忠良、贪婪荒淫、搜刮民脂民膏、纵容无赖子弟霸占民女民妻，无恶不作，无所不为。其他大小官吏也大多如此，都是上层统治者的奴才走狗。他们织结成笼罩在被压迫者头上的罪恶之网，使人民陷入水深火热之中。

其三，揭示了官逼民反的社会现实。统治者的残酷剥削和压迫必然要引起被压迫者的反抗和斗争，这是封建社会里阶级矛盾和阶级对立的必然结果，历史上无数次的农民起义的起因无不如此。《水浒传》中，大大小小的贪官污吏对下层人士以及劳动人民的贪残凶暴直接导致了人们的反抗。无论是八十万禁军教头的林冲，还是普通的渔民、猎户，他们走上梁山的原因，都可以归纳为一个"逼"字。官逼民反，民不得不反，正是水浒英雄的必由之路。其中写林冲的"逼上梁山"，最具有典型性。他是八十万禁军的教头，官不可谓不高，待遇不可谓不好；他有美丽贤惠的妻子，家庭生活不可谓不幸福安宁。

但是高衙内明目张胆地调戏他的妻子;后来高衙内为了霸占他的妻子,诬陷他入白虎堂行刺,发配沧州充军;高衙内又派陆虞候陆谦到沧州,火烧草料场,企图彻底从肉体上消灭林冲。林冲在一再忍让后,被逼到了绝路,终于被逼上了梁山,走上了彻底反抗的道路。林冲的路是大多数梁山英雄所走之路。

其四,塑造了许多栩栩如生的人物形象,特别是英雄人物形象。在众多的英雄人物之林中,几乎所有的英雄都能给读者留下形象鲜明丰满的印象。无论是出身下层劳动者的李逵、阮氏三兄弟等的朴实、侠义,还是出身官僚贵族的柴进、卢俊义的软弱、善良,无不生动地呈现在读者面前。其中林冲、李逵、鲁智深的形象最有典型性。

林冲是东京八十万禁军教头,出身于中下层官吏家庭,妻子美丽,家庭幸福,自己本心也是愿意兢兢业业地为朝廷服务。但是,以童贯为代表的贪官污吏,却一要夺取其妻子,二要发配其充军,三要谋杀其性命。他虽然倍受凌辱,忍让再三,但终不获免,只能杀死仇人,逼上梁山。林冲的性格发展变化,最具有典型意义。

鲁智深无家无业,没有林冲那样的家庭牵累,所以他那无拘无束、疾恶如仇的性格更是得到尽情的展现。他敢于打抱不平,为了救金家父女急难,三拳打死地痞流氓恶霸镇关西。第三回篇末赞他"禅杖打开危险路,戒刀杀尽不平人",是他直爽、粗犷、见义勇为性格的真实写照。

李逵则是劳动者出身,性格鲁莽中透着精细,对朋友、对事业忠心耿耿,坚贞不屈。他救柴进、打李鬼,造反精神最强烈、最坚定,经常说要"杀去东京,夺了鸟位",坚决反对招安,当宋江流露招安情绪时,他大叫:"招安!招安!招什么鸟安!"甚至在他死后,宋徽宗还梦见他"抡起斧头,向自己砍来,吓出一身冷汗"。他是梁山好汉中最坚定的革命者。

其他如武松、阮氏三雄、吴用、宋江,无不性格突出,形象鲜明。就是一些着墨不多的反面人物,如宋徽宗、高俅、高衙内、西门庆、镇关西、毛太公等,或昏庸,或贪残,或荒淫,或奸猾,也都给读者留下深刻印象。

《水浒传》描写的宋江领导的梁山泊起义失败了,但其描写的人物,特别是那些英雄人物却流传下来,成为我国古典小说人物之林中典型的人物形象,在读者心灵中占据着无可替代的地位。

《水浒传》的艺术成就十分突出,归纳起来有以下几点:

其一,《水浒传》作为文学作品,是在民间文学的基础上加工创作的。清初小说评论家金圣叹在评论《水浒传》时,把它与《史记》作了比较,认为《史记》是"以文运事",《水浒传》是"因文生事"。"以文运事","事"不能编造;"因文生事","事"却可以虚构。作者正是在历史真实的基础上,充分发挥了"因文生事"的特点,以现实主义和浪漫主义相结合的手法创作了伟大的《水浒传》。《水浒传》无论在记述事件还是描写人物时,都在本质上反映了历史的面貌,表现了人民的愿望和理想。同时,《水浒传》又充分运用了想象、夸张的艺术手法,使作品带有浪漫主义的情怀。如写吴用的智取生辰纲,鲁智深的拳打镇关西、倒拔垂杨柳,武松的景阳冈打虎,公孙胜的降魔布阵,戴宗的日行八百里等,无不是理想主义的夸张和想象,使作品带有浪漫主义的色彩。

其二,《水浒传》在塑造人物形象时运用了多种手法。首先,《水浒传》善于在矛盾斗争中刻画人物。许多水浒英雄都是在尖锐的矛盾中,甚至在生死攸关的场景中,展现其性格发展过程,突出其主要性格特征。许多人物被逼上梁山,往往是因他们被剥削压迫最严重的时候杀人越货,受到统治者的追捕迫害,不得不上梁山。林冲的性格就是在其受迫害、生命危在旦夕中得到展现的。他先是忍让、软弱、犹豫,最后在对手残酷的追杀中终于下定了决心,走上梁山,成了一个坚定的造反英雄。其次,在刻画人物时,还常常刻画出人物的心理活动,表现人物的性格。例如李逵在回家接老娘上梁山途中遇到李鬼打劫,正要杀他,那李鬼却用家里有老娘要养活的话诳他,李逵"听的说了这话,自肚里寻思道:'我特地归家来取娘,却倒杀了一个养娘的人,天地也不佑我。罢罢,我饶了你这厮性命'"。于是不仅放了他,还给了他银两,让他回家"改业",赡养老娘。这里对李逵心理活动的描写,表现了李逵鲁莽中的细心和善良。最后,《水浒传》还善于运用对比的方法表现人物性格特征。例如李逵和鲁智深,性格是粗鲁中有细心的一面,但作者在描写二人时通过对比,表现了他们各自性格中的差异。如上文所引李逵遇李鬼时,先不问情由,就要杀他,是他粗鲁的一面;等李鬼编谎话诳他,就马上放了他,且给予银两。可见他又有细心的一面,但这种细心却含有轻信幼稚的成分。鲁智深为救金家妇女,不顾自己的危险,打杀了镇关西,当然也有粗鲁的一面;可是事后,却赶紧机智地脱身,表现了他的细心含有机智和成熟稳健的成分。

其三,《水浒传》在语言运用上也有突出的成就。首先,《水浒》的语言由于较多继承话本等民间文学的传统,基本上采用白话的形式,具有北方话的口语特点,经过作者的加工、提炼,不仅通俗易懂,而且成为一种优美的文学语言,简练、明快、畅达、准确、生动。这与《三国演义》的白话中带有浅近文言大有区别。其次,《水浒传》的语言极富个性化的特色。就是说,人物的语言,因人物的身份、性格不同而有不同的特点。如七十五回写朝廷发诏招安,言语中多有污辱梁山英雄之处,李逵听了,扯碎诏书,揪住李虞候便打,喝道:"你莫要来脑犯黑爹爹,好歹把你那写诏的官员尽都杀了!"鲁智深则提着铁禅杖,高声骂道:"入娘撮鸟,忒杀是欺负人!把水酒做御酒来哄咱们吃!"而在同样的性情下,宋江却护卫颁旨的陈太尉等朝廷官员下三关,再拜服罪,说:"非宋江等无心归降,实是草诏的官员不知我梁山泊里弯曲。若以数句善言抚恤,我等尽忠报国,万死无怨。太尉若回到朝廷,善言则过。"三人的语言反映出他们的性格差异明显,但都形象鲜明突出。

《水浒传》的高度思想性和艺术性使之在后世产生了极大影响。首先,后世起事反抗朝廷斗争的英雄们,不仅学习梁山英雄的勇气,而且学习其斗争的方法和策略。其次,它的英雄传奇的小说形式,影响了后世的小说创作。明清两代,水浒故事的续作多有出现,较好的如《水浒后传》。同时,《水浒传》也为后来的戏曲、弹词等艺术形式提供了题材内容。另外,《水浒传》之后,"少不看《水浒》"这句话广为流传,从反面说明它受到广大读者的欢迎喜爱,以及它在人民群众中的深远影响。

三 《西游记》与《金瓶梅》

《西游记》是明代长篇小说中的一部伟大的神魔小说,主要写唐僧、孙悟空等师徒四人去西天取经,路途中降妖伏魔、历经艰险的故事。《西游记》是我国长篇小说中最具有浪漫主义精神的伟大作品,也是我国古典小说浪漫主义的巅峰之作。

唐太宗贞观三年(629),高僧玄奘为了取得天竺的真经,只身赴天竺(印度),历时十七年,途经百余国,行程数万里,克服千难万险,终于取回了真经。玄奘回到长安后,口述其途中经历,由门徒辩机辑录整理成《大唐西域记》一书。玄奘取经这一事件,在古代交通艰难、异域隔绝的情况下,本就具有探险性、冒险性和神奇性,容易给人以丰富的联想。后来玄奘的门徒编撰《大唐大慈恩寺三藏法师传》时,就在他的经历中加进了许多神话传说,启发了后人在讲述玄奘取经故事时逐渐增加神话的成分,离真实的事件越来越远,故事的浪漫主义神话色彩越来越浓厚。宋代说话人根据这个题材,编写了话本故事《大唐三藏取经诗话》。到了元代,再经过说话人的加工,出现了远较《取经诗话》情节丰富的《西游记平话》。《平话》今全本不传,但从保存下来的片断"梦斩泾河龙""车迟国斗圣"原文看,它应是《西游记》的创作蓝本。另外,宋金元院本、戏文、杂剧中也出现过不少以取经为题材的作品,像院本《唐三藏》、戏文《陈光蕊红流和尚》、杂剧《唐三藏西天取经》《西游记杂剧》等,虽有的作品今天已佚,但在当时都曾流布。这些都必定给长篇小说《西游记》的创作提供过有益的资料。吴承恩正是在前人创作的基础上写成了卓越的《西游记》。

吴承恩(约1500—约1582),字汝忠,号射阳山人,山阳(今江苏淮安)人。曾祖父、祖父均为学官,父亲好读书而经商。科场屡困,仕途坎坷。嘉靖中补贡生,嘉靖末任浙江长兴县丞。后遂绝意仕途,专事创作,以诗文自娱。其文学上最主要的贡献就是在前人作品和民间传说的基础上,再创作了极富浪漫主义色彩的杰作《西游记》。

《西游记》的内容是唐僧西天取经,但它的深刻思想性在于它以神话故事的外衣和借取经途中降妖伏魔的神魔故事曲折地反映了当时的社会现实。

首先,《西游记》通过孙悟空"大闹天宫",揭露了封建社会的黑暗和人民的反抗。孙悟空反抗是因为"天宫"的统治者昏庸;孙悟空的反抗代表了人民的反抗,在他的眼里,什么玉皇,什么龙王,什么天王、天尊,只不过是一群昏庸的帝王将相,一群泥塑的巨人,他都敢把他们打翻在地,再踏上一只脚。他从海里闹到天上,再从天上闹回地上,闹得天翻地覆,如入无人之境,这就彻底揭穿了统治者貌似神圣实则虚弱的嘴脸。"大闹天宫"虽然以孙悟空的失败告终,但是整个过程描写得有声有色,充满着浪漫主义和乐观精神,代表着人民的思想意识和精神风貌。可以说"大闹天宫"是《西游记》最重要、最富思想意义的情节内容。这个故事无疑是以我国古代无数次的农民起义为想象基础的。

其次,《西游记》在第八回之后,主要描写孙悟空皈依佛法和保护唐僧西天取经、终成正果的过程。虽然说从造反到皈依佛法,降低了孙悟空这一人物的思想意义,但也是《西游记》这一从民间故事演绎而来的故事情节的必然发展。这一阶段故事的思想意义在于孙悟空战胜妖魔鬼怪,代表了人民不畏艰难万险和正义战胜邪恶的精神,歌颂了人民的英雄主义。

最后,唐僧取经经过了许多西域的国度,也表现了我国古代人民渴望了解世界的愿望和在交通落后情况下的探险精神,并且有一定的讽谕性。在《西游记》描写的国度中,有的是历史上存在过的国家,也有的是凭空编造的国度。在对这些国度的描写中,有着许多神奇的人物、风物和民俗。这些描写无疑会引发人们对远方异域的向往。而且,在作者描写的国度里,有的国家"文也不贤,武也不良,国君也不是有道",对比当时的明代社会现实,无疑有着讽刺的意味。至于写车迟国的国王相信妖道、比丘国的国王求延年益寿的海外秘方,当可能是对明代有的帝王佞道灭佛的讽刺和批判。

《西游记》是我国古代神魔小说中最杰出的一部长篇巨著,在艺术上有卓越的成就。首先,这是一部最杰出的浪漫主义作品。它以空前的想象和夸张,塑造了无比神奇的神话世界。其次,它塑造了众多的丰富多彩的人物形象,这些人物形象丰满、性格鲜明。孙悟空的勇敢机智和富有反抗性、猪八戒的憨厚单纯和贪图便利、唐僧的胆小怕事和善恶不分等等,无不如绘如塑,活灵活现。就是一些反面人物,也不是千魔一面,而是各具个性特征。像铁扇公主、牛魔王等也因其具有鲜明的性格形象特征,而长期留在读者的印象之中。再次,《西游记》在结构上也有自己的特点。它结构宏大,但井然有序,层次分明。之所以如此,是因为作者使各个故事既有相对的独立性,全篇又安排得井井有条,浑然成一有机整体。最后,《西游记》的语言也有很高的成就。它吸纳了民间的口语和说唱的形式,但又经过作者的加工创造,形成一种韵散结合、和谐完整、富于变化和幽默感的文学语言。

《西游记》对后来的神魔小说的创作有很大影响。《西游记》之后,出现了一些诸如《西游记传》《后西游记》《续西游记》《西游补》等续作、仿作,但都难以达到《西游记》的思想和艺术高度,唯《西游补》尚有一定的创造性。另外,像《三宝太监西洋记通俗演义》《封神演义》等也是受到《西游记》影响的神魔小说。

成书约在万历(1573—1620)年间的《金瓶梅》是我国古代第一部由文人独立创作的长篇小说,也是第一部以家庭生活为题材的长篇小说。《金瓶梅》署名兰陵笑笑生,兰陵即今山东枣庄市峄城区(原峄县),因此,专家认为,所谓兰陵笑笑生者,当是峄县的一个匿名的文人,姓名已不可考。至于认为作者是王世贞之说,乃是没有根据的臆说。

《金瓶梅》的题材由《水浒传》的"武松杀嫂"一节衍化而来。全书以土豪、恶霸、奸商西门庆和潘金莲、李瓶儿、春梅的荒淫关系为中心，描写了封建统治阶级上上下下以及土豪恶霸、奸商猾吏、地痞流氓等的种种恶行，揭示了这是一个奸猾当道的魔鬼世界；通过对西门庆家庭的解剖，深刻暴露了封建社会的腐朽没落和必然灭亡的命运。这是《金瓶梅》这部书的全部思想内容之意义所在。

《金瓶梅》以自然主义和客观主义的态度描写西门庆及其他一些人物的荒淫无耻的糜烂生活，虽然暴露了那个腐朽的社会，却缺少对它的批判，反而充满着低级趣味的色情描写。这就使得一部分读者在阅读这部书时难免受到诱惑而去欣赏和艳羡这些低级趣味。

《金瓶梅》在艺术上的成就是空前的。它首先把家庭生活引入创作题材，以解剖家庭的形式暴露社会的黑暗，赋予了家庭生活以重要的社会意义。其次，它塑造了几个成功的人物形象。如西门庆的荒淫无耻和横行霸道、潘金莲的淫荡嫉妒和凶狠毒辣、应伯爵的市井流氓和帮闲嘴脸、陈经济的无耻无赖和纨绔形象，都有生动的刻画和描写。再次，作者把纷繁琐细的家庭生活和复杂交错的家庭、社会矛盾组织的井然有序，眉目分明。最后，《金瓶梅》的语言高度生活化，精练准确，酣畅流利，风格爽朗泼辣。不过，《金瓶梅》下流的色情描写、触目皆是的淫辞浪语、过于琐碎的细节描写，大大降低了它的文学和美学价值。

《金瓶梅》对后世小说创作有很大的的影响。在题材、语言和细节描写上，它影响了《红楼梦》，这是积极的影响；另外，《金瓶梅》之后出现了大量的淫秽小说，如《玉娇李》以及《续金瓶梅》《隔帘花影》等，都是受其影响的等而下之的东西，这是消极的影响。

第八章　清代文学

清代是中国古典文学的变革期,几乎所有文学形式——诗、文、戏剧、散文、小说等在这一时期都开始了由传统向现代的转变。

第一节　清代诗文词

一　清代诗歌

(一)顾炎武及清初遗民诗人

清初的遗民诗人如顾炎武、王夫之、黄宗羲等,由于经历过明清易代的变乱,作品都有强烈的民族意识和现实意义,而顾炎武更是其中的优秀代表。

顾炎武(1613—1682),字宁人,号亭林,江苏昆山人,是明末清初著名的学者和诗人,著有《日知录》《亭林诗文集》。他推崇白居易"文章合为时而作,诗歌合为事而作"的主张,提出"诗主性情,不贵奇巧"。顾炎武的诗多写国家民族大事,托物寄兴,吊古伤今,表现了深厚的民族情感和崇高的民族气节。如《京口即事》写史可法督师扬州,《精卫》借神话表现誓不屈服的坚强意志。顾炎武的诗既有丰富的社会历史内容,又坚持诗歌创作的现实主义精神,风格沉雄悲壮,接近杜甫。

号称"江左三大家"的钱谦益、吴伟业和龚鼎孳虽都因屈节事清而为人不齿,但在清初诗坛仍有着很大的影响。钱谦益主盟文坛数十年,他提倡宋诗,推崇苏轼、陆游和元好问,反对严羽的"妙悟说"。吴伟业在诗歌方面的成就更加突出。他推重唐诗,提倡学习盛唐诸家和元白。他的诗歌题材比较广泛,有很多感时伤事之作,如《松山哀》《圆圆曲》《捉船行》等。吴伟业古体诗成就较高,尤其是七言歌行,文词清丽,音调和谐,既微婉含蓄,又沉着痛快,人称"梅村体"。

(二)王士禛及康乾诸家

清初至清中叶,诗坛上相继出现了许多诗派,提出了不同的诗歌创作主张,如王士禛的"神韵说",沈德潜的"格调说",袁枚的"性灵说",翁方纲的"肌理说"等。这些诗歌主张尽管各不相同,总的趋势却都是脱离清初的现实主义之风,朝着拟古主义和形式主义的方向发展。而代表这种转变开始的,正是康熙时期的诗坛领袖王士禛。

王士禛(1634—1711),字贻上,号阮亭,又号渔洋山人,山东桓台人。他论诗以神韵为宗,推崇王孟韦柳的澄淡冲和、含蓄隽永,以"不着一字,尽得风流"为诗歌的最高境界。他的诗歌理论对于纠正专学盛唐、晚唐或宋诗而造成的空疏粗浅、缛丽浮艳和以议论学问为诗的偏向起了一定的作用,但强调太过,却不免陷入神秘主义,产生消极作用。王士禛的诗歌创作正是其诗歌理论的实践,他的诗多是流连风景、酬和赠答之作,一些描写山水景物、咏怀古迹的作品,如《秋柳》《真州绝句》《碧云寺》等,皆空灵疏淡,自然天成。

从康熙晚年到乾隆中叶,在诗坛上产生较大影响的,首先是沈德潜提倡的"格调说"。他认为诗应该"和性情、厚人伦、匡政治",故而诗人立言,态度上须"温柔敦厚""怨而不怒";艺术上须讲究比兴,注重格律声调。他编选的《古诗源》《唐诗别裁》等,正体现了他的这一拟古主义诗歌主张。

针对当时的形式主义和拟古主义诗风,袁枚则标举性灵,以为反驳。袁枚(1716—1798),字子才,号简斋,浙江钱塘人。袁枚论诗,主张性情,他认为诗人须"不失其赤子之心",作诗则"不可以无我",认为"性情"是诗的根本,无论古今、派别、风格,凡写出真性情者便是好诗。主张自由抒写,反对虚谈格律。袁枚的诗作,如《苔》《起早》《春柳》等,皆直抒性情,写自己日常生活中的感受,别有一种清新灵巧的韵味。

翁方纲的"肌理说"则是在考据学统治下产生的一种诗歌理论。他提出"为诗必以肌理为准",认为作诗要把义理(思想意义)、文理(组织结构)、肌理(学问材料)统一起来。而他自己的诗也因此"宗江西诗派,出入山谷、诚斋"。嘉庆年间,随着翁方纲成为诗坛领袖,"肌理说"影响渐大,并一直影响到近代的宋诗运动。

此外,黄景仁也是乾隆时期的重要诗人。黄景仁(1749—1783),字仲则,江苏武进人。他是一个坎壈不遇、多愁善感的才子,作品多抒写自己穷愁孤苦的身世之悲,风格凄寒哀婉,如《癸巳除夕偶成》《都门秋思》等。

(三)晚清近代诗坛

在清代诗坛上,真正打破诗坛拟古主义与形式主义的局面,开近代文学风气之先的是龚自珍。

龚自珍(1792—1841),一名巩祚,字瑟人,号定庵,浙江仁和(今杭州)人。龚自珍是晚清著名的思想家,是一个时代的先觉者,但他的一生困厄下僚,与世寡合。这样一种思想基础和身世际遇,使得龚自珍的诗中有着一种孤傲悲慨之气。如他在《十月廿夜大风不寐起而抒怀》中所言:"欹斜谑浪震四坐,即此难免群公瞋"。正是"我劝天公重抖擞,不拘一格降人材"这样超越世俗的追求,给他带来"侧身天地本孤绝"的精神痛苦。龚自珍的诗歌在艺术表现上颇具特色,他常用丰富奇异的想象、瑰丽的文辞来表现自己奔放豪迈、自由不羁的精神。如"西池酒罢龙惨语,东海潮来月怒明",又如"如钱唐潮夜澎湃,如昆阳战晨披靡,如八万四千天女洗脸罢,齐向此地倾胭脂"。在诗歌形式上,他的古体诗与七言绝句较多,而选择这些较少格律束缚的诗体,正是为了更好地表现其桀骜不驯的精神。

在龚自珍开创进步的文学潮流的同时,诗坛出现了新的拟古主义,这就是宋诗运动。这是反对模仿汉魏盛唐的流派发起的一种诗歌主张,它提倡模仿杜、韩、苏、黄。这一派中较著名的诗人有何绍基、郑珍、莫友芝等,曾国藩对这一诗派的影响也很大。

同治、光绪年间,随着资产阶级改良运动的进行,诗歌改良运动也应运而生。梁启超等提出了"诗界革命"的口号,而黄遵宪则从理论和实践上为创作"新派诗"开辟了道路。他反对拟古和形式主义,提倡"我手写我口",主张诗歌要"旧风格含新意境"。他的诗歌多记时事,如《悲平壤》《哀旅顺》《哭威海》等均反映了中日战争中的大事件,有诗史之称。

在诗歌改良运动进行的同时,诗坛上还存在一些传统诗派,且影响远大于新派诗人。最有声势的,是以陈三立、陈衍为代表的宋诗派(即"同光体"诗人),以王闿运为代表的汉魏六朝诗派,以樊增祥、易顺鼎为代表的中晚唐诗派。这些诗派虽然门户众多,却最终也无法挽回传统诗歌走向没落的趋势。

二　清代散文

清初至清中叶的散文,也出现了诸多的流派和主张。清初,以顾炎武、黄宗羲为代表的进步思想家都重视文章内容,主张"文须有益于天下",反对书写"无道可载"的文章,反对一味模拟、雕琢藻饰。顾炎武的《吴同初行状》、黄宗羲的《张南垣传》和《柳敬亭传》都是精练纯朴、感情深挚的作品。号称"清初散文三大家"的侯方域、魏禧、汪琬则继承明代唐宋派的散文主张,创作了一些优秀的作品,如侯方域的《李姬传》《任源邃传》《马伶传》,魏禧的《大铁椎传》,汪琬的《江天一传》等。

降及中叶,清代影响最大的散文流派桐城派出现了。桐城派因其代表人物方苞、刘大櫆、姚鼐都是安徽桐城人而得名。他们沿袭了唐宋派推崇《左传》《史记》等先秦两汉文到唐宋八大家的传统,并建立了自己的古文理论。方苞首先提出了"义法"的主张。所谓"义"是文章的观点内容,法则是文章的形式技巧,认为文章应该以"义"为经,以"法"为纬。刘大櫆发展了方苞的理论,探讨"神气""音节""字句"的关系。而桐城派的集大成者姚鼐,则在方、刘的基础上,提出将"义理""考据""辞章"合而为一,这样就把观点、材料、表现技巧结合起来,概括出了文章创作的基本规律。在这样的理论指导之下,桐城诸家的文章多简洁平淡有余,而鲜活灵动不足。方苞《左忠毅公逸事》《狱中杂记》和姚鼐《登泰山记》是其中为数不多的佳作。

以恽敬、张惠言为代表的阳湖派是桐城派的分支,他们不仅学习经史和唐宋诸家,还旁及诸子百家,且行文中时时间杂骈语,因而文章较有气势、文采。两派之外,袁枚的散文和沈复的《浮生六记》都是成就较高的作品。

此外,在古文运动之后衰落久已的骈文在乾嘉年间亦出现中兴气象,袁枚、汪中、洪亮吉等皆当时名家。其中汪中成就尤高,他的《哀盐船文》《吊黄祖文》都是传诵一时的名篇。

到了晚清,散文的发展出现不同的趋势,一是桐城派古文的中兴,二是新文体的出现。桐城派古文的中兴得力于梅曾亮和曾国藩,尤其是曾国藩不仅修正了桐城派的某些理论,他的创作也被梁启超赞为"桐城派之大成"。只是桐城派的中兴虽然热闹一时,但是很快便归于沉寂。戊戌变法前后,梁启超在《新民丛报》等报刊上发表了很多议论政事、宣传西方学术文化的文章,《少年中国说》是其代表。这些文章虽属文言,但内容广泛新颖、逻辑严密清晰、文字平易畅达,时人称为"新文体"。梁启超的新文体为晚清的文体解放和五四白话文运动开辟了道路。

三　清代词

清代,词的创作在经过元明的衰落后,也开始呈现出复兴之象。陈维崧、朱彝尊、纳兰性德是清初词创作的三大家。

陈维崧(1625—1682),字其年,号迦陵,江苏宜兴人,是阳羡(宜兴之古称)词派的代表作家。他的词学习苏轼和辛弃疾,多豪情壮语,往往豪放有余,沉厚不足。

朱彝尊(1629—1709),字锡鬯,浙江秀水人,是浙西词派的代表作家。他的词宗法南宋的姜夔、张炎,讲究声律字句,风格典雅精工。他还选辑唐宋金元词五百余家为《词综》,宣扬其主张,使浙西词派影响词坛百余年。

纳兰性德(1655—1685),字容若,满洲正黄旗人,著有《饮水词》。纳兰性德崇尚南唐后主李煜,追求出语天然,直抒胸臆。他的词以小令见长,多抒写个人的感伤闲愁和相思离别,风格凄婉哀怨,自然朴素。王国维在《人间词话》里评价他说:"从自然之眼观物,以自然之舌言情,此由初入中原,未染汉人风气,故能真切如此。北宋以来,一人而已。"《长相思》(山一程)正可代表其风格。

降及嘉庆年间,浙西词派已经式微,常州词派兴起并笼罩了清后期的词坛。常州词派试图用经学方式提高词的身份,主张词应要有比兴寄托,要有"论世"的作用,并以此来评说前人词作。常州词派代表作家是张惠言和周济。

清代末期,诗文、小说、戏曲的创作都不可避免地受到了时势的影响,而词却基本保持着传统的样貌,但是气韵更加萧索。比较重要的词人有蒋春霖、谭献、王鹏运、郑文焯、朱孝臧、况周颐等,后四人并称为"清末四大家"。这一时期,词学的整理成就较高,谭献选辑的清人词集《箧中词》、王鹏运校刻的《四印斋所刻词》、朱孝臧校刻的《彊村丛书》,都是词史研究的重要资料。陈廷焯的《白雨斋词话》、况周颐的《蕙风词话》则是比较重要的词论著作。

第二节 清代戏曲

一 李玉及其他清初作家

明末清初,以李玉为代表的苏州派作家的作品较多地关注社会现实。李玉在明末的作品以合称"一人永占"的《一捧雪》《人兽关》

《永团圆》《占花魁》最为有名。清初的作品则以《千钟禄》《清忠谱》为高。《清忠谱》是李玉、朱素臣、毕万后和叶雉斐共同创作的，反映了天启年间东林党人和苏州人民反抗阉党魏忠贤的政治斗争。作品虽然陷入忠奸之争的陈套，宣扬以忠义为主要内容的旧道德，人物性格极端化，但有些人物的描写还是很成功的，如舍生取义的市井豪侠颜佩韦等。此外，苏州派作家朱素臣的《双熊梦》（又名《十五贯》）、朱良卿的《渔家乐》、丘园的《虎囊弹》等也都是曲场经常上演的剧目。

与苏州派作家热衷于道德说教不同，李渔的作品则充满点缀升平、娱乐博笑的市井趣味。他的《笠翁传奇十种》大多是世俗化的爱情喜剧，立意不高，但关目新奇、针线细密、语言诙谐，因而流传甚广，《风筝误》《比目鱼》尤为著名。李渔在戏曲理论方面颇有心得，他在《闲情偶寄》的词曲部，从结构、词采、音律等六个方面论戏曲文学的创作，在演习部从选剧、变调、授曲等五个方面论戏曲表演，这些对后世戏曲的创作和演出都有很大的影响。

在李玉、李渔之外，吴伟业、尤侗是另一类型的戏曲作家。他们的剧作大都借历史素材来表现自己怀才不遇的愤懑、故国覆亡的悲哀，适于阅读而不适于演出，是比较典型的"案头之曲"，如吴伟业的传奇《秣陵春》、杂剧《通天台》，尤侗的传奇《钧天乐》、杂剧《读离骚》《吊琵琶》《桃花源》等。

二　洪昇与《长生殿》

洪昇（1645—1704），字昉思，号稗畦，浙江钱塘人，出身于仕宦之家。他本人做了二十多年的太学生，旅食京华十余年，却未获一官半职。后来更因在佟皇后丧期内观演《长生殿》而获罪消籍，从此失去仕进机会。晚年抑郁潦倒，纵情山水，在浙江吴兴夜醉落水而死。洪昇创作成就主要在戏曲方面，其作品今存杂剧《四蝉娟》和传奇《长生殿》。《四婵娟》体制与徐渭《四声猿》相似，由四个单折短剧合成，分别写历史上谢道韫、卫茂漪、李清照、管仲姬四位才女的佳话。而《长生殿》则是洪昇最为著名的作品。

《长生殿》以安史之乱为背景写唐明皇与杨贵妃的爱情故事。这是一个在前代正史、野史、民间传说、文学作品中广泛流传的题材,洪昇继承前代,又有所发展。

首先,通过唐明皇和杨贵妃的故事描写了一种生死不渝的理想爱情。明代汤显祖的《牡丹亭》问世之后,很多传奇作品都追随《牡丹亭》赞颂真情。洪昇的《长生殿》也不例外,他在《长生殿例言》里说:"棠村相国尝称予是剧乃一部闹热《牡丹亭》,世以为知言。"剧本开场曲便写道:"借太真外传谱新词,情而已。"可见,赞美"精诚不散,终成连理"的深挚爱情正是作品的主题。由此出发,《长生殿》丰富和发展了这个故事中的爱情主题,上卷写二人的感情从声色之好日益发展为深挚的爱情,下卷写他们使"泥人堕泪""铁汉也肠荒"的感人相思。可以说,洪昇是借用《长生殿》来寄托其爱情理想的,而《长生殿》也因此被称为"一部闹热《牡丹亭》"。而且,为了突出情感的纯真,作品对前代的李杨故事进行了净化,回避了杨贵妃与寿王、安禄山的关系,回避了唐玄宗的荒淫误国。为了突出情的超越生死、感天动地,作品为他们安排了同登仙宫、永得团圆的结局。这样的结局虽然缺少悲剧的震撼力,但无疑是符合中国古典爱情故事的传统和民众共同的审美心理的。

其次,《长生殿》没有像前代的爱情剧那样脱离社会现实,将爱情架构在空中楼阁里,而是把李杨的爱情放在安史之乱的广阔社会背景下进行描写。剧本上卷联系其爱情的发展,描写了社会的各种矛盾和那场国破家亡的变乱的发生;下卷则结合他们的生离死别,描写了人们在战乱中转徙流离的悲哀。这样既寄寓了"乐极哀来,垂戒来世"的教训意义,又抒发了历史兴亡的沧桑之感。这在明清易代不久的康熙年间是极容易引起人们共鸣的。《长生殿》对爱情与历史双重主题的深入开掘远远超越了同题材的作品,但是由于历史真实的限制,其中的李杨爱情和最终结局都缺少真实感,也因此缺少感人的力量。

《长生殿》一剧的艺术成就也很高,曲辞与音律俱佳,文情声情并茂。

首先,《长生殿》结构宏伟,情节曲折,张弛有致。《长生殿》全本共五十出,以李杨爱情为经,以安史之乱前后的政治斗争为纬,两条线索一张一弛、交错穿插,既写出了一段感天动地的美好爱情,又展示了宫廷内外广阔的生活画面,塑造了上至帝王将相、下及村野小民的众多人物形象。不足之处在于为了上下对称,故意铺陈,使得下卷显得拖沓散漫;且剧中间杂的一些迎合市民口味的无谓的插科打诨,稍显庸俗。

其次,《长生殿》的曲辞非常典丽优美,极富诗意。作者借鉴了古典抒情诗的创作经验,借景写情,使得剧本充满了浓郁的抒情意味,如《闻铃》《雨梦》中缠绵悱恻的相思之情,《弹词》里苍凉沉郁的兴亡之感,曲曲动人。

最后,《长生殿》音律精严。全剧前后折宫调绝不重复,且南曲之清柔婉转、北曲之慷慨激昂巧妙配合,相映成趣,具有很好的舞台演出效果。

《长生殿》主题的深刻、曲文的兼美使其在当时传演极盛,剧中的若干出至今还常在昆曲舞台上出现。

三　孔尚任与《桃花扇》

康熙年间,随着清朝统治逐步稳固,明朝覆亡的伤痛渐趋平息,文人们开始以一种理性而伤感的情绪来看待明清之际的朝代鼎革,孔尚任的传奇《桃花扇》就是这样的一部作品。

孔尚任(1648—1718),字聘之,又字季重,号东塘,别号岸堂,自称云亭山人,晚年又号桃花词隐。孔尚任是山东曲阜人,孔子后裔,受过良好的家族传统教育,知识渊博,并因为康熙讲经受到褒奖,被任命为国子监博士,走上仕宦之途,先后出任户部主事、户部员外郎。康熙三十八年(1699),他的传奇《桃花扇》脱稿,并轰动一时。次年,孔尚任即被罢官。晚年,隐居石门,直至辞世。其著作除《桃花扇》外,尚有诗文集《湖海集》《岸堂稿》《石门集》《长留集》及与顾彩合作的传奇《小忽雷》。

《桃花扇》是孔尚任历经十余年,三易其稿而成的一部呕心沥血之作。剧本以复社名士侯方域与秦淮名妓李香君的爱情故事为主线,表现了阉党余孽与清流文人之间的忠奸斗争,描绘了南明王朝动荡而短暂的历史。剧本的宗旨,据孔尚任自己所说是"借离合之情,写兴亡之感",因此,剧本的内容不外乎才子佳人的爱情和政治上的忠奸斗争,但是无论爱情还是政治,《桃花扇》的描写都颇为独特。

首先,《桃花扇》突破了传统爱情故事的模式。士人与娼优的爱情是中国古典爱情故事的重要一类,而名士与名妓的爱情更是明末士大夫生活中最具浪漫色彩的内容之一。《桃花扇》中侯方域和李香君的爱情正是这样环境中的产物。因此,侯李的爱情最初并没有脱离才子佳人一见钟情的传统套路,甚至带着几分香艳旖旎的风流韵事味道。但是自《却奁》中香君毅然抛却阉党余孽阮大铖为她置办的妆奁、义正词严地指责侯方域"徇私废公"之后,香君成为侯方域的畏友,并赢得了复社文人的普遍尊敬。侯李的爱情也开始超越传统的郎才女貌,共同的政治态度成为维系他们爱情的更深层纽带,这在《桃花扇》之前的爱情故事中是少有的。共同的政治取向成为他们爱情的基础,同时也为他们带来了无尽的悲欢离合。当他们历尽坎坷磨难,终于在白云庵重逢时,似乎香君说的"锦片前程"就在眼前,然而张道士的一声"国在哪里?家在哪里?君在哪里?父在哪里"却生生喝断了一段儿女私情。国破家亡的侯方域和李香君最终也无法得到美满的爱情,只得双双遁入空门。《桃花扇》是中国戏曲史上少数没有落入大团圆窠臼的作品之一,作者没有在时代的悲剧里牵强地制造一个爱情的喜剧,正是其高明之处。

其次,避免了政治斗争描写极端化的弊端。在中国的旧文化传统中,忠奸对立是描绘政治斗争的传统套路,生活在清朝前期的孔尚任也未能摆脱这一传统,《桃花扇》中的政治斗争仍然是以忠奸对立的方式进行的。孔尚任的独特之处在于,他对政治斗争的描写并不仅为了做道德上的善恶评价,更为了揭示南明覆亡的原因。因此,作者不仅写了奸邪一方马士英、阮大铖的荒淫无耻、倒行逆施,江北四镇的争权夺利、自相残杀,而且没有回避忠正一方的缺点,直接描写了复社文人的流连风月、无用清谈,左良玉的意气用事、不顾大局等。这种种合在一起,必然造成南明的覆亡。而这种必然,引起的是一种更为深沉的悲哀,这就是孔尚任所要表达的"兴亡之感",剧本结尾那一套苍凉低沉的北曲〔哀江南〕正表明了作者的创作意图。

《桃花扇》一剧在艺术表现上也极为成功。

首先,剧中的人物形象丰富而生动。《桃花扇》中前后上场的人物有三十多个,作者根据"借离合之情,写兴亡之感"的指导思想,将他们分为左、右、奇、偶、总五部,左、右两部分别以侯、李为首,组织了与他们的离合之情相关的复社、行院诸人;奇偶两部则是直接关涉南明兴亡的帝王和文臣武将;总部以张道士和老赞礼为一经一纬,总结全剧的离合之情、兴亡之感。而且,剧中无论重要人物还是次要人物,形象俱生动逼真,没有简单化和脸谱化。阮大铖作为一个大反派,固然是奸邪阴险的,但是作者也没有抹杀他作为戏曲名家的才华。而杨龙友则是一个更为复杂的人物,他与复社文人和马阮之流都有着很深的关系,是一个左右逢源、八面玲珑的帮闲文人,既对侯李心怀同情,又欠缺政治上的原则。《桃花扇》中还有一些极具光彩的小人物形象,如侠义机智的柳敬亭、万里传书的苏昆生、代女出嫁的鸨母李贞丽等,与日渐苍白的士人才子形象相比,这些市井小民的形象更为亲切感人。

其次,《桃花扇》的结构独具匠心。剧本以侯李的定情之物桃花扇贯穿侯李离合的始终,又围绕侯李爱情,展开南明兴亡的历史场景。正如《凡例》所言:"桃花扇譬如珠也,作《桃花扇》之笔譬则龙也。穿云入雾,或正或侧,而龙睛龙爪,总不离乎珠。"这样的结构安排,使得剧情既丰富深厚,又条理清晰。而且剧本针线细密、连环相牵,转换灵活、独辟境界,在关目的处理上也突破了传奇家的公式与滥套。

再次,语言运用非常出色。《桃花扇》的曲文风格与剧情非常一致,写侯李儿女私情的《访翠》《眠香》,曲文香艳婉转;写史可法抗清殉国的《誓师》《沉江》，曲文悲慨激昂。《余韵》中的〔哀江南〕套曲更是历代传诵：

【离亭宴带歇指煞】俺曾见金陵玉殿莺啼晓，秦淮水榭花开早，谁知道容易冰消。眼看他起朱楼，眼看他宴宾客，眼看他楼塌了。这青苔碧瓦堆，俺曾睡风流觉，将五十年兴亡看饱。那乌衣巷不姓王，莫愁湖鬼夜哭，凤凰台栖枭鸟。残山梦最真，旧境丢难掉，不信这舆图换稿。诌一套《哀江南》，放悲声，唱到老。

由于作者主张"宁不通俗，不肯伤雅"，所以《桃花扇》典雅有余而当行不足，谨严有余而生动不足，适于案头阅读，而不适于舞台演出。

四　传统戏曲的衰落

清代中期，盛极一时的传奇创作也接近尾声。唐英（1682—1756）和蒋士铨（1725—1784）是这一时期比较重要的传奇作家。唐英的《古柏堂曲》17种大部分改编自民间戏曲，其中颇多忠孝节义、因果报应的思想，少数作品如《十字坡》《面缸笑》等浅俗单纯，保留了民间戏曲的特点。蒋士铨的《藏园十二种曲》也多宣扬忠孝节义，充满说教意味，如《冬青树》歌颂文天祥忠君殉国，《临川梦》将汤显祖写成"忠孝完人"。其作品语言学习汤显祖，富有文采，在结构和人物形象方面也有一定的成就。另外，乾隆中叶，白蛇与雷峰塔的传说在经过民间长期的流传改造之后基本成型，出现了两种重要的《雷峰塔》传奇剧本：一出于戏曲艺人陈嘉言父女；一出于徽州文人方成培。这对白蛇故事进一步流传和演出产生了很大作用。

清代杂剧的创作也已衰微，杨潮观是这一时期的重要作家。他的《吟风阁杂剧》共32种，都是一折的短剧，目的是为了发挥戏曲的讽谕劝惩作用，宣扬戒奢崇俭的《寇莱公思亲罢宴》是其中影响最大的一种。

在传统戏曲走向衰落的同时，被称为"花部"的地方戏曲开始与雅部(昆曲)分庭抗礼,并逐渐占据上风。至道光年间,乾隆末四大徽班带来的二簧调和湖北艺人带来的西皮调结合,又吸收了其他剧种的优点,形成了京剧。此后,京剧逐渐成为在全国影响最大的剧种。

第三节　清代小说

一　蒲松龄与《聊斋志异》

宋元时期,文言小说相对衰落。明朝嘉靖时期,随着思想控制的放松,文言小说重新活跃起来。而且,与白话小说中神魔小说的流行相呼应,描写鬼怪灵异故事的文言小说也渐渐多起来,晚明文士更流行以此作为表现奇思异想和抒发幽怀的手段。清朝蒲松龄的《聊斋志异》则使此类文言短篇小说的创作达到了最高峰。

蒲松龄(1640—1715),字留仙,一字剑臣,别号柳泉居士,山东淄川人。他出身于一个久已衰落的书香世家,受家庭和当时社会风气的影响,从小就热衷功名,十九岁便以县、府、道试三个第一补博士弟子生员,文名大振。但是此后四十多年,蒲松龄却困顿科场,屡试不第。一直到七十一岁时,才援例补了一个岁贡生。在蹭蹬科场的数十年中,蒲松龄除了做过短期的幕宾外,大部分时间都在坐馆教书,以为生计,并且用了半生的时间,完成了《聊斋志异》的创作。

"聊斋"是蒲松龄的书斋名,而"志异"即记载鬼怪神异的意思。《聊斋志异》全书近五百篇,大多为狐鬼精魅的奇异故事。蒲松龄在《聊斋自志》中曾说:"集腋为裘,妄续幽冥之录;浮白载笔,仅成孤愤之书",可见,他创作这些狐鬼精魅的故事,不是为了以其神幻诡异供人猎奇消闲,而是借它们来揭示社会的腐败、政治的黑暗、科考的不公、礼教的桎梏,抒写内心的愤懑不平,寄托美好的生活理想。然而,这些美好生活的理想是依靠花妖狐魅的力量来实现的。借助超现实的力量来获取爱情、财富、公平与正义,填补人们在现实生活中的失落,固然是一种美好愿望,但也映射出人们对现实的失望以至绝望。

正如蒲松龄所言:"寄托如此,亦足悲矣!"

《聊斋志异》的艺术成就在中国古典文言小说中堪称典范。这首先表现在人物形象的塑造上,小说中的人物,尤其是女性形象,塑造得栩栩如生,如天真烂漫的婴宁、侠肝义胆的红玉、"瘦怯凝寒"的连锁、才智超人的颜氏等。而且《聊斋志异》中的女性,或善良勇敢,或聪明能干,或忠贞痴情,其光彩远胜书中的男子形象。其次,语言精练生动。《聊斋志异》的语言以简洁优雅的文言为主,而人物的对话中常巧妙地融入白话,既不破坏总体的语言风格,又克服了文言难以摹写人物神情声口的毛病。如《翩翩》中写花城娘子来访翩翩的一段:"一日,有少妇笑入曰:'翩翩小鬼头快活死!薛姑子好梦,几时做得?'女迎笑曰:'花城娘子,贵趾久弗涉,今日西南风紧,吹送来也!小哥子抱得未?'"灵动真切,令人如闻其声。再次,情节曲折多变。《聊斋志异》虽是纪传体,但很少平铺直叙地讲述故事,而是善于制造悬念,引人入胜。而且大量神通广大的花妖狐魅的介入,使得故事情节更加离奇变幻,出人意表。

《聊斋志异》问世后风行一时,这使得谈狐说鬼成为小说创作的流行趋势,其时著述颇多。沈起凤的《谐铎》、袁枚的《新齐谐》(又名《子不语》)、纪晓岚的《阅微草堂笔记》是其中影响较大的作品,但无论思想价值,还是艺术成就都无法与《聊斋志异》相媲美。

二 吴敬梓与《儒林外史》

吴敬梓(1701—1754),字敏轩,晚年自号文木老人,安徽全椒人。吴敬梓出身于一个家门鼎盛的仕宦家族,父亲去世之后,继承了一笔可观的遗产,却遭族人侵夺欺占,看尽了人情淡漠、世态炎凉。吴敬梓不善治产,却挥霍无度,又性喜交游,慷慨好施,几年之间便"田庐卖尽""奴仆逃散"。族人斥之为败家子,"传为子弟戒",吴敬梓不得不"失计辞乡土",迁居南京。移居之后,吴敬梓已经很是穷困,却为了修复先贤祠,毅然卖掉最后一点财产——全椒老屋。此后,他靠卖文和朋友接济为生。冬夜无火御寒,便邀上朋友绕城而行,歌啸相和,天明而散,呼为"暖足"。虽潦倒若此,却不肯求助于富贵亲戚。五十四岁,穷愁困苦死于扬州。

吴敬梓是一个放浪不羁、特立独行的人,是一个和他那个循规蹈矩的时代格格不入的人。他自幼接受传统的儒家思想,对儒家的思想也非常推崇,但并不因此而放弃个性的张扬。他出身于科举世家,但是很快便洞察了科举造成的种种弊端,从而放弃了时人趋之若鹜的功名仕进,甚至拒绝了博学鸿词科的荐举。他出在儒林,清醒而深刻地认识到儒学的衰颓、衣冠人物的堕落,并为这一趋势的不可挽回而满怀悲哀。《儒林外史》就是在这样一种心态中完成的。

《儒林外史》是一卷儒林群像图。小说以明代为背景,描写了科举制度下儒林中形形色色的人物以及与他们相关的市井生活,批判了科举官僚体制以及受其影响而形成的社会风气。明清时期,科举制为读书人,尤其是中下层文人提供了一条"荣身"之路,也把几乎所有的读书人都引向了这一道路。参加科考,获取功名富贵成了大多数文人唯一的生命内容。科举制腐蚀着士子的灵魂、毒害着社会的风气,范进中举是最典型的代表。连考二十余次都未考中的范进,中举之后竟然疯了。范进的发疯回应着他几十年的悲酸,揭示了科举考试制度对封建士子身心的摧残和毒害;而周围人对他前倨后恭,中举后的骤然富贵则揭示了范进之流痴迷科举的社会根源。科举制选拔出来的官员,如王太守、汤知县之类,也都昏庸无能、贪鄙苛酷。此外,当时儒林还有各色"无行文人",如为了升官隐瞒祖母之丧的荀玫,攀高结贵、抛弃结发之妻的匡超人,满口纲常却讹诈船家、侵夺弟妹财产的严贡生,空虚无聊、自命名士的娄三公子等。硕果仅存的几个所谓真儒、一场闹剧般的祭祀,根本无力挽救儒学的衰微、儒林的堕落,反倒像是为传统儒学唱了一曲挽歌。给人们以希望的是一群市井小民,如虽操贱业却颇多君子之行的戏子鲍文卿,刚强自爱、不慕荣华的弱女子沈琼枝,轻财仗义、能诗善画、开茶馆的盖宽,精通琴道的小裁缝荆元等。在儒林苍白寂寞之后,面对这些自食其力、自然本色的小人物,吴敬梓流露出无限倾慕之情。

《儒林外史》的出现，标志着中国小说艺术的重大发展。鲁迅《中国小说史略》中说："其文又戚而能谐，婉而多讽，于是说部中始有足称讽刺之书。"吴敬梓用喜剧的形式讲述着悲剧的故事，用委婉含蓄的语言进行着尖锐犀利的批判，达到了讽刺艺术的高峰。

《儒林外史》讽刺艺术的成功首先得力于其描写的真实，作品中的很多人物都有原型，事件也多是大家司空见惯的世态人情，但是经作者特写出来之后，便使人陡然觉其可笑、可鄙。如范进中举之后，到汤知县处打秋风，因为居丧，连银镶的杯筷都不肯用，必要用白色的竹筷，可谓恪守礼制。但是随后就"在燕窝碗里拣了一个大虾元子送在嘴里"，小小一个细节，其居丧尽礼的虚伪性立刻表露无遗。又如范进中举之后，曾经臭骂他"癞蛤蟆想吃天鹅肉"的岳丈"见女婿衣裳后襟滚皱了许多，一路上低着头替他扯了几十回"。作者淡淡笔触，不加评价，却把胡屠户的势利谄媚写得入骨三分。当然，艺术的真实并不排斥适度的夸张，范进的发疯即是如此。

《儒林外史》讽刺艺术的成功还因其态度的公正。吴敬梓对于所写的人物并非一味讽刺，而是能够秉持公心，实事求是。如范进中举之前，作者对其麻木委琐虽有讽刺，但也对其悲惨境遇心怀同情。而对其中举之后的种种虚伪、卑劣的行为，则毫不留情地辛辣嘲讽。又如王玉辉鼓励女儿殉节固然可恨，但是作者也写了他在苏州船上看到一个穿白衣的妇人，想起自己的女儿，"心里哽咽，那热泪直滚出来"。这种秉持公心的态度，使《儒林外史》的讽刺不浮泛于表层现象，而能引起人们对造成这些现象的根源的思考。而后世之所以再没有出现这样优秀的讽刺小说，原因之一也正在于"是后亦鲜有以公心讽世之书如《儒林外史》者"。

《儒林外史》的结构独具特色，"虽云长篇，颇同短制"，全书没有贯穿始终的中心人物，每一回或几回自成段落，有自己的主要人物、主要事件。而这些段落又以共同的主题连缀起来，这就是闲斋老人在《儒林外史序》中所说的"功名富贵为一篇之骨"。鲁迅评曰："但如集诸碎锦，合为帖子，虽非巨制，而时见珍异，因亦娱心，使人刮目矣。"

三　曹雪芹与《红楼梦》

曹雪芹，名霑，字梦阮，号雪芹，又号芹圃、芹溪，约生于康熙五十四年（1715），卒于乾隆二十八年（1764）。曹家的祖上本是汉人，其远祖因被俘，很早就成了满洲正白旗的包衣（即家奴）。后其高祖曹振彦随清兵入关，立下军功，曹家开始发达起来。其曾祖曹玺的妻子当过康熙的保姆，而祖父曹寅做过康熙的伴读，因此格外受康熙恩宠。三代四人担任江宁织造前后达六十余年。江宁织造名义上是为皇室管理织造、采办宫廷日常用品的，但实际上则是皇帝派驻江南、督察军政民情的心腹。曹家几代世袭此职，控制着江南的丝织业，且康熙六次南巡，便有四次由曹家接驾，并以江宁织造府为行宫，其显赫富贵可见一斑。曹雪芹少年时代就是在这种家境中度过的。康熙死后，曹家在激烈的宫廷斗争中败落下来，家产被抄没，全家迁回北京，子弟们逐渐沦落到社会底层。曹雪芹本人也困顿潦倒，常常要靠卖画才能维持生活。晚年，他流落到北京西郊的一个小山村，生活更加困顿，甚至到了"举家食粥酒常赊"的地步。因爱子夭亡，伤感抑郁，不到五十岁就一病而亡。死后，只有壁上琴剑，案上残稿，靠朋友资助才草草殓葬。

《红楼梦》是曹雪芹呕心沥血之作，但其生前只完成了前八十回和一些未整理的残稿，这些残稿后来也佚失了。《红楼梦》的版本，大致分为两大系统。一为八十回抄本系统，题名为《石头记》，其上多附有脂砚斋的评语，因此又称为"脂本"或"脂评本"。现存这一系统的本子有十几种。另一为一百二十回系统，书名《红楼梦》，最早由程伟元于乾隆五十六年（1791）以活字排印，称为"程甲本"；次年增删修订再次排印，称为"程乙本"。一百二十回本的后四十回，一般认为是高鹗续写的，但也有人对此表示怀疑。

可以说《红楼梦》后四十回的艺术水平较前八十回有相当的差距，而且"兰桂齐芳、家道复初"的结局背离了曹雪芹原来的设定，但它终究使《红楼梦》这部"千古奇书"成为一部完整的作品。虽然这种完整只是差强人意，但满足了很多普通读者的心理需求，因此还是有一定价值的。

《红楼梦》以宝黛爱情故事为中心线索，写了贾府这一个"钟鸣鼎食之家""翰墨诗书之族"衰败没落的过程，写出了这个过程中形形色色的人物的悲剧命运，反映了曹雪芹对时代和人生的思考。

《红楼梦》中最为感人的大约就是宝玉和黛玉那一段凄婉的爱情。《红楼梦》中的宝玉是那个时代的边缘人，他具有良才美质，却不知何处可用。他无法认同那个时代社会主流意识公认的价值观，把科举看作"国贼禄蠹""饵名钓禄之阶"，把"仕途经济"的议论斥为"混帐话"，因此被封建正统视为逆子。贾宝玉找不到实现自己社会价值的道路，于是把全部热情投注在大观园的女孩身上。贾宝玉曾说："女儿是水作的骨肉，男人是泥作的骨肉。我见了女儿，我便清爽；见了男子，便觉浊臭逼人。"大观园中的那些女孩，是《红楼梦》全书中最为光彩照人的形象，这正表明封建社会后期，作为社会主导者的男性，尤其是士大夫群体越来越堕落腐朽，而较少受龌龊社会污染的少女有着纯真质朴的本性，便越发显得可爱且可贵。对于贾宝玉，与其说他是钟情于那些青春少女，不如说他是对那些青春少女所具有的纯净美好心怀向往。他对黛玉的爱情也正产生在这样一种基础之上。黛玉是作者美好理想的化身，才华出众、清高孤傲而不混同流俗。她鄙弃世人的虚伪庸俗，努力保持着自己高洁的本性，因此赢得了宝玉深挚的爱情，但也因此在"风刀霜剑严相逼"中早早夭亡。比起那个家族的败亡来说，寄托着作者美好理想的黛玉之死和大观园中那些女孩的逐一毁灭，才是《红楼梦》更为深层的悲哀。

《红楼梦》是曹雪芹"披阅十载，增删五次"写成的一部巨著，其艺术成就达到了前所未有的高度。鲁迅曾说："自有《红楼梦》出来以后，传统的思想和写法都打破了。"

首先，《红楼梦》打破了传统才子佳人小说"千部一腔，千人一面"的公式化、概念化描写，在自然的生活状态下展开故事，所以作品自身也如生活本身那样真实、丰富而浑然天成。

其次,《红楼梦》塑造了一大批栩栩如生的人物形象,其中很多形象,如宝玉、黛玉、宝钗、王熙凤等都成为不朽的典型。而且,曹雪芹善于捕捉人物特点,使得每一个人物都各具风神。如迎春、探春是两姐妹,生活环境大致相同,性格却各不相同,迎春木讷懦弱,探春则精明泼辣。而且即使相近的性格,在曹雪芹笔下也有着细微的不同,如平儿的温顺中透着善良,而袭人的温顺中则透着世故。《红楼梦》在人物心理描写方面也非常成功,第二十九回"痴情女情重愈斟情"、第三十二回"诉肺腑情迷活宝玉"刻画宝玉、黛玉的爱情心理,更是细腻深入。

最后,《红楼梦》的语言成熟优美,达到了炉火纯青的境界。它的叙事语言简洁而纯净,人物对话生动而传神。而其中大量的诗词曲赋,既使得全书显得更加典雅,与全书描写的贵族生活相符合,同时也对人物刻画起了重要作用。

四　清代其他长篇小说

清前中期,出现了不少充满英雄传奇色彩的历史小说。陈忱的《水浒后传》写征方腊之后,梁山英雄风流云散,32位未死的梁山英雄及其后人,在李俊的带领下,聚集江湖侠士,重举义旗,反抗官府,并抗击金兵,最后到海外创业建国的故事。钱彩、金丰的《说岳全传》写抗金英雄岳飞抗击外侮、反对权奸秦桧,最后被陷害而死的故事。褚人获的《隋唐演义》以隋炀帝、朱贵儿和唐明皇、杨贵妃的两世姻缘为主线,演义了从隋文帝灭陈到安史之乱后唐玄宗重回长安的一段历史。无名氏的《说唐演义全传》则以瓦岗寨好汉的风云聚散为中心,叙述了起于隋文帝平陈、终于唐太宗登基的一段故事。

此后,传统的英雄传奇和历史演义小说走向衰落,公案侠义小说则代之而起,并风行一时。草莽英雄开始与政府清官合作,共同维护封建统治。如《施公案》中的绿林好汉黄天霸投靠了施仕伦,石玉昆《三侠五义》中的展昭、白玉堂帮助包公断案,帮助颜查散平叛。此后的《小五义》《续小五义》以及《彭公案》《续彭公案》等,都承袭了《三侠五义》的套路，但写得都很粗率，不足称道。此外，俞万春的《荡寇志》以"尊王灭寇"为宗旨，让水浒一百单八将全都被张叔夜、陈希真等擒杀；文康的《儿女英雄传》则将英雄传奇与才子佳人的故事捏合在一起。两者都是对传统英雄传奇小说的背离。

清初的世情小说，多沿袭明末遗风，大率才子佳人之事，如《玉娇梨》《平山冷燕》《好逑传》等。这些小说很多是社会下层文人所作，内容多写青年男女私相爱慕、经历挫折、最后有情人终成眷属的故事，有着明显的模式化倾向。署名西周生的《醒世姻缘传》是明末清初比较有影响的一部婚姻家庭小说，写了一段冤仇相报的两世姻缘。小说充满了轮回报应的宿命思想，但其以家庭生活为中心展开描写的手法，在一定程度上代表了古典小说向非传奇化方向的转变。

到了清末，才子佳人小说发展为描写文人与优伶娼妓恋情故事的狭邪小说，著名者如陈森的《品花宝鉴》、魏子安的《花月痕》、韩子云的《海上花列传》等。这些小说往往流露出一种哀艳颓靡的末世情调，其中《海上花列传》描写了清末上海租界中官僚、富商和妓女之间的种种纠葛，比较真实地反映了当时妓女的生活，成就较高。

清代中期，在盛行一时的考据学的影响之下，出现了一批以炫耀学问辞章为目的的小说，李汝珍的《镜花缘》是其中比较优秀的一部。小说前半部分主要写唐敖、林之洋、多九公三人游历海外三十余国的奇异经历，后半部分主要写由诸花神托生的百名才女参加武则天开设的女子科考以及及第后诗酒游乐之事。小说虽然也"论学说艺，数典谈经"，但其中颇多新意，如女儿国及女子科考所反映的反对男尊女卑、提倡男女平等的新思想，在此前的作品中便极为少见。

甲午战争之后，资产阶级改良派提出了"小说界革命"的口号，一反以前轻视小说的传统观念，大力提高小说的地位，利用小说来揭露社会黑暗，宣扬新的思想。在这种情况下，小说界出现了大量抨击时政、揭露官场阴暗与丑恶的作品。这类小说大多为了配合现实需要、迎合读者心理而作，往往一味暴露谴责，且笔法过度夸张，显得粗浅浮露而缺乏深度。鲁迅称之为"谴责小说"，其代表作有李宝嘉的《官场现形记》、吴沃尧的《二十年目睹之怪现状》、刘鹗的《老残游记》、曾朴的《孽海花》等,这四者合称为晚清四大谴责小说。

辛亥革命之后,鸳鸯蝴蝶派小说和黑幕小说盛行一时,前者是才子佳人小说的流衍,后者则是谴责小说的堕落,传统小说至此已经走到尽头,小说界的新风气、新局面的开创要等待五四白话小说来实现。